윤위식의 수필집

바람아 구름아

맑은샘

차례

안 보인다고 없는 것도 아니고 보인다고 있는 것도 아닌 줄 알면서도, 잡으려던 것은 바람이었고 가지려던 것은 구름이었다. 잡히지 않는다는 것을 알기까지는 긴 시간이었고 가질 수 없다는 것을 알기까지는 세월도 빛이 바랜 훗날이었다.

만용이 용납되고 실수가 용인되던 때를 값지고 아름답게 꾸미려고, 많고 적음을 셈하지도 않았고 크고 작음을 가르지도 않았다. 받아도 불어나지 않는 것이 있고 주어도 줄지 않는 것이 있는 줄 몰라서, 탐하지 않아도 좋을 것과 인색하지 않아도 좋을 것을 구분하지 못하고, 솔깃한 소리에 귀를 기울이며 껍죽거린 것이 부끄럽기도 하다. 양심 앞에 떳떳하고 정의 앞에 당당하며 실리 앞에 공정하고 진실 앞에 솔직해지려고 부단히 노력도 했었는데, 매일 같이 거울을 들여다보고도 뒷모습은 보지 않고 앞만 보도 우쭐거린 것이 민망해서 이 글을 쓴다.

볕살의 따뜻함보다는 삶의 현장에서 서로가 부딪쳐 깨어진 조각에 반사된 색깔이, 더 영롱하여 감았던 눈을 뜨게 되었고, 들키지 않으려고 삼켜버린 말이 삭지 않고 공기 방울이 되어 뽀글뽀글 되살아 떠오르는 소리에 귀가 열려서, 잃어버릴 뻔했던 단어들을 주섬주섬 주워서 옮겨 적는다. 현실이 편들어주지 않아 언제나 고독한 양심이 밤마다 내일 앞에서 곤혹스러워하며 생으로 앓는 소리도 옮겨 담는다.

밤마다 어둠을 피안의 은신처로 삼고, 시도 때도 없이 수시로 맺어진 인생사의 매듭을 낱낱이 풀며, 있는 속 없는 속을 다 비워내고 푸른 달빛에 옷깃을 여미는 박꽃을 붙잡고 하소연한다. 비우고 비워서 허한 속 다잡으며 날이 새기가 무섭게 일상을 끌어안고, 정이 헤퍼서 마음을 다 주고도 돌아온 서글픔에, 더는 서럽지 않으려고 너에게로 나를 보낸다. 바람아 구름아.

1. 일주문 앞에서

젊은 날에는 훈장이라도 받을 듯이 겁도 없이 휘젓고 다니면서 가시나무든 낙락장송이든 가리지 않고 거미줄을 쳤고, 제하기 나름이라며 벼랑이든 개펄이든 어딘들 못 가겠느냐며 땀이 배든 펄이 묻든 멋모르고 껍죽거렸는데, 지는 해 붙들고 산마루에 걸터앉아 굽이굽이 지나온 길을 뒤 돌아보니 그저 철없이 우쭐거린 젊음이었고, 아등바등 나부대며 오지랖의 흙먼지도 자랑으로 삼았는데, 이제 보니까 솔기마다 끝동마다 땟국 자국뿐이라서 겸연쩍고 민망하다. 허탈감을 달래려고 사위를 둘러봐도 마음 둘 곳 없어서 무시로 드나들던 절집으로 향했다.

열두 개의 물레방아가 돌았고 닥종이가 질이 좋아 임금께 올릴 어람지(御覽紙)를 만들었던 승군 병영의 호국사찰인 경남 고성의 천년고찰 옥천사의 들머리에 닿았더니, '삼일수심천재보, 백년탐물일조진' (三日修心 千載寶 百年貪物一朝塵)이라며 삼일만 마음을 닦아도 천년의 보배인데 백 년을 탐한 것은 하루아침에 티끌이라며 예전부터 우뚝 섰던 우람한 돌비석도 이제야 눈에 띈다. 쫓기고 끌려서 어딘지도 모르는 길을 그저 앞만 보고 달렸으니 길섶의 삶이야 언제나 눈 밖에 있었던 것이 사실이지만 모진 소리 안 듣고 산 것만으로도 천만다행이다. 자찬인지, 위안인지 서먹하기만 한데, 불쑥 다가선 또 하나의 돌비석에는 입차문내막존지해(入此門內莫存知解)라고 주홍 글씨가 새겨

있다. 이 문 안에 들어서면 지혜도 갖지 말란다. 어찌 보면 모든 것이 헛된 것이니 아는 것은 비우고 삿된 마음은 버리라는 것이다. 깊은 뜻이야 구도자의 몫으로 돌리고 그저 '아는 척'하지 말라는 정도로 새겨보지만, 온갖 생각을 불러오게 한다. 무료한 시간이 길어져도 그랬고 꿈자리가 사나울 때도 심심찮게 드나들며 누가 부르기라도 하듯이 힐끔 보고 지나가며 눈으로만 읽었을 뿐, 가슴으로는 읽지 않았다.

바람은 노송의 가지 끝에서 한가롭고 또랑또랑한 개울물 소리는 오지랖을 파고든다. 허한 마음을 추스를까 하고 바윗돌에 걸터앉았다. 까마득한 지난날이 소름 돋치게 아슬아슬하다. 살얼음판이었다. 겁도 없이 나부대며 탐나는 것에는 눈길을 주고 솔깃한 소리에만 귀를 기울이며 침을 삼켰다. 뜬구름 잡듯 한 지난 세월을 허송하고도 혹독한 대가를 치르지 않은 것이 팔자일까 천운일까? 오르지 못할 벼랑을 빈손으로 타오르기를 수 없이 하면서도 언제나 8부 능선에서 턱걸이만 해도, 실족하지 않은 것을 다행으로 삼으며 구물구물 지는 해를 붙잡고 고마워한다. 더는 서러워지지 않으려고 '이만하면 족하지!'하고 나를 달랠 때가 가족에게 제일 미안하다. 그럴 때마다, 야속한 양심 앞에 비굴해지지 않으려는 속울음을 밤마다 울었다.

타는 속 누가 알기라도 해주면 덜 서럽겠지만 요즘 사람들은 언제나 과정은 무시하고 결과만을 평가한다. 물질의 풍요에 함몰되어 건너뛰기에 익숙해진 오늘은, 돌아앉자 우는 울음소리를 듣지 못하고 오지랖이 식어가는 것을 모르고 산다. 알고 보면 내가 앉은 이 바윗돌도 하늘에서 뚝! 하고 떨어진 게 아니다. 훗날에 고단한 사람이 있을 줄 알고 누군가가 힘들어하며 옮겨놓은 것이다. 비 오는 날, 바람

부는 날, 눈보라가 치던 날이었는지도 모른다. 오가며 생각 없이 그냥 내 편한 대로 앉았던 바윗돌이다. 탁발승이 걸머진 업보의 바랑을 내려놓던 쉼터일까, 절박한 발원이 있어 간절함을 담은 공양미를 이고 가던 아낙이 잠시 허리를 펴던 바위일까, 아니면 보내지 말았어야 할 사람을 49재로 영영 보내고 돌아서서 흐느끼던 눈물 젖은 바위일까, 청운의 꿈도 접고 천륜 끊고 인륜 끊고 입산길에 접어들어 속세를 돌아보며 몸부림쳤던 바위인지도 모른다. 가슴의 온기조차 실리 앞에 무시되는 서슬 시퍼런 현실을 깔고 오뚝하게 앉았다. 우리는 무엇에 쫓기고 있어 과정은 무시하고 결과에만 목을 매는가? 밤마다 마음을 다잡으며, 있는 속 없는 속을 다 비워내고, 날 새기가 무섭게 일상을 끌어안는데도, 마주하면 버거웠고 지나고 나면 후회만이 남는다.

인정이 돌아앉고 실리가 자리 잡은 세상사에 멀쩡한 속을 생으로 앓으며 옹이가 된 인생사의 매듭을 이리저리 풀며, 크든 작든 마음의 상처 자국을 나름대로 지우면서, 맺힌 한(恨), 응어리진 설움, 원 없이 털어내자며 짙푸른 솔 향기를 한참이나 들어 마신다. 켜켜이 쌓인 세월의 더께가 그렇게 쉬 벗겨지랴만 헝클어진 상념들을 가닥가닥 풀어본다.

북적거리는 세속의 난전에 점 하나 된 내 모습이 어렴풋이 보인다. 원래 작은 점이었기에 천만다행이지 세상 사람들에게 크게 보였더라면 어쩔 뻔했나. 지우려고 애를 써도 지워지지 않는 나의 굽이진 삶의 그림자가 밀어내기 화면에 줄줄이 올라온다. 천방지축 망둥이도 철 따라서 제값하고, 속 좁은 밴댕이도 수라상에 오르는데, 만사 무능 무위도식 앞가림도 못하면서, 고깔을 모로 쓰고 껍죽거린 모습이 얼마나 가관이었을까, 겉모양도 민망한데 안 보이는 속이야 오죽이나 했겠나. 빈 낚싯대 걸쳐놓고 월척을 낚으려고 덤비지는 않았는지, 철 따라서 겉 포장만 이리저리 바꾸면서 높은 곳은 올려보고 낮은 곳은 내려보지 않았는지, 북데기 힘만 믿고 외줄타기는 또 얼마나 하였으며 징검다리 건너뛰고 우쭐거리지는 않았는지, 눈 감고 귀 막은 채 몰라라 하며 도리질은 또 얼마나 하였으며, 날을 세운 비수는 또 얼마나 던졌는지도 모르면서, 겁도 없이 일주문 안으로 들락거리며, 불보살 앞에서 함부로 무릎 꿇기를 얼마나 하였으며, 하늘에 두 손 모으기를 또 얼마나 했던가. 명경대 앞에 무릎을 꿇으면 나의 모습은 어떠하며 시왕전의 업경(業鏡)에는 또 어떻게 비칠까. 목덜미가 찌릿찌릿하며 머리끝이 쭈뼛 선다. 그나마 선현들의 도포 자락을 붙잡고 머리 조아린 것을 위안으로 삼으며 일주문 앞에 닿았는데, 법계와 속계의 문턱 앞에서 발끝이 저린다. 바람아! 구름아! 부르고 싶으나 물어볼 말이 없다. 일주문 앞에서 돌아선다.

2. 아기를 업은 새댁

골목길 담벼락을 따라 주차된 차 유리에 흩날린 연분홍 벚꽃잎이 무늬를 찍던 날, 아기를 업은 새댁이 쪽지가 붙은 전신주 앞에 섰다. 매일 다니는 길이라 내게는 눈에 익은 쪽지다. 새댁은 포대기로 아기를 업고 그 쪽지광고를 읽고 있다. '셋방 있음'이라는 굵은 글씨 밑에는 촘촘히 내용이 적혀있고 아래쪽은 오징어 발처럼 여러 가닥으로 갈라서 전화번호가 적힌 쪽지다. 흔해 빠진 게 원룸인데 무슨 사연일까? 업고 있는 아기 위에 어린것이 있어 층간 소음이 걱정되어 설까 아니면 남편 말고도 따른 식구가 있어서일까? '셋방'이라는 단어가 가슴을 무겁게 한다. 한참을 읽을거리도 없는데 왜 저러고 섰을까. 보증금과 월세를 머릿속의 통장에다 찍어보는 모양이다. 가난한 사람의 통장은 가로세로를 아무리 맞춰봐도 아귀가 안 맞는데 새댁의 통장도 그렇게 아귀가 맞지 않는 걸까?

"뭔 일 있어?" 하는 친정엄마의 전화에 "아니 아무 일 없어" 하고, 남편을 아침 일찍 일자리로 보내고 서둘러 아기를 둘러업고 작정하고 나선 것이 틀림없다. 친정엄마들은 안 보아도 시집간 딸자식의 기미를 안다. 엄마와의 탯줄은 가위로는 잘랐어도 탯줄 말고는 아무것도 잘린 게 없다. 그래서 엄마는 안 보아도 다 안다. "별일 없는 거지?", "그럼 아무 일 없어" 엄마 앞에서는 더 크게 울며 자란 그 딸이 이만큼 커서 엄마가 되고부터 대답이 그렇게 나온다.

육아용품도 별별 게 다 나와서 포대기가 없어진 지도 오래인데 새 댁은 포대기로 아기를 업었다. 유모차도 있을 텐데 대중교통을 이용하려고 포대기로 업었을까? 지금은 서른 살이 넘은 우리 딸도 포대기로 업고 키웠는데 30년 세월을 되감기 한 화면이다. 포대기 끈을 허리에 한 번 두르고 대각선으로 어깨를 걸쳐 매었는데 어찌나 야무지게 업었는지 차림새만 보아도 손끝이 야무진 새댁임이 짐작된다. 뒷모습이 애틋하여 멀찍이서, 오지도 않은 휴대전화를 들여다보며 딴청을 부리면서 한참을 지켜봤다. 기장은 짧아져도 골이 촘촘한 누비포대기다. 분명 친정엄마가, 우리 딸이 아기 가졌다고 좋아서 발이 땅에 닿지 않게 날 듯이 기뻐서 뛸 듯이 달려가 미리 사 두었던 그 포대기가 분명 맞다. 그래서 친정엄마의 냄새가 솔솔 난다.

지금, 친정엄마의 그 딸이 신접살이의 셋방을 비워줘야 하기에 또 어딘가의 셋방을 구하려고 아기를 업고 골목골목을 헤매다가 여기까지 온 것이다. 남의 집 셋방살이라도 비둘기 같은 부부가 꼬물거리는 아기를 낳아 머리를 맞대고 내려다보며 세상을 다 얻은 듯이 행복했었는데, 방을 옮겨야 할 까닭은 모르지만, 골목길의 바람은 아기에게는 아직도 차갑다.

오래전 딸이 시집가던 날 요객(繞客)으로 갔을 때이지만 "길도 먼데 이제 아버님 어머님은 가시게 새아기가 아버님께 술 한잔 올려라." 하는 안사돈의 말에, 딸이 따라주는 술잔을 받고 연방이라도 눈물이 쏟아질 것만 같아 천장만 쳐다보았는데 그날의 눈물이 또 주르르 흘러내린다. 친정엄마의 전화에는 아무 일 없다고 했던 새댁이 '셋방 있음'이라는 쪽지가 붙은 전신주 앞에 서서 서러움의 눈물을 닦고 닦으며 "엄마! 나 잘살게!, 정말 잘살게"를 몇 번이고 되뇌고 있는지 모른다.

저 쪽지가 이제는 마지막 구하는 셋방이 되었으면 하고 가슴이 미어
진다. 까치집 같아도 좋으니 내 집 한 칸 마련하여 비둘기처럼 알콩달
콩 살아주었으면 하고 눈물을 닦는다.

3. 봄비 오는 창가에서

우리의 사계절은 계절마다 멋과 맛이 다르다. 겨울의 멋은 뭐니 뭐니 해도 설경이고 제대로의 맛은 맹추위다. 입김을 하얗게 뿜으면서 발목까지 빠지는 눈길을 걸으며 온 세상을 하얗게 덮어버린 순백의 은세계를 바라보는 것만으로도 황홀경이다. 처마 끝에 고드름이 주렁주렁 매달린 설경 속의 찻집은 눈 덮인 지붕 위로 하얀 연기를 보드랍게 흩날리며 장작불에 벌겋게 달아오른 난롯가의 옛사람들이 두고두고 간절하게 그리워지던 추억마저 이제는 세월의 갈피 속에서 옛이야기가 되어 아련하게 잊혀간다. 지난겨울엔 눈다운 눈이 한 번도 내린적이 없어 겨울의 제맛을 느껴 볼 겨를 없이 대동강도 풀린다는 우수가 지나자 산개울 여울마다 잠든 개구리를 경첩이 깨운다.

겨울의 진객들인 기러기와 청둥오리가 먼 길 떠난 빈자리엔 버들강아지가 하얀 솜털로 진즉부터 피어서 어쩌다 오가는 사람을 붙들고 봄소식이라도 전하고 싶은데 정작 사람들은 상대해 줄 만한 여유를 갖지 못하고 부대끼는 일상에서 허우적거리는 고단한 삶을 살아가는 나날의 연속이다. 하루의 말미가 아쉬워 아침 해가 하루만 늦추어서 내일 아침에 떠줘도 좋으련만 인정머리 없게도 어김없이 떠오르고, 온갖 납부 고지서는 어찌 그리 길눈도 밝은지 문패 없는 집이라도 잘만 찾아온다. 어떤 때는 지구의 끝에서 펄쩍 뛰어내리고 싶은 생각도 들지만, 나만의 생각이 아니라는 것을 알고부터는 옆 사람이 보이고 모르는 사람들이 걱정도 된다. 더 멀리 보면 더 힘든 사람들이 있고 앞에도 옆에도 또 있다. 그들도 모두 커다란 욕심을 가진 사람들이 아니다. 살림하고 생활하며 애들 키우는 데 모자람만 없으면 하는 것이 간절한 소망이다. 천석꾼의 천 가지 욕심과 만석꾼의 만 가지 욕심과는 전혀 다르다. 고대광실도 아니고 강남땅이 아니라도 좋다. 작아도 내 집 한 칸이면 족하고 힘들게 하는 일이라도 언제까지 하자며 그만둘 일이나 안 생겼으면 하는 것이고 아이들 아무 탈 없이 건강하고 건전하게 자라줬으면 하는 것이 소원 전부인 것이 나만이 아니고 오늘을 함께하며 열심히 살아가는 우리다. 지극히 소박하지만 절실한 바람인데 처음부터 맨바닥이라서 아무리 바동거려도 앞선 사람들의 끄트머리조차 따라잡기가 막막한 현실이 야속하다. 남들보다 적게 쓴다고 끼니까지 거르는 것도 아니고 구멍 나고 해진 옷을 입는 것도 아니고 보면, 소중한 내 것들이 그래도 여럿이 있어 내일을 꿈꿀 수 있는 작은 여유와 가치를 가진 삶이다. 부자는 큰돈이 모자라고 가난한 사람은 적은 돈이 모자라는 것이니까 서로를 다독거리면 이루지 못할 것은 확실하게 없다. 재주가 있으면 재능을 나누고 시간이 남으면 시간을 함께하고 가슴이 더워질 때면 정을 나누며 새봄에 걸어보는 기대를 위안으로 삼고 봄이 오는 길목에서 새 봄맞이를 희망차게 할 때이다.

오늘따라 봄비가 내린다. 언 땅을 적시며 가슴을 녹인다.
누구의 기다림이 간절한 소망이 되어 산야를 적시는 것일까?
희뿌연 안개 속에서 반짝거림의 찬란함을 감추고 명주실 같은 순한 빛깔로 소리 없이 내린다. 꽁꽁 얼려서 다시는 더 거드럭거리지 못하게 모질게도 옥죄던 칠흑의 밤은, 두텁기만 했던 껍데기들을 한 겹 한 겹 벗어버리는 작은 용기는 누구의 애절한 바람이었기에, 성스러운 뉘우침이 되어 어둠을 걷어내고 있나. 뛰고 싶지 않아도 달려가야 했고 가고 싶지 않아도 쫓겨가야 했던 고달픈 이들의 긴 한숨 소리가 삭풍에 휘감겨서 서럽게도 울었다. 돌아볼 기력마저 이제는 다 소진하고 아까울 것도 없고 입은 옷조차도 거추장스러운 힘겨운 이들의 신음이 무쇠 같은 가슴속을 녹였단 말인가. 간절한 바람은 절박한 소망이 되어 빌고 빌다가 기진하여, 암흑의 벽에 육신을 기댄 채 흐느낌의 들썩거림도 가늘어지는 안타까움이 작은 온기로 불씨가 되었나 보다.

식은 가슴을 데우는 봄비가 내린다. 아침 안개 속에서 냉기를 녹이며 소리 없이 내린다.

시리던 발끝에서 따스함이 배어나고 하얗게 품어지던 입김은 잔설을 녹이고 멈출 수 없는 시간 속으로 속절없이 떠난다. 긴긴밤의 기도가 너무도 애절하여 서릿발 솟은 처절한 땅을 녹이려고 무던히도 애를 태웠나 보다. 복수초의 노란 깃발을 앞세우고 화해의 손짓을 하며 이제는 돌아와 지난날을 뉘우치며, 말라버린 눈물을 기어이 불러낸다. 시린 손 호호 불면서 그토록 서럽게 매달려도 본체만체하더니만 멍이 든 목련꽃을 가슴으로 품는다. 모질게도 두드려 박았던 쇠못의 터진 머리를 안타깝게 쓰다듬으며 꽁꽁 언 땅에서 측은스럽게도 뽑아내고 있는 너는 그래도 실낱같은 핏줄에 따스함이 있었나 보다. 쪽방집 할머니의 아랫목은 애당초에 식어 있었고 하얀 연탄재는 빙판 위에서 뒹굴 때도 너의 가슴은 차갑기만 하였다. 아궁이 속에서 나눌 정담을 몇 번이고 되뇌며 설레는 가슴을 다독거리던 진갈색의 솔가리는 눈보라가 칠 때마다 뒤척거리기를 남몰래 하더니만 칠흑 같은 어둠을 베고 작은 골짜기에서 새벽잠이 들었다. 함초롬하게 비에 젖은 작은 산새가 솔 씨를 물고 찾아와도 설익은 꿈에서 깨어나질 못하니 지친 기다림의 덧난 상처가 아직은 덜 아물어서일까? 이제는 함께 일어나야 할 시각. 매화 꽃망울 터지는 소리에 얼음장 밑에서 선잠을 깬 개구리도 바빠졌다. 우리는 긴긴 겨울밤을 베갯모를 적시며 돌아눕기를 몇 번이나 했던가. 여명은 그렇게도 매정스럽기만 하더니만 봄비를 맞으며 오지랖을 적신다. 설움이 머물다 간 메마른 가지 끝에 잎보다도 먼저 봄꽃들이 피어난다. 이제는 검은 휘장을 걷어야 한다. 기지개를 켜야 할 때가 지금이다. 남으로 난 창문을 활짝 열고 매화 가지에도 목련의 꽃잎에도 새로운 시작이라는 기별이 온다. 봄비가 내리는 아침 나의 창문 밖에서.

4. 바람아 구름아

바람이었을까 구름이었을까. 스쳐 가는 바람이었으면 얼마나 좋았으며 흘러가는 뜬구름이었다면 또 얼마나 홀가분하였을까. 달의 뒷면이 있다고는 생각지도 않고 왜 밝은 달만 쳐다보았을까. 몽골의 초원보다 더 넓은 마음의 초원은 보이지 않고 섬과 섬이 뿌리를 같이 한다는 것은 생각지도 않았다. 문학의 꿈이 집착으로 전이되어 젊음의 육신을 옥죄어 오는 줄도 모르고 찰스 램도 되고 싶었고 정비석도 되고 피천득도 되고 싶어 캠퍼스의 잔디밭을 뒤로하고 천릿길의 무모한 귀향의 밤은 돌이킬 수 없는 절해고도의 적막이었다. 새벽을 안고 몸부림치며 남몰래 베갯모를 적신 눈물이 말(斗)로 되면 셈이 될까, 되(升)로 되면 헤아릴까, 속절없는 세월에 가늠도 어렴풋하여 서산마루에 걸터앉아 볕 바라기를 하며 저녁노을에 물든다.

무모한 도전도 만용이 아니었던 젊음은 오로지 열꽃의 불씨도 활활 불태워 빨간 장미로 송이송이 피우려고 겁 없이 나부댔으나, 피카소가 그린 동그랗게 구멍 뚫린 삼각자는 소(牛)가 되지만 뿔 달고 네발을 그려 붙여도 세인들의 그림이야 괴물이 되고 마는 영혼의 깊이를, 희끗희끗한 머리카락이 일러주기까지는 오랜 세월이 흐른 뒤이었다.

남산 안테나의 불빛은 먼 하늘의 별이 되어 꿈의 깃대 끝에서 찬란하게 반짝거리고 퇴계로의 다방은 희뿌연 담배 연기 속에서도 문학의 밤으로 무르익어 가던 기억마저 골 깊은 겨울밤의 부엉이 울음소리에 지워졌다. 뻐꾹새 울면 낮닭이 화답하는 바탕음을 자분자분 아랫목에 깔아놓고 달을 따고 별을 따서 엉성한 바구니에나마 오롯이 담아 세상 바깥으로 내보내려는 꿈은 한양 천 리 길이 너무도 먼 길이었다. 요즘 반나절 길이 그때는 왜 그리도 멀었던지. 없어서 간절했고 모자라서 절박했던 서러움을 지금이야 오히려 넘쳐서 탈이 나고 남아서 처치 곤란한 스마트폰의 세대가 알기나 하련만 한갓 넋두리가 되어 보풀이 일고 퇴색된 일기장 속에서 묻혀버렸다. 이제는 잊어도 좋은 이야기가 되었으나 신기루 같은 문단의 길을 찾아 헤매던 젊은 그날에는 속절없는 방랑자가 되어 가슴으로 울었다.

볕 좋은 날에는 날숨 쉬며 부대끼고 날 궂은날이면 들숨 쉬며 숨 가빠도, 헝클어진 머리채를 가지런히 톺아 묶어 날줄로 걸어놓고, 달아오른 열정을 올올이 꾸리 감아, 꿈 한 줄 눈물 한 줄 섞바꾸어 씨줄 넣어, 도투마리 풀어가며 왕 닷새면 어떠냐 하고 바디를 치고 쳤다. 첫 닭이 울어서 새벽을 깨울 때면 빨간 원고지 위에는 방울방울 피멍이 맺혔다. 지난 시절의 그들도 젊은 날의 가슴은 그래도 뜨겁게 불타올랐다.

아래 위채 걸친 줄에 풀 먹인 삼베옷을 볕 바르게 말릴 때면, 언제나 뻐꾸기는 앞산 그 자리에서 울었고 뒷산 숲에서는 꾀꼬리가 날았으며 밤이면 소쩍새가 이 골 저 골 울고 날며 피를 토했다. 울음소리가 애절하면 애절하다고 받아쓰고 구슬프게 울어대면 구슬프다고 받아 적었다. 꾀꼬리의 날갯짓 소리도 따다 붙이고 스치는 바람 소리도 옮겨적었다. 하늘이 좁아도 달도 보고 별도 보는데 꿈길마다 서울행 기차의 기적소리는 언제나 재 너머에서 들여왔고 원고지를 마주한 또 한 마리의 소쩍새는 밤이 깊도록 그렇게 울었다.

문명도 외면하고 문화도 돌아앉아 길눈조차 어두워서 신춘문예 응모작을 끌어안고 터벅거리며 머리를 디밀면, 웅장한 성문의 수문장이 해마다 가로막아 돌아서기를 몇 번이고 했다. 원망도 실컷 하며 다시는 돌아보지 말자고 다짐도 했으나 열무김치 익는 냄새가 나기만 하면 운명처럼 또 뻐꾸기가 되어 그 자리에서 울어야 했고 밤이면 소쩍새가 되어 이 골 저 골 헤매며 밤새껏 울어야 했다. 울어서 애달픈 사연 달빛으로 물들여서 비둘기 꼬리 끝에 매달아 길 잃지 말라고 신신당부도 했으나 기다리던 소식은 언제나 오지 않았다. 이번 말고는 더는 말자고 이제는 마지막이라며 모둠발하고 솟구쳐 뛰어보아도 언제나 발끝이 닿는 곳은 뙤약볕 아래의 보릿고개 들머리였다. 그래도 시린 새벽을 끌어안고 가슴앓이하면서도 베갯잇은 적시지 말자고 다짐하며 그 시절의 그들은 그렇게 글을 썼다. 혹시나 솔 씨 하나 물고 곤줄박이라도 날아올까 해서다. 그들의 삶은 애달픈 기다림이었다.

바람아 구름아 숨은 사연 덮어 둔 오지랖을 못 본 듯이 그냥 지나가다오.

5. 선생님께 드리는 사죄

　선생님 죄송합니다. 이런 줄은 몰랐습니다. 저를 이만큼이나 키워 주셨는데 이런 줄도 모르고 있었으니 종아리를 걷겠습니다. 저의 종아리 아픈 것이 어찌 선생님 가슴 아픈 것에 비하겠습니까. 교단이 이 지경인 줄은 정말 몰랐습니다.

　학생들의 교권 침해가 심하다는 얘기는 더러 들었으나 교실의 교단에 선 선생님을 여러 학생이 교단으로 올라가서 작대기로 찌르고 때리는 방송을 보고 억장이 무너졌다. 경천동지의 천지개벽이다. 스승의 그림자도 밟지 않는다고 했던 우리가 왜 이리됐나. 어쩌다가 제자들이 이 지경에 이르렀나. 학부모가 더 문제라는 말이 난다. 제자의 잘 못을 나무라지도 못하는 지경이 되었다. 타이름도 망신 준다며 네가 뭔데 하고 걸핏하면 고소 · 고발이라니 세상이 뒤집혀도 이럴 수는 없다. 학교가 학문만을 배우고 가르치는 곳이 아니라 올바른 사람 되라고 가르치는 곳이다. 가정에서 못다 배운 것이나 두서없이 배운 것을 체계적으로 철저하게 가르치며 나이에 걸맞게 인성교육을 시키는 곳이다. 진학만을 위한 정답을 찾아내는 기술자로 키우는 것이 아니라 학문과 도량을 넓혀 삶의 지혜를 깨우치고 사람답게 사는 도리를 가르치는 곳으로 사람답게 커가며 사람답게 행하며 사람답게 살기 위해 가르침을 받는 곳이다. 이를 가르치는 이가 교사인 선생님이시고 스승이시다. 그림자인들 어찌 밟겠는가! 언행을 본받아서 품행을 다

듣고 존중하고 존경하며 겸손함을 익히고 가르침을 익혀서 진리를 깨치며 꾸지람을 듣고 잘못을 깨달으며 훈계를 듣고 옳은 길을 찾아 꿈을 키워야 할 제자들이 어찌하여 이 지경이 되었나. 불경도 유만부동이지 통탄하고 통곡해도 모자랄 일이다. 이게 어찌 내 자식 네 자식을 탓할 일인가. 이 사회가 막돼먹고 이 시대가 병들었으니 이 사회와 이 시대를 만든 우리가 모두 용서를 빌어야 하고 학부모 모두도 무릎을 꿇어야 할 일이다. 여기에 토를 달면 우리들의 자녀는 자꾸만 엇나간다. 내 자식 혼자만 살아갈 세상도 아니요, 당신의 자식 혼자만 살아갈 세상도 아니고 내 자식 네 자식이 함께 어우러져서 더불어 살아갈 세상이기 때문에 네 탓 내 탓의 문제가 아니다. 보물인 자식들이 애물이 되면 어찌할 것인가! 더 늦기 전에 반성하며 사죄하자. "선생님! 저희가 버릇없이 키우고 잘못 가르쳤으니 이번만은 용서해 주시고 바르게 가르쳐 주십시오"라고. 이제는 학벌과 학위도 예전처럼 대접받던 시대도 아니다. 학벌도 학위도 현실 앞에 무릎을 꿇었다. 학벌이나 학위로만 살아갈 세상이 아니다. '학벌과 학위를 갖춘 자'가 아니고 '진실하고 성실한 자'를 구하고 있다. 학식과 지식은 온라인으로 이미 공유화되어서이고 진실과 성실은 인성과 인품으로 이제는 자질이자 재능으로 인정받고 있다. 존중과 배려가 근간이 되어 서로가 함께할 수 있기 때문이다. 두뇌는 지혜와 소양의 산실이어야지 재간의 격납고가 아니다. 경쟁은 발전을 얻어 내지만 화합을 이룰 수가 없다. 그러나 화합은 성취를 이루어 낸다. 우리 아이들에게는 족집게 강사가 아닌 스승이 필요하다. 우리의 자녀들을 훈육하여 화합하며 더불어 사는 세상으로 계도를 해야 한다. 이대로 두면 자멸의 길로 들게 된다. 옛사람들이 그랬듯이 우리도 회초리를 싸서 선생님께 맡겨야 한다.

매의 길이만큼 우리들의 아이가 훌쩍 커갈 것이다. 더 늦으면 용서받
지 못하는 사회로 변한다. 다 함께 무릎을 꿇어야 한다 "선생님! 용서
하십시오."

6. 불일폭포를 찾아가며

유월의 산은 푸르름이 짙어 풋풋한 풋내의 싱그러움이 절정을 이룬다. 그래서일까, 청학도 이맘때가 좋아서 불일 폭포를 찾았을까? "암자의 중이 말하기를 '매년 여름 몸뚱이는 파랗고 이마는 붉고 다리가 긴 새가 향로봉 소나무에 모였다가 내려와 못물을 마시고 바로 간다.'라고 하더라."는 탁영 김일손 선생의 '속두류록'에 나오는 내용으로, 암자는 불일암이고 못은 불일 폭포 아래의 소를 말하는 '학연(鶴淵)'인데, 탁영 김일손 선생이 일두 정여창 선생과 함께 1489년 성종 20년 4월 14일 천령(함양)에서 출발하여 지리산 등정의 하산 끝 날인 16일째 되는 날, 쌍계사에서 불일 폭포까지의 발자취를 따라 500여 년의 역사를 거슬러 '속두류록'속을 되밟을 요량으로 길을 나섰다.

남해고속도로 하동IC를 나와 섬진강을 거슬러 오르면 사연 품은 풍광이 눈을 시리게 하여 정취에 매료되면 오도 가도 못하게 발목이 잡힌다. 딴마음 들기 전에 백사 청송 붙잡아도 본체만체 외면하고 악양 동천 평사리도 다시 보자 언약하고 화개장터에 차를 세웠다.

사시사철 시끌벅적한 화개장인 줄이야 알지만, 코로나19가 숙지근해서일까? 등산복 차림의 산꾼들이 꾸역꾸역 몰려들고, 산약초 가게마다 약차를 끓이는 냄새가 사방에서 풍기는데 엿장수 아낙은 연지곤지 분단장에 속곳이 드러나게 치맛자락 걷어 올려 허리춤에 동여매고 북채를 쥐는 품이 신명 나게 한바탕 놀아볼 요량인지 차림새를 갖추었고, 대장간의 쇠메 소리는 아까부터 요란하다.

성기는 지금쯤 어느 고을 장터에서 육자배기의 구성진 가락으로 엿가위 질을 하고 있을까? 천복을 타고나지 하필이면 역마살이 무어람. 성기의 사주로는 홀어미 옥화의 곁에서 책 장수로 살아가기에는 애당초에 글렀으니 팔도 유랑의 엿장수가 속절없는 팔자였을까?

골목 안에 복원한 옥화 주막을 찾았다. '소설 역마의 옥화 주막'이라는 간판 아래 동동주, 선짓국, 파전 등 옛맛 나는 차림표가 빼곡히 적힌 문으로 들어섰다. '주모!' 하고 크게 불러볼까 하다가 선착한 나그네들이 둘러앉아 있어 빈자리를 잡았다.

예쁘장한 아낙이 혼자서 바쁘다. 주모인 옥화는 출타하였을까. 성기의 소식이라도 들은 걸까, 계연의 혼사 기별이라도 듣고 구례로 갔을까. 하룻밤의 연정으로 성기를 잉태시키고 어딘가로 떠나버린 떠돌이 중의 행방이라도 찾아 나섰단 말인가, 아니면 아버지라고 한 번도 불러보지도 못하고 떠나보낸 체 장사의 부음이라도 받은 것일까. 소설 속의 36년 전, 이름도 모르는 남사당패와의 하룻밤의 동침으로 자기를 낳아 준 어머니의 천도재라도 올리려고 쌍계사로 갔을까. 허름한 초가지붕의 아래채를 마주 보니 머릿속은 온통 김동리 선생의 소설 '역마' 속으로 헤맨다.

파전 안주에 동동주 한잔으로 입을 가시고 녹음 짙은 신록의 길을 따라 500년 세월 속으로 발길을 재촉하여 쌍계사 들머리인 쌍계교를 건너서 탁영 선생의 도포 자락을 붙잡고 쌍계석문 앞에 섰다. 즐비한 식당과 토속 먹거리를 파는 간이매장들을 양편으로 거느리고 우람한 바위가 수문장처럼 마주 보고 섰다. 바른쪽 바윗돌 벽면에는 '석문'이라는 두 글자가 새겨졌고 맞은편에는 바닥에 묻힌 커다란 바위 위에

흔들바위처럼 우뚝하게 올라앉은 웅장한 바위에는 '쌍계'라는 두 글자가 음각돼 있다. 쌍계 대가람의 창건을 예비하고 대자연이 마련한 태초의 석문일까, 고운 최치원 선생이 쓰셨다는 '쌍계석문'을 두고 탁영은 글자 크기는 말(斗)만 한데 여아동습자지위(如兒童習字者之爲)라 하여 아이들의 붓글 공부 정도라고 하셨는데 속객에게는 판단조차 버겁기만 한 글씨이다. 법계와 속계의 경계이니 속계의 삿된 마음은 말끔히 버리라며 번득이는 칼날이 맞부딪쳐 번개 같은 불꽃을 튕기며 쇳소리가 날 것같이 날카롭기만 한 필체이다.

쌍계석문을 지나면 울창한 활엽수들의 짙은 풋내가 카랑카랑한 계곡 물소리에 사방으로 흩어지며 청량감을 더하는데 '삼신산 쌍계사'라는 편액을 단 우뚝한 일주문이 속객을 반긴다. 일주문을 지나 금강문에서 금강역사의 검문을 받았건만 천왕문의 사대천왕이 창검을 들고 또 검문을 받으란다. 끗발을 부리겠다는데 어쩔 수 있나. 족히 네댓 길을 넘는 웅장한 거구의 위압에 꽥 소리도 못 내고 두 손 모아 고개를 숙였다. 금방이라도 불벼락이 떨어질 것 같아 목덜미가 쩌릿쩌릿한데 숨을 죽이고 기다려도 기척이 없다. 모르고 지은 죄가 더러 있을 건데 눈감아 주려나 보다 하고 꾸벅꾸벅 절을 하고 통과하니, 마당 가운데에 아기자기한 팔각의 9층 석탑이 우뚝하게 높이 섰다. 산뜻한 근작이다. 9층 탑 뒤에는 정면 일곱 칸의 맞배지붕인 2층 누각에 '팔영루'라는 편액이 붙었다. 탁영은 속두류록에서 '절의 북쪽에 고운이 자주 올랐던 팔영루의 옛터가 있다'라며 '승려 의공이 다시 세우려 한다.'라고 했는데 대웅전 앞마당의 정면에 웅장하게 서서 '금강계단'이라는 또 다른 편액까지 달았으나 본래의 자리는 아닌 것 같다.

탁영은 석문을 지나 1리를 가니 오래된 비가 있다고 했는데 대웅전

돌계단 아래의 마당 한가운데에 '진감선사비'가 커다란 거북의 등 위에 양각된 용트림의 머릿돌을 이고 섰다. 비석은 깨어져 여러 군데가 금이 가서 사면의 모서리를 보철로 감쌌다. 고운 최치원 선생께서 왕명을 받아 비문을 짓고 손수 쓴 국보 제47호이다.

　탁영은 이 자리에 서서 비문의 방서에 '최치원 봉교찬'이라 쓰인 이끼 낀 비석을 어루만지며 깊은 감회를 이렇게 적었다. '내가 고운의 시대에 태어났더라면 그의 지팡이와 신발을 들고 모시고 다니며 그의 문하에서 붓과 벼루를 받들고 가르침을 받았을 것'이라며 고운에 대해 사모의 정이 애틋하다. 천년하고도 백여 년의 세월이 흘렀건만 누군들 어찌 고운을 그리워하지 않으리오. 하늘도 차마 그를 버리지 못하여 선계로 인도하였으니 찬양 지심이야 만고불멸하겠지만 두고두고 선생의 그리움이 석비에서 젖어오고 탁영의 그림자 또한 눈앞에서 완연하다.
　대웅전으로 들여 헌향 삼배로 입산 고유를 가름하고 탁영의 발자국을 되밟으며 금당으로 이어지는 옥천교를 건넜다. 옥천사를 쌍계사로 개명한 이전의 이름이다. 탁영은 비석의 북쪽 수십 보의 거리에 고운이 심은 백 아름이나 되는 회화나무가 실화로 불탔으나 열 자(十尺)나 되는 그 뿌리가 계곡을 건너 뻗어서 승려들이 왕래하며 '금교'라고 했다는데 금당으로 가는 지금의 '옥천교' 자리인 것 같다.
　옥천교를 건너 층층의 높은 돌계단 위에는 금당과 청학루가 자리를 잡았는데 하안거라 문이 닫혀있어 오른쪽으로 트인 산길을 따라 탁영의 뒤를 따랐다. 불일암으로 이어지는 가파른 길이다. 200m쯤이나 올랐을까, 진감 선사께서 창건한 국사암 가는 길과 갈림길이다.

갈림길에서부터 불일암으로 가는 길은 낙락장송이 울울창창하여 아찔한 느낌은 아니지만, 발끝 아래는 끝을 알 수 없는 수직 절벽이다. 탁영은 잔도라고 했다. 산길의 정적을 밟으며 잔도를 지나 너덜겅과 도랑 건너기를 여러 차례 거듭하자 저만치에서 오두막만 한 바윗돌이 홀로 걷는 속객을 지켜본다. 고운 최치운 선생께서 청학을 타고 지리산을 넘나들 때 청학을 부르던 '환학대'란다. 고운은 이곳 환학대에서 '진감선사비'의 비문을 지으셨다고 안내판이 일러준다. 바윗돌의 세월이야 천 년도 촉각인데 탁영도 이 바윗돌에 앉아 쉬었을 것으로 짐작이 되건만 속두류록에는 그 언급이 없다.

환학대를 지나자 훤하게 고갯마루의 천공이 먼동이 트듯이 밝아 왔다. 불일평전에 닿은 것이다. 오래지 않은 날에는 등산객들이 왁자지껄했던 산장이었고 머나먼 세월의 저편 이맘때는 감자 삶고 옥수수 삶는 냄새가 집집이 그윽하고 무쇠 솥뚜껑 여닫는 소리가 '챙그랑!' 하고 들릴 것만 같은데 인적 없는 폐가는 거미줄만 뒤엉켜 옛 추억에 서럽다. 탁영은 이곳을 두고 넓고 평평하여 농사짓고 살만한 곳이라며 여기가 세상이 말하는 청학동이라 했다. 그 옛날의 이상향은 어디로 가고 잡초 우거진 폐허는 처량히도 허무하다.

고갯마루를 넘어서자 암벽의 허리를 감돌아 이어지는 아찔한 벼랑길이다. 이를 두고 천인단애라 했던가. 머리 위로 불거져 나온 암벽은 높이를 알 수 없고 발끝 아래의 수직의 절벽은 깊이를 알 수 없다. 탁영도 원숭이나 오갈 위험천만한 잔도라고 했다. 불일 폭포로 이어지는 나무 계단이 급경사를 이루고 머리 위로 높다란 벼랑 위에 단청이 화려한 작은 절집이 얹혀있다. 불일암이다. 탁영은 등구사에서 이곳에 이르기까지 가장 마음에 드는 곳은 불일암뿐이었다고 했다. 법당에 들여서 헌향 삼배로 입산을 아뢰고 지그재그의 급경사 계단을 타고 불일 폭포로 내려갔다. 폭포와 마주한 조망대에 섰다. 명주 필을 드리운 듯 장엄한 비경의 황홀감에 전신이 짜릿한데 청학도 스승도 떠난 지가 오래다. 속객은 감회를 이렇게 적어 본다.

선현이승청학거 속객공견비폭유(先賢已乘靑鶴去 俗客空見飛瀑留)

선현들은 이미 청학을 타고 가버렸는데 속객은 부질없이 폭포만 바라보네.

7. 허리 굽은 노송(老松)

비탈진 밭머리의 길섶에, 산자락에 묻혀 방석 때기만 하게 바닥을 들어낸 바위 틈새에 소나무 한 그루가 섰다. 새댁이 시부모랑 처음 왔을 때부터 새댁 발목 굵기만 한 밑둥치를 갈라진 바위틈에 뿌리를 박고 서 있었다. 갈라진 바윗돌 한 자락은 밭일하다 쉬는 자리다. 앞 뒷산 마주 보는 깊은 산골에 어디 앉을 자리가 그리도 없어서 하필이면 갈라진 바위틈에 뿌리를 내렸을까?

산자락을 감돌아 휘돌아진 좁다란 비탈길은 산모롱이에서 끝이 난 듯, 이어지는 길이 보이지 않아도 아낙은 그 끝에서 언제나 남색 치맛자락을 한들거리고 다가와서 소나무 발치에 소쿠리를 내려놓는다. 점심밥을 챙겨오는 것으로 보아 오가는 시간이 꽤 걸리나 보다. 소나무는 아낙의 소쿠리를 그늘로 덮어주고 지킨다. 아낙이 걸어둔 수건에서 분 내음이 솔솔 난다. 소나무는 아낙의 분 냄새를 좋아한다.

아낙이 내 그늘을 깔고 앉는다. 소쿠리에 담긴 군사우편 봉투가 모가 달아 보풀이 일었다. 아낙은 느리게 읽는다. 그러고는 또 어제처럼 접어 담아둔다. 여기저기 듬성듬성 심어둔 수수가 하루가 다르게 키를 키우며 콩밭을 지킨다. 아낙의 호미질도 다부지다.

산 너머에서 총소리가 콩 볶듯 하고 쿵쿵거리는 대포 소리에 산자락이 몸을 떨어도 비둘기와 꿩이 짬짬이 내려와 묻어둔 씨앗을 뒤적거렸고 새싹들이 파랗게 서로의 어깨를 비빌 때면 초저녁에는 고라니가 밭을 매고 새벽녘에는 토끼가 뒷설거지를 부지런히 하고 간다. 남은 것이 아낙의 몫이 되어 일손을 잡는다.

짧아진 그림자가 발등 위에 올라앉으면 아낙은 점심 소쿠리의 삼베 보자기를 걷고 보리밥 한술을 떠서 내 발등에 먼저 고수레를 한다. 어제도 그랬고 그제도 그랬는데 한동안 아낙의 발길이 끊겼다. 노송의 목은 마을 쪽으로 길어진다. 마을은 보이지 않지만, 어디쯤인지는 짐작으로 알고 있다. 콩잎이 무성하여 이랑을 덮고 어느새 도토리 떨어지는 소리에 콩잎이 노릇노릇 물들고 깍지가 볼록볼록 영글었는데 아낙은 오지 않았다.

굽은 등이 부러지라 하고 마을 쪽을 바라봐도 아낙의 그림자는 흔적도 없다. 대포 소리도 끝났고 총소리가 멎은 지도 달포가 지났다. 그런데 웬일일까? 산까치가 유난히 울어대던 날 아낙이 산자락의 끄트머리에서 걸어오고 있다. 하얀 치마저고리를 입었다. 끼고 온 소쿠리를 내 발치에 내려놓았다. 삼베보자기도 덮지 않은 빈 소쿠리다. 하얀 수건을 내 굽은 등허리에 걸쳐두고 먼 산을 바라본다. 수건에서 분 냄새가 나지 않았다.

미동도 하지 않고 한참을 앉았더니만 콩밭 이랑에 난 바랭이풀을 한 줌씩 뜯어낸다. 다부지던 그 손길이 아니다. 마음에 없는 손놀림이다. 바랭이 서너 가닥 뜯어 쥐고 마을 쪽을 보고, 한참을 섰다가 또 그러고 선다. 빈 소쿠리 옆에 끼고 왔던 길로 돌아간다. 가늘어진 허리가 휘청거린다. 소나무의 가지 끝이 떨린다. 건너편 산에서 장끼가 끄르륵! 하고 운다. 산골의 고요는 더 깊어가고 하얀 낮달이 중천에 외롭다.

해마다 작물을 바꿔가며 심어도 산짐승의 해코지를 피하지 못한다. 빈 소쿠리 옆에 끼고 할 일 없어도 오는 까닭을 소나무는 다 알고 있다. 아낙의 분 냄새를 맡고 자랐고 땀 냄새를 맡고 허리가 굽었고 한숨 소리를 듣고 등이 휘었는데 모를 리가 없다. 애먼 소리 듣고 가슴을 쥐어뜯는 아픔도 안다. 알아들을 수 없는 넋두리도 소나무는 다 알아듣는다. 멀쩡한 속도 생으로 앓으며 수시로 불거지는 인생사의 매듭을 묶고 풀며, 밤이면 스스로 마음을 다잡으며, 있는 속 없는 속을 다 비워내고, 날이 새기가 무섭게 일상을 끌어안는데도, 뜬소문 듣고 주름 하나 늘고 애먼 소리 듣고 흰머리도 늘었다. 보릿고개 넘느라 가늘어진 허리로 베틀에 앉아, 설움 한 줄 씨줄 넣고 바디 집을 힘껏 치고, 도투마리 날줄 풀며 앓는 속 풀어내고, 밤이 길어 베갯모를 이쪽 저쪽 적시던 그 속을 다 알기야 하겠냐만, 풀고 풀어도 남는 서러움에 울고 싶어지면 시어머님이 시집살이했던 빈 무쇠솥에 물 한 바가지 붓고, 속만큼이나 검게 탄 아궁이에 헛불을 땐다. 울기가 좋아서 헛불을 땐다. 솥뚜껑도 눈물을 흘린다.

바람에 묻어오고 산새가 물어오는 풍문에 귀만 기울이는 노송은 몸피는 키우지도 못하고 뒤틀어져 등이 굽은 채, 풍상에 시달려서 갈라진 껍질은 세월의 더께가 겹겹으로 두껍다. 발치에 난 잡초를 아낙이 뽑아주지 않았다면 바윗돌에 내린 이슬조차 한 모금 얻어먹지 못했을 것인 줄을 알고 있어 노송은 산모롱이의 길목만 바라보며 등이 굽고 목이 길어진다.

탈탈거리는 경운기 소리가 들린다. 산골의 적막이 일순간에 부서진다. 모롱이를 돌아 오르며 더 큰 소리를 낸다. 들머리에 멈춰 선 경운기에서 아낙이 내린다. 머리카락이 하얗다.

듬성듬성한 콩대를 뽑는 젊은이는 눈에 익었다. 해마다 봄가을이면 하루씩 보던 얼굴이다. 젊은이야 본체만체해도 노송은 반갑다. "내년부터는 그만 하세요. 큰어머님도 쉬셔야죠"

다음 해의 봄에는 경운기가 오지 않았다. 할머니가 허름한 유모차를 밀고 온다. 생수 한 병을 싣고 온다. 내 발끝에 찔끔 한 모금 먼저 부어주고 마신다.

단풍이 낙엽 되어 떨어지던 날, 할머니가 나무 작대기 하나를 유모차에 묶어서 끌고 왔다. 다음 날 또 하나를 더 끌고 와서 노송의 발치에 내려놓고 허리를 편다. 할머니 키만 하다. 끄트머리에서 두어 뼘 아래에 노끈을 여러 겹으로 묶더니 두 갈래로 벌려서 등이 굽어 휘어진 노송에다 받침목을 세운다. 쌍지팡이를 쥐여준 것이다. "네 세월이나 내 세월이나 인정머리 없이 가는구나." 그리고 마을로 내려간 할머니는 다시는 오지 않았다. 허리 굽은 소나무는 까만 리무진이 마을을 돌아 떠난 줄도 모르고 오늘도 굽은 허리를 길게 늘여 마을 쪽을 바라보고 있다.

8. 유월이 되면

장미 넝쿨이 진녹색 이파리를 아무도 모르게 하나씩 붙여가며 몰래 몰래 담장을 타고 기어오르더니 올망졸망 망울진 봉오리들을 새빨갛게 터뜨렸다. 앞산 뻐꾸기가 목이 쉬도록 울어주던 날 민중들의 목도 쉬어버린 그맘때의 유월이다. 유월이 되면, 가물거리는 이름들이 있어 옛 세월을 되밟으며 남강 다리를 걸어본다. 강물에 그림자 진 촉석루가 지금은 저리도 영롱하게 아롱지는데 그때는 왜 그렇게 어두운 그림자를 드리웠을까. 강바람을 타고 매캐한 최루탄 냄새가 향수처럼 스며온다.

다리목 오른쪽 건물 3층. 신한민주당 경남 제3지구당 사무실이었다. 옥상에 내걸어야 할 확성기를 진주 시내 어느 전파상이든 소리사든 야당 집회용으로는 빌려주지 못하던 사연을 오늘을 사는 사람들은 알기나 할까. 요즘 젊은이들은 소리사가 뭔지도 모른다. 아날로그 시대의 TV나 라디오, 앰프 등 소리를 내는 전자제품을 수리 판매하거나 대여하는 업소다. 요즘이야 확성기가 흔해서 과일 장사도, 고물장사도 차에 달고 다니지만, 그때 그 시절에는 귀하디귀했다. 더구나 전두환 정권은 소리사에서 야당 집회용으로 확성기를 빌려주면 그날로 폐업이고 점주는 어딘가로 끌려가야 했다. 대여 일지는 매일 경찰의 검열 대상이었다. 마지막 몸부림이라도 치고 싶었던 비장함, 멀리 사천까지 가서 한밤중에 구해다 당사 옥상에 걸어준 이미용사협회 사천지

회장 이점용 씨. 선전부장이었던 내가 어딘가로 끌려갈까 봐 호위무사를 자처하며 그림자처럼 붙어 다니던 강기령 씨와 서기찰 씨, 지금은 어느 하늘 아래서 분을 삭이며 살고 있을까?

87년 1월 14일 오전 10시. 옥상의 확성기가 뇌성과도 같은 사자후로 울분을 토했다. '책상을 탁! 하고 치니 억! 하고 죽었답니다.'라고 가슴이 터지도록 소리쳤더니만 순식간에 남강 다리를 막아버리는 백골단은 어찌 그리도 날래던지. 다리난간에 기대서서 확성기를 달았던 옥상을 한참 동안 올려다본다. 선학산 너머로 떠가는 구름 따라 36년의 세월이 흘렀다.

그해 5월, 통일민주당으로 다시 창당하여 당사를 진주경찰서 앞 현대차 중부지점 사거리로 옮긴 유월, 연세대학생 이한열 군이 최루탄을 맞고 뇌사 상태에 빠졌다는 비보를 또 한 번 외쳤을 때 소방차는 옥상 확성기를 향해 물을 뿜어대고 백골단은 내가 그리도 탐이 나는지 앞다투어 좁은 계단을 차고 오르려고 나부댔다. 나는 방송을 하느라 보지는 못했으나 훗날 이야기로 들었지만, 당원동지들이 계단에서 빼곡하게 어깨동무하고 걸터앉아 결사 항전이라도 하듯 정권 타도를 외치며 백골단의 진입을 막았고 강기령 씨와 서기찰 씨는 수건으로 얼굴을 동여매어 눈을 가리고 앞이 안 보이니까 접근을 말라며 네발 쇠스랑을 휘저으며 백골단의 진입을 계단 앞줄에서 막았다고 했다. 번개처럼 재빠르고 비호같이 날고뛰는 백골단, 갑자기 확성기 소리가 뚝! 하고 끊겼다. 어느새 백골단은 줄을 타고 옥상으로 올라가 확성기를 걷어 갔다. 사무실은 소방차가 쏘아댄 물로 물난리가 났다. 당 사무실과 주점이 방음벽으로 반을 나누어 칸막이한 벽을 주점 주인이 벽을 뜯고 나를 주점의 비상구를 통해 인근 성수장 여관으로 피신시켜 주었다. 울분에 통곡하고 의분에 절규하던 그들의 고마움을 잊지 못하여 유월이 되면 섧게 섧게 속울음을 혼자서 운다. 그날의 눈물은 아직도 마르지 않고 유월만 되면 체면도 없이 주르르 두 뺨을 적신다.

남강 다리 밑으로 발길을 옮겨본다. 당시는 찻길이 없었던 남강 다리 밑 그늘에는 오륙십 명씩 모여 하루해를 보내시던 노인들은 나를 얼마나 원망했을까? 두고두고 미안해서 노태우 6·29 항복선언 후에, 당사에 소주 몇 병이 생길 때마다 찾아가면 언제나 등을 다독거려 주시던 백발의 노인들은 간 곳이 없고 강낭콩꽃보다 더 푸른 남강물은 거룩한 분노를 삭이며 말없이 흘러간다.

그해 이맘때, 유월의 땡볕이 쏟아지는 왕복 4차선의 진주대로. 중앙 로터리는 지하 출입통로와 지하상가를 조성하는 공사가 한창이어서 기존의 아스팔트를 걷어내고 재포장을 하려고 온통 자갈밭이었다. 민중의 절규에 비봉산과 선학산도 어깨동무하고 울부짖었고 짙푸른 대나무 숲은 하늘을 향해 부들부들 떨었다. 남강물도 출렁이고 의암도 통곡했다.

확성기 소리는 하늘을 찢으며 뙤약볕을 끌어안고 통곡하는데 양편의 세입 점주들은 또 얼마나 많은 고통과 인고의 세월을 보냈던가. 층층이 창문을 열고 생수와 빵을 넣은 비닐봉지에 줄을 달아 두레박처럼 내려 보내주기도 하고 지폐를 던져주기도 했다. 그들이 던져준 종이팩 우유가 어찌 그리도 목이 메든지 눈물 젖은 마이크로 가슴을 쳤다. 무엇으로 갚아야 할지 유월만 되면 문뜩문뜩 생각나서 가슴이 아린다. 누구를 위한 몸부림이었으며 무엇을 얻으려는 저항이었던가. 세월은 흘러가도 산천은 안다. 흔들리지 말자던 뜨거운 맹세, 동지는 간곳없고 깃발도 없이, 산 자여 따르라던 절규만은 남았는데, 따르지 못한 미안함을 안고 유월이 되면 산 자는 이렇게 남강교를 걸으며 가슴에 향을 사른다.

9. 기도하는 여인

　아름을 가늠할 수 없는 커다란 굴피나무가 범상치 않은데, 밑둥치 앞에 제법 반반하게 깔린 돌판 위에서 기도하는 여인이 있다. 하늘에 작정한 마지막 단장일까? 보기 드물게 하얀 모시 한복을 차려입고 굴피나무에 대고 쉼 없이 절을 하고 있다. 저 아래 개울을 건널 때부터 빼곡한 나무 사이로 하얀 옷차림이 얼른얼른 보이더니 아직도 절이 끝나지 않았는데 이를 어쩌나. 인기척도 못 내고 숨을 죽인 채 멈춰서야 했다. 땀에 젖은 저고리가 등에 찰싹 붙었다. 모시 치마의 사각거리는 소리인지 아니면 간절히 애원하는 여인의 숨소리인지, 그도 아니면 맺힌 한을 풀어내는 속울음 소리인지도 모른다. 나뭇잎 갈리는 소리도 아니다. 바람 한 점 없어 고요가 숨을 막히게 하는 정적뿐이다. 바람 소리도 멈추고 흐르는 개울물도 숨을 죽였다. 그저 새큰거리는 여인의 애끓는 소리로만 들린다. 이대로 굳어서 바위가 되어야 하나. 실낱같은 길은 굴피나무를 끼고 돌아가야 하는데 저 간절한 기도 앞에서 어쩌지도 못하고 선 채로 굳었다. 무슨 사연이 있어서 저토록 애절하고 무슨 소원이 있어 저토록 간절할까. 바깥양반의 쾌유를 비는 건지, 아니면, 눈이라도 한번 깜박여 보라며 손끝을 잡고 울부짖다가 자식을 병실에 뉘어 놓고 인적 없는 외진 골의 굴피나무까지 찾아와서 빌고 비는 걸까. 얼마만큼이 애절함이고 어디까지가 간절함일까? 영육을 내놓은 간절한 기도 앞에 숨을 죽이고 고양이 발로 뒷걸음을 쳐야 했다.

폭포라고 했으니 개울을 따라가면 만나겠지 하며 없는 길을 만들며 개울을 더듬고 올라 최치원 선생의 호를 딴 고운동 폭포를 만났다. 어떻게 올라왔는지 모른다. 바윗돌을 이리저리 건너뛰기도 했고 뒤엉킨 넝쿨을 잡고 기어오르기도 했는데 기도하는 여인의 잔상이 눈에 밟혀서 어떻게 여기까지 왔는지 알 수 없고 힘들고 아찔했던 순간들도 기억에는 없다. 아무것도 도와줄 수 없으면서 왜 이리 오지랖이 넓어 가슴을 졸일까. 고운 최치원 선생을 붙잡고 애원이라도 하고 싶은데 선생 가신지 천년도 지났는데 무슨 수로 뵙나. 무력하고 무능함이 그저 서럽다.

온갖 상념들이 눈앞에 어른거리고 폭포 소리도 귀 밖으로 들리더니 산속의 시간이 꽤나 흘러 산그늘이 짙게 내려앉는다. 하산길은 그래도 실낱같이 아슴푸레한 인적을 따라 내려왔다. 아까 그 굴피나무는 적막을 깔고 빈자리를 지키고 있다. 얼마나 많은 사람이 무릎을 꿇었기에 이토록 반들반들 닳고 닳았을까? 차마 그냥 갈 수 없어서 돌판에 올라 무릎을 꿇었다. 여인이 남기고 간 체취인지 애절한 진액에 젖은 돌바닥은 간절함의 온기가 배어있다. 애타게 절을 하며 빌고 빌던 여인의 소원을 들어달라며 간절하게 빌었다. 굴피나무에서 여인의 숨소리가 들린다.

10. 엄마의 흔적 찾아

아침 식탁에는 우리 부부가 마주 앉으면 꺼내야 할 이야기를 신중하게 고른다. 잘못 말했다가 종일 기분을 상하게 할까 봐 조심해서다. 하지만 저녁 식탁에는 스스럼없이 이야기를 꺼낸다. 누가 먼저랄 것은 없고 나누고 싶은 이야기나 할 말이 있으면 곧잘 한다. 어제와 같은 오늘이라서 나는 입을 다물었다.

유치원생들이 떠나고 난 빈 교실을 말 그대로 난장판이다. 갖고 놀던 장난감이며 각종 교구가 널브러져 발 디딜 틈이 없을 정도다. 온갖 모양의 학습자료들이 각양각색인데 공이나 구슬처럼 굴러가는 것들이 항상 문제다. 진열장이나 책장 밑으로 굴러 들어가서 보물찾기라도 하듯 책장이며 진열장을 일일이 끌어내야 한다. 원생들이 집으로 가야 나의 일이 시작된다. 유치원이 마을 가운데에 자리 잡고 있어 마중을 나오는 엄마들이 여럿이다. 원생들은 통학차를 타고 집으로 가기도 하고 마중을 나와 기다리던 엄마의 손을 잡고 깡충거리며 집으로 간다. 원생들이 모두 집으로 가고, 텅 빈 유치원은 언제 그랬냐는 듯이 고요가 한가득 내려앉아 때로는 괴괴하다.

선생님들은 온종일 난리를 치듯 정신없던 하루가 끝나면 휴게실에 모여 차를 마시며 피로를 풀어낸다. 나도 일을 끝내고 따끈한 커피를 한잔 마실까 하고 선생님들의 휴게실로 갔다. 언제나 그렇게 마무리

해 왔다. 통학차에 애들을 태워 나가고 남은 선생님 둘 뿐이었다. 커피잔을 손에 쥐고 창밖을 내려다보고 있다. "수고들 했어요" 하고 여느 때나 다름없이 인사말을 건넸는데 돌아보지도 않고 나직한 목소리로 "언니! 언니! 쟤 좀 봐요" 하며 골목길을 향해 눈을 떼지 않는다. "왜 무슨 일이라도 있어?" 얼른 그들의 시선 방향으로 내려다보았다. 2층에서 내려다보이는 골목길은 막힘 없이 훤하게 보인다. 손바닥만 한 운동장과 야트막한 철망 울타리여서 새로 난 2차선 포장길과 비스듬하게 예전부터 있던 1차선 남짓한 골목길이 교차하는 모서리여서 뒷길 말고는 어디에도 막힘 없이 전부 훤하게 보인다. "쟤 말이야?" 2층에서 내려다보니까 남자애의 키는 짐작이 안 되고 약간 몸집이 있어 보이는데 하얀 패딩에 작은 가방을 어깨에 대각선으로 메고 아주 느린 걸음으로 좌우를 기웃거리며 걷고 있다. "쟤가 왜?" "언니 쟤가 아까부터 우리 유치원을 뱅뱅 돌고 있어" 돌고 있다기보다는 유치원 울타리를 따라 좌우 모퉁이의 길을 왔다 갔다 하는 모양이다. "벌써 20분 넘게 저러고 있어", "왜 그래? 뭘 잃어버렸나? 아니면 길을 잃었을까?" 하도 험악한 세상이라서 선생님들은 우선 원생들에게 해코지나 하려고 저러는 것이 아닌가 하고 지켜보고 있었나 본데 나는 그게 아니었다. 길을 잃어버려 헤매는 것처럼 머뭇거리기도 하고 기웃거리기도 하며 왔던 길을 돌아서 그러기를 또 반복하는데 서두르지 않고 느리게 걷는 것도 그렇고 걷다가 멈추기를 반복하며 좌우로 기웃거리는 것도 그렇고 하여 지적 장애아가 길을 잃었나 하고 "나는 집에 갈 거니까 내가 내려가서 만나볼게." 하고 2층 계단을 내려오는 발걸음은 마음이 앞섰으나 '뭐 별일 아니겠지?' 하고 정문을 막 나서는데 때마침 아이도 다시 돌아서 오다가 나와 마주쳤다.

평정심으로 가다듬고 다정함을 다하여 "왜 네가 아는 고양이라도 있니?" 주변의 길고양이들이 간간이 유치원 화단에서 볼일을 보고는 제 발로 흙으로 덮어놔서 원장 선생님은 제발 길고양이 먹이 주지 말라고 주방 선생님께 애걸하듯 신신당부한다. 원생들이 꽃밭에서 흙장난도 하는데 혹여 무슨 감염이라도 일으킬까 봐 노심초사인데 눈치 없는 길고양이들은 철망 울타리 틈새로 들어와 휘젓고 다니기도 하고 골목길은 주인행세를 하며 오가는 사람들에게 눈을 흘긴다. 아이에게 말을 잘 못 걸었다가는 "아니에요" 하고 횅하니 가버릴까 봐 아이와 눈을 맞추고 아는 고양이가 있냐고 물었다. 대답은 엉뚱하게도 "옛날 추억이 생각나서요", "응! 추억? 그럼 너도 이 유치원에 다녔니?", "5년 됐어요", "그럼, 여기 초등학교에 다니니?", "예", "그래? 그럼 원장 선생님을 보고 갈래?", "원장 선생님이 저를 알아볼까요", 어쩌면 이리도 감정 한낱 섞지 않고 나직하고 차분한 말투가 오히려 나를 긴장하게 했다. "그럼 원장 선생님이 알고말고" 말은 그렇게 했으나 덜컥 겁이 났다. 원장 선생님이 얘를 몰라보면 어떡하나, 내가 어떻게 해야지 하고 마음을 가라앉히고 "가자 원장 선생님 지금 계시거든." 하며 찬바람에 발갛게 언 아이의 귀를 비벼주고 마당을 가로질러 원장실 앞으로 손을 잡고 갔다. 호주머니 속에 있던 아이의 손은 따뜻했다. 때마침 원장실 문이 열리더니 손님들이 앞서 나오고 뒤따라 나오던 원장 선생님이 멈칫하더니 놀란 눈을 하고 큰 소리로 "남우야!" 하고 두 팔을 벌리며 덥석 끌어안는다. "남우 네가 왔구나" 남우가 원장 선생님의 품에 어설프게 얼굴을 묻었다. 남우의 등을 도닥거리다 두 팔을 잡고 눈을 맞추며 "남우야 이사 갔다며?", "예 일동네로 갔었는데 또 조금 멀리 갔어요", "그랬구나" 2층에 지켜보던 두 선생님도 쪼르르 내려왔다. 원장 선생님이 "얘 내방으로 데리고 가서 뭐 좀 먹여" 하고 선생님들께 애를 맡기고 "남우야 손님들 보내드리고 올게." 선생님 둘이 남우를 데리고 원장실로 들어가고 손님들은 이미 나가고 없으나 원장은 손님 전송은 까맣게 잊어버리고 "언니 쟤가 모모 반점 손자야" 원장은 쫓기듯이 다급하게 낮은 목소리에 힘을 주며 "얘 엄마가 죽었잖아" 순간 나는 회오리바람에 말린듯이 휘청했다. 홀린 듯이 물었다. "어쩌다가 언제" "4~5년 됐나 암이랬어. 언니 나 들어갈게. 잘 가."하고는 빨려가듯 원장실로 들어갔다. 나는 다리에 힘이 쭉 빠졌다. 발은 아예 땅에 붙어버렸다. 아무것도 보이지 않고 하얀 공간에 갇혀서 굳어버렸다.

인터폰이 켜지고 벨소리가 들린다. 얼른 문을 열었다. "식사왔습니다." 알루미늄 배달 상자를 들이밀던 젊은이는 모모반점 아들이고 그의 안사람 순영이도 아는 사이지만 아들 남우가 있는 줄은 몰랐다. 엊그제 같은데 몇 년이 훌쩍 지난 날이다. 중국집이 두어 집 있어도 마을 아래쪽에는 모모 반점이 독점하다시피 했다. 신속한 것은 사장 할아버지의 급한 성격 때문이고 깔끔한 것은 며느리의 성격이라며 다들 묻지 않고 시켜 먹던 단골이었다. 갑자기 자장면 냄새가 물씬 났다. 어렴풋이 정신이 들며 희끄무레하게 길이 보였다.

엄마는 나를 두고 왜 가버렸냐고 저 어린것이 얼마나 울었을까. 엄마는 내가 보고 싶지도 않냐며 할머니 몰래 또 얼마나 울었을까. 엄마가 그리워서 울고 엄마가 보고 싶어서 울고 엄마의 냄새라도 맡고 싶어서 울고 엄마 그림자라도 보고 싶어서 울고, 저 어린 것이 엄마가 얼마나 보고 싶었으면 작정하고 유치원까지 왔을까. 족히 30분은 걸어야 하는 길을 볼이 빨갛게 얼도록 찬바람을 맞으며 속으로는 또 얼마나 울면서 걸어왔을까. 엄마의 손을 잡고 오던 유치원이었고 엄마의 손을 끌고 집으로 가던 그 골목길이다. 엄마의 흔적이라도 남아있을까 엄마의 냄새라도 남아있을까 아니면 저쪽 길모퉁이에 엄마가 있을까 이쪽 길모퉁이서 엄마가 기다리고 섰을까. 어딘가에 엄마의 흔적이 있을 것 같아 이 골목에 가서 기웃거리고 저 골목에 가서 기웃거리는 저 어린것을 어쩌나. 누구도 대신할 수 없는 엄마의 품이기에 엄마 정이 그리워서 저 어린것이 얼마 울고 울었을까. 엄마의 환영이라도 보고 싶어서, 할머니께 말도 못 하고 겨울방학 내내 벼루고 벼루다가 왔을 건데 저 일을 어쩌나. 사람의 고향은 누구나 엄마인데 저 어린것이 얼마나 마음 붙일 곳이 없었으면 엄마의 흔적이라도 찾고 싶어서 저리도 서성거리고 있을까. 저 허한 가슴을 무엇을 채워주나. 엄마가 되었다가 할머니가 되어버린 나도 엄마라는 말만 들어도 친정엄마의 생각에 눈시울이 젖는데 저 어린 것은 엄마 품이 얼마나 그리울까. 한창 엄마 좋은 줄 알 나이에 그 엄마는 어쩌자고 저 어린 것을 두고 갔단 말인가. 우리의 고향은 언제나 엄마인데 이를 어쩌나. 인도를 걸으면서도 차 소리도 들리지 않았고 어디만큼 가는 줄도 모르고 집에까지 오기는 했으나 집사람은 눈물을 닦으며 울었다고 했다. 저녁밥이 목이 메서 우리는 숟가락을 내려놓았다. 집사람은 화장지를 또 뽑았고 나는 천장을 쳐다보며 일어서야 했다.

11. 배려의 저주

호의를 계속하여 베풀면 상대는 시간이 가면 갈수록 당연한 것으로 받아들이게 되고 서서히 자기의 권리인 것처럼 착각하게 된다. 그러다 베풂이 소홀하거나 줄어들면 상대방을 처음에는 서운해하다가 점차 변심했다고 단정한다. 베풀던 쪽은 속절없이 배신자 취급을 당하게 되어 억울한 처지가 된다. 이쯤 되면 베풀던 사람도 반감이 일기 시작한다. 고마우면 고마운 줄 알아야지 고맙다는 인사를 받으려고 한 것은 아니지만 고마운 줄을 모르는 얌체라며 괘씸한 마음이 들게 된다. 결국에 서로의 사이가 벌어지고 회복되기 어려워져 멀어지게 되고 때로는 돌아서게 된다. 선의나 호의를 베푸는 쪽은 결과를 생각해야 하고 받는 쪽은 상대의 깊은 뜻을 헤아려 겸손해야 한다. 뭘 그런 것까지 깊이 생각해야 하냐고 반문할 수도 있지만, 사회생활에는 모든 관계가 하찮고 사소한 것에서 발단하여 일을 꼬이게 하거나 난감하게 하는 경우가 허다하다.

잘해주려고 하다가 사고를 치는 일도 허다하다. 좁은 길에서 차를 운전하다 보면 마주 오는 차가 불편하지 않을까 하고 바짝 길섶으로 붙이다가 차 바퀴가 길섶에 빠지거나 담벼락에 백 밀어가 긁히는 경우나, 골목길이나 도로 갓길에 주차하면서 차 한 대라도 더 주차할 수 있게 조금이라도 여유 공간을 넓혀 주려고 앞이나 뒤로 바짝 붙여서 주차하였다가 나중에 나와 보면 끼워서 주차하던 차가 앞 또는 뒤 범

퍼의 모서리에 흠을 낸 경우도 경험한 사람들이 더러 있을 것이다. 당연히 그렇게 하면서 살아야 하는 것이 옳고 맞는 행동인데 남 좋게 하려다가 내가 피해를 자초는 꼴이 되어 마음을 상한 경우도 내 말고도 더러 있을 것이다.

고속도로에서 멈춘 승용차가 있어 이를 보고 고장인지 또 다른 무슨 일이 있는지 도와주려고 차에서 내려서 멈춘 차의 옆으로 다가가다가 뒤따르던 차에 받혀 목숨을 잃은 청년의 안타까운 죽음을 잊지 못한다. 남의 일은 사흘이 못 가서 잊어버리는 세상인데 젊은이의 빈소에서 영정을 끌어안고 통곡하는 엄마의 절규 한마디를 잊지 못해서 두고두고 생각난다. '그냥 지나가지'였다. 그 많은 차가 다들 그냥 지나가는데 그 청년은 차마 그냥 가지 못해서였다. 전화로 신고하든 아니면 멈춘 차의 앞쪽에다 차를 세우든 그 방법을 몰라서가 아니다. 도와줘야겠다는 마음이 앞섰기 때문이다. 어떤 이는 무모했다고 하겠지만 도움은 선후를 가리지 않고 많고 적음을 셈하지 않으며 결과를 바라지 않는 것이 배려인 도움이다.

신에게라도 빌고 싶은 심정이다. 도움의 결과는 언제나 좋은 쪽으로 닿게 하여 거룩하고 숭고한 배려임을 인정해 주십사고 간절하게 빌고 싶다.

직장이나 공동생활에서 편의를 봐주던 위치에 있던 사람이 어떤 때는 편의를 봐 줄 수 없어 부탁을 거절하게 되면 지금까지의 봐준 편의는 생각지도 않고 그런 편의도 한 번 못 봐준다고 원망한다. 어떠한 선의나 편의를 봐주는 것은 파격이 아닌 기본이나 원칙의 정도를 거스르지 않는 인정상의 베풂이고 배려이다. 그러나 공직에서는 잘못하면 특혜나 비리로 귀결될까 하여 절대적 금기사항이지만 일반인들의 일상에서는 인정상의 배려인데 이를 받아들이는 쪽은 그 고마움을 제대로 의식하지 못하는 경우가 많다.

보자기를 묶을 때는 다음에 풀 사람을 생각해서 묶으라고 했다. 그렇다면 다음에 보자기를 푸는 사람은 고를 써서 풀기 쉽게 묶은 사람의 배려에 고마움을 의식해야 하는데 거기까지는 못 미친다. 고마움을 고마움으로 의식하지 못하면 우리의 가슴은 차가워진다. 언제나 세상사는 사람들의 가슴이 식지 않고 하잖은 일에도 배려의 숭고함에 저주가 일지 않게 하는 생활인의 지혜가 아쉬운 세상이다.

12. 깊은 골 산사에서

엊그제가 24절기 중 스무 번째인 소설(小雪)이었다. 이맘때면 살얼음이 얼고 첫눈이 내린다는 겨울의 초입이다. 은근슬쩍 짓궂게 달라붙는 온갖 번민들로 고요함이 절실할 때면 이따금 찾는 작은 절집이 불현듯이 생각나서 눈이라도 내리면 못 가는 곳이어서 서둘러 다시 찾았다. 골짜기가 깊어서 '짚은 골'이라는 첩첩산중의 작은 산사를 처음 찾은 것은 '짚은 골'이라는 경상도 사투리의 정감이 한몫했거니와 얼마나 깊어서 '짚은 골'이라 했나가 궁금해서 오래전 이맘때에 찾았던 '연화사'라는 산사인데 절집이라기보다는 움막집이다.

산자락의 비탈 위에 주먹만 한 주춧돌 위에 기둥 넷을 세워서 지붕을 얹은 원두막만 한 움막에 바람벽을 황토로 바르고 기어들고 기어나는 작은 출입문이 사람 사는 집이라는 표식 정도인 건물구조로 단칸 전부가 법당이다. 손바닥만 한 현판도 편액도 없다. 있어도 붙일 공간이 없어 마음의 눈으로 봐야 대웅전도 되고 무량수전도 된다. 앞면에는 바위가 거북 모양으로 머리를 내밀고 있어 출입문도 옆면에 달았다. 거북이 가마만 한 절집을 등에 지고 산에서 기어 나오는 형상이다. 안으로 들어서면 거북이의 등이 벽을 뚫고 방바닥에 솟아있다. 뒷산이 칠성봉이라니 칠성봉에서 나온 거북이 작은 절집을 등에 업고 목을 길게 늘여서 건너편 산을 바라보는 형국인데 불단 앞에는 겨우 두 사람이 절을 할 수 있는 방바닥이 전갈하다. 전면에는 관음보살상의 탱화가 그리고 좌우 벽면에는 산신탱화와 칠성탱화가 걸려있다. 작은 향로와 촛대 한 쌍이 관음보살님의 세간 전부다. 요즘은 어느 절집을 가든 대웅전의 불단에는 번쩍번쩍 빛이 나는 쟁반에다 과자와 과일로 빼어나게 탑을 쌓고 촛대마다 불 밝히고 향로마다 향이 피고 재가불자 보살들이 득실거리는 것을 관음보살님도 알고는 있을 건데 부럽지도 않은 건지 어쩌자고 미소만 머금고 저리고 계시는지 알 수가 없다.

분위기가 너무도 엄숙하여 예를 다하고 문밖을 나서야 크게 숨을 쉴 수 있는데 문을 닫는 것도 예삿일이 아니다. 출입문 아귀를 잘 맞춰서 조심스럽게 닫지 않으면 문을 제대로 닫으려면 한나절이 걸릴지 모르니 처음 온 사람은 닫는 법을 스스로 터득해야 한다. 가까스로 문을 닫고 건너편을 바라보면 아직 피지 않은 연꽃봉오리가 보인다. 연화봉이다. 풍수지리학의 문외한이 봐도 칠성님이 연꽃을 바라보고 있으니 도리천이라 해야 하나 도솔천이라 해야 하나 모르겠으나 아무튼 천하의 명당이라 해야 맞을 것 같다. 스님의 거처인 요사채는 없나 하고 두리번거리고 봐야 발끝 아래에 헛간인지 뒷간인지 분간하기 어려운 작은 움막이 또 하나 보인다. 스님이 먹고 자는 요사채다. 말이 요사채지 움막인지 토굴인지 분간이 안 된다. 주변이 온통 울울창창 낙락장송들인데 기둥이라고 받혀 세운 운 모양을 보면 마른명태 대가리 물어다 놓고 먹을 게 없어 어처구니없어하는 개 모습을 보듯 기가 막힌다. 제대로 말로 하면 옛 시절에 산나물 뜯다가 허기져서 소나무 꺾어 겉껍데기 벗겨내고 속살 긁어 먹고 버린 송기 막대기다. 마루청이야 당연히 없고 방바닥은 무릎이 맞대야 서너 사람이 앉을 수 있는 단칸방이다.

텃밭에서 기른 무와 배추로 일찌감치 김장하여 장독과 나란하게 김

장독을 반들반들하게 가시었고 서리 맞은 끝물 고추를 채반에 널어 놓고 시래기도 엮어서 처마 밑에 가지런하게 달았고 벽면에는 곶감을 깎아서 조랑조랑 매달아 놓은 것이 동화책 속의 그림 같았다. 얼굴이 해맑은 50대 초반이나 될락 말락 한 젊은 스님의 야윈 손끝으로 따라주는 녹차향기만 방안 가득하고 있는 것이라곤 횃대에 걸린 가사 장삼이 방안장식 전부였다. 온갖 것이 부족하고 온갖 것이 불편하겠건만 불편함도 없고 모자람도 없다 했다.

어디를 가든 사람 사는 것은 누구나 비슷한데, 없다 없다 해도 이렇게 없을 수는 없으면서 필요한 것이 없냐고 하면 없다고 하고 불편한 것은 없냐고 하면 없다고 하고 도대체 어떻게 사는지 삭막할 정도로 눈에 보이는 것은 없는 것뿐이어서 아직도 그러고 사는지 겨울 채비는 어쩌고 있는지 궁금하여 눈이 와서 길이 막히기 전에 서둘러 다시 찾았더니 토굴 같던 요사채를 헐어내고 기와를 얹은 삼간 겹집의 대웅전이 아담하게 새로 섰다. 단청을 칠하지 않아 황토 냄새와 송진 냄새가 은은하게 우러난다. 군더더기 하나 없이 말끔하고 정갈하며 부담 없이 단아하다. 새로 모신 불상과 불단 말고는 갖춘 것이라곤 없고 송진 냄새와 어우러진 향 내음만 가득하다. 황토를 만지고 통나무와 씨름하고 돌덩이 안고 뒹굴고 사다리 타고 오르내리며 도끼질 자귀질에 전신이 성한 곳이 없다 했다. 신도들이 얼마나 되냐니까 예닐곱은 된다며 흡족한 표정이다. 부족한 것은 없냐니까 불편함도 부족함도 없다는 전과 같은 대답이다. 감나무 가지 끝에 남겨둔 까치밥을 바라보는 명철스님의 얼굴은 해맑기만 하다. 탐욕의 저편은 어떤 곳인가를 생각하게 한다.

13. 겨울이 머뭇거리던 자리

우수를 지나자 들녘이 봄기운으로 가득하다. 자고 나면 산이 보이고 들녘이 보이는 것만으로도 다행스럽고 행복하여 참으로 고맙다. 고층 아파트들이 야금야금 들판을 잠식하면서 조여 오지만 아직은 남향이 틔어있어 멀찍하게는 스카이라인의 부드러운 선이 하늘을 받치고, 가까이에는 논이 있고 묵은 밭이 있어 언제나 사계절을 미리미리 귀띔하듯 변화의 예보를 보고 느끼게 하여 자연과 하나 된 생활을 즐길 수 있어 좋다. 지난가을, 벼를 베어낸 회색빛의 그루터기가 봄볕을 불러놓고 줄지은 사이사이로, 파릇한 봄풀들이 새싹을 내밀고있어 무채를 섞은 파래 냉국처럼 파릇한 색감이 이랑 이랑으로 배어난다. 아련하게 멀어져 간 사람들의 체취만큼이나 그리운 냄새가, 날 선 찬바람을 다독거려선지 들이마시는 공기가 부드럽고 상큼하다. 분 냄새 향긋하게 남겨놓고 이제는 까마득히 멀어져간 이들의 숨결이 녹아난 애틋함이 배인 듯하여, 숨을 모아서 더 깊은 호흡으로 한껏 들어 마시며 심호흡을 마음껏 해본다. 아지랑이가 아롱거려서일까, 봄이 오는 풍광을 바라보면 옛이야기들을 생각나게 하고, 멀어져가고 잊혀간 옛사람들이 아릿한 그리움이 되어 아른아른 피어난다. 햇살이 닿는 이마가 따스하고 상큼한 공기가 가슴을 시원하게 하면서 묶은 앙금이 씻기어지고 아름다운 옛 기억들이 새록새록 새움처럼 돋아난다.

옛 피던 가지 끝에 매화는 피었는지, 골목길 돌아들어 돌담 너머에는 하얀 목련이 봉긋하게 피었는지, 산수유 피었다는 꽃소식도 기다려진다. 연둣빛의 버들잎이 언제이면 피려나. '연못가에 새로 핀 버들잎을 따셔요. 우표 한 장 붙여서' 강남으로 보낼 게 아니라 어딘가의 하늘 아래로 보내고 싶어진다. 겨우내 움츠리기만 했던 가슴을 활짝 열고 싶다. 그리하여 미운 짓 남겨놓고 떠나간 사람도 용서하고 싶고, 두 손 살며시 잡고 달래주고 싶은 마음은 햇살이 가슴을 훈훈하게 데워줘서일까. 옛 피던 가지에 다시 봄꽃을 그냥 그렇게 피우고 싶다.

가식의 날개를 펄럭거리며 분잡하게 현란한 춤사위 뒤로, 설익은 열매를 한가득 움켜쥐고 떠나던 날은 가슴이 아리도록 미워했지만, 얼음장이 두꺼워지는 칼바람이 불 때는 그래도 잘 버티고 살라고 인색하지 않게 빌었다. 가질 것을 갖고 나면 떠나는 뒷모습은 으스름달밤의 그림자만큼이나 침침하고 흐릿했다. 오색 무지개를 타고 가면 오죽이나 좋으련만 칙칙한 비안개 속으로 히죽히죽 걸으며 희미하게 사라지는 뒷모습은 서글픔을 남겼다. 완벽도 결백도 꼭 소용한 것은 아닌 줄 알면서, 굳이 흑과 백으로만 가름하며 시달림을 받아야 했던 까닭도 모르면서 고집스럽게 꿈의 깃발만 곧추세웠던 세월이 얼마나 허망한가를 이제야 알 것 같다.

겨울이 머뭇거리다 떠나간 자리에는 복수초의 샛노란 꽃잎이 잔설을 녹이고 있어 가슴을 따스하게 데워온다. 눈보라에 언 가슴이 봄 내음을 맡고 녹는다. 버드나무 가지를 흔드는 바람은 가지 끝까지 물을 힘차게 올리려는 간절함이고 얼음장 깨어지는 소리가 날카로운 것은 깊은 잠에서 개구리가 깨어나기만을 위한 소원일 뿐이다. 밭갈이가 하고 싶은 어미 소의 꿈을 트랙터가 짓뭉개고 쑥을 캐던 아낙들의 뒷모습은 미술관 액자 속에서 외로워도, 까치는 쌍을 지워 나뭇가지를 물고 나르며 앞산 뻐꾹새가 울어줄 날을 기다리며 짬도 없이 바쁘다.

기러기와 동무하던 청둥오리는 지금쯤 북녘 하늘 어디쯤이나 날고 있을까? 버들강아지는 아직도 강가에서 길게 목을 늘이고 하늘은 바라본다. 진달래 피거든 소쩍새 올 테니까 은하수 한 자락을 기와지붕 용마루 위에 동여매야겠다. 장다리 꽃대 오르고 쪽파가 토실토실 살이 오르면 살짝 데쳐내어 파란 잎으로 아랫도리를 감싸 말아 하얀 쟁반에 올려놓고 초고추장도 마련해 둬야겠다. 고달픈 다리를 절며 호호 시린 손을 비비며 고단한 손님이 올지 모르기 때문이다.

겨울이 머뭇거리던 자리에 아지랑이를 피워놓고 노랑나비도 불러와야 한다. 내일을 기약하며 떠나간 사람들이 언제 올지 모르니까 서둘러야 한다. 그들이 영영 돌아오지 않는다고 해도 채송화와 봉선화를 심어야 한다.

붕어빵을 구워내던 남편을 도우며 아내는 어묵 솥에 하얗게 김을 올리던 포장마차의 손수레도 버스정류장을 앞에 둔 문구점 2층 건물을 헐어내는 굴착기에 자리를 내주고 어딘가로 떠나갔다. 두 내외가 마주 보는 눈빛이 늘 새로운 약속을 주고받고 있었기에, 이제는 칼바람 매섭던 날의 털모자도 벗고 새 책가방을 멘 고만고만한 또래의 아이들이 조잘거리는 소리를 따라서, 어느 건물의 처마 밑 남향에 바람막이의 비닐을 걷고 어묵 솥에 새하얀 김을 올리고 있을 것이 분명하다. 외투를 벗고 홀가분하게 어느 길모퉁이를 돌아가면 분명 그들을 만날 수 있을 것을 확신한다. 아내의 미소를 남편은 늘 눈여겨 바라보고 있었기 때문이다.

도다리쑥국 끓이는 냄새가 난다. 쑥을 끓이는 냄새가 환풍구를 통해서 보도 위에 번지고 무언가 담백하고 맛깔스러운 내음이 섞여서 스며온다. 오가는 사람들의 발걸음이 빨라졌다. 종종거리던 보폭이 길어지고 호주머니 속에 꽂혔던 두 손이 상큼한 공기를 휘젓는다. 숙였던 고개는 하늘을 쳐다보고 다물었던 입술도 활짝 열렸다. 귓가에 봄소식이 조랑조랑 매달려서 속삭인다. 조금만 더 웃으라고 그리고 어깨에 힘을 주고 가슴을 펴라 한다.

바람이 돌아서서 남에서 불어온다. 자잘한 미운 짓 더러 하고는 온다간다 말도 없이 떠나간 이들이 걱정된다. 사는 게 버거워서 가만히 머물지 못하고 봄이 오는 길목을 벗어나서 또 어딘가로 떠돌지는 않는지. 퍼주고 퍼줘도 나의 인정만으로는 아무 도움이 못 되어 모두가 잠시만 머물다 떠나간다. 가면서도 나 몰래 돌아보고 돌아보기를 거듭하는 까닭이 짐작되어 조금은 덜 서운하지만 붙잡을 건더기는 얇은 지갑 속에는 자리 잡지 못하고 언제나 헛돌고 있는 것을 진작부터 알지만, 손끝이 가벼운 내 탓인 것을 이제 서야 어쩌랴. 그래도 못 잊게 하는 것은 남풍이 실어오는 봄 내음 때문인가 보다.

14. 이화에 월백하니

　기후의 탓인지 봄꽃들이 시차도 없이 한데 어우러져 현란한 향연이 끝없이 이어지더니 매화 지고 벚꽃 지자 배꽃도 한물이 지났나 했는데 응달의 배나무과수원은 이제야 하얗게 꽃으로 뒤덮였다. 비탈진 배나무밭을 지날 때마다 배꽃의 향기가 흙냄새와 풀냄새랑 함께 어우러져선지 상큼함을 더하는데 저녁이면 마을 길의 가로등 불빛을 받아 만개한 배꽃이 옥양목을 바래듯이 순백의 빛깔로 밤의 정취를 휘감는다. 요새 며칠 밤은 음력 삼월 중순이라서 만월의 달빛이 온통 배나무밭으로 쏟아져 하얗게 덮었다. "이화에 월백하고 은 한이 삼경 인제…", 이조년 선생의 '다정가'가 살풀이춤의 하얀 수건이 되어 전신을 휘감으며 황홀경에 젖게 한다. "다정도 병 인양하여 잠 못 들어 하노라."가 아니라 아예 발길이 떨어지지 않는다. 일지 춘심도 아니건만 풍광에 매료되어 그냥 가지 못하고 농막의 평상에 걸터앉았다. 숨쉬기가 부드럽고 향긋하고 상큼하다. 자연은 이토록 시시각각으로 조화롭게 변하며 일상이 고단한 우리들의 심신을 위로하고 달래면서 화사한 이 밤이 꿈결같이 지나면 머지않아 열매 맺어 무성하게 자라서 풍성한 결실이 희망으로 영글어서 보람으로 가득한 훗날로 이어지며 정성의 보답을 아낌없이 쏟을 거다.

　정치는 달빛처럼 국민은 이화처럼 어우러지면 좋겠건만 정치권은 왜들 갈수록 태산일까? 지난 20대 총선은 결과가 정답이다. 사사로운 감정을 다스리지 못한 내 탓이요 할 사람도 있고, 몸보신한다고 눈치만 봤으니 내 탓이요 할 사람도 있고 허우대만 그럴듯하지, 소신 없이 물러터진 내 탓이요 할 사람도 있고 애당초 제 저고리가 아니라서 텃밭 농사도 못 거둔 것이 내 탓이요 할 사람도 있는데 능청만 부리고 딴소리만 하고 있으면 국민은 두 번 다시 안 볼 건데 괜찮을지 걱정이다. 정치는 앞을 내다보고 하는 것이어서 앞이 보이는 사람만이 할 수 있고 앞이 보이는 사람만이 해야 하는데 앞도 못 보는 사람이 뒷배경만 돌아보고 정치를 하니까 갈 길을 몰라 헤매는 것은 불문가지인데 참으로 애달프다.

그래도 얼굴 두껍게 주저앉아 뭉갤 것인데 등 돌리고 살자니 제 세상 만들 거고 모르는 척하자니 제가 좋아서 설칠 거고 참아 주자니 속이 터질 거고 믿어 주자니 속을 것이고 속아 주자니 억울할 것이고 두고 보자니 답답할 것을 '자규야 알랴마는' 이 낭패를 어이할꼬!

GNP 2만 달러를 넘었으면 어떻고 3만 달러면 뭐하나. OECD 국가 중 행복지수가 가장 낮은 나라가 우리나라이다. 어디가 잘못된 것인지를 찾아야 하고 반드시 고쳐서 바로 잡아야 할 것이다. 20대 국회의 시급한 책무이다. 정치인은 실세에게 충성할 것이 아니라 국민에게 충성하며 오직 국민의 편에서 국가와 국민만을 위한 정치를 해야 한다. 그걸 몰라서 그들이 그러는 줄 아느냐고 데러 나를 타박하는 쪽은 국민이다. 그들이야 백번도 맞고 천 번도 옳은 줄이야 알지만 그러지 못하는 이유가 따로 있다.

일단 자리를 차지하고 하고 보면 꽃방석이다. 어떤 전 의원은 이런 말을 했다. "국회의원은 땅 밟고 사는 사람이 아니라 구름 타고 삽니다." 국민을 보고 착각하지 말라며 주의까지 주었다. 별천지 별세계에 산다는 뜻이다. 막대한 권력과 막대한 특권이 그들에게 있다. 세상 모든 것을 다 누리고 사는 자리다. 그래서 천년만년 누리고 싶어 하는 자리다. 이를 오래오래 누릴 수 있게 하는 방법은 딱 한 가지다. 소속에서 눈 밖에 나지 않아야 한다. 미운털이 박히면 끝이다. 오로지 충성해야 할 곳은 소속뿐이다. 배나무는 배나무끼리 감나무는 감나무끼리 모여야 배밭이 되고 감밭이 된다. 배나무 속에 감나무, 감나무 속에 배나무, 그 누가 거들떠보기라고 하겠는가. 군계일학이라도 못 살고 홍일점이라도 못 버텨낸다. 동질이고 동색이라는 것을 내보여야 한다. 오리 반 꽥꽥, 참새 반은 짹짹하고 같은 소리를 내는 것은 천년만년 자리를 보전하기 위해서다. 같은 소리를 내야만 소속이 분명하여 끼리끼리 어깨동무한다. 때로는 아니다 싶어 어쩌다가 딴소리를 했다가는 속절없이 왕따 당하는데 입이 열두 개라도 입도 빵긋 못한다. 아니 안 한다. 국민을 위해서는 꼭 해야 할 말인 줄을 잘 알면서도 자신의 안위를 위해 입을 다물어 버린다. 섶을 지고 불로 뛰어들 이유는 처음부터 없다는 것을 그들은 그 자리에 앉고부터 몸으로 느끼며 정의는 실익으로 덮어버려야 한다는 것을 알고부터다. 오월동주가 따로 없고 가재는 게 편이어야 하고 초록이 동색임을 부정도 못 하며 화이부동(和而不同)과 결별하고 부화뇌동(附和雷同)으로 변절해야 살아남는다. 독야청청이면 뭐하고 만고상청이면 뭐하나. 오로지 안위와 영달을 위해 양심 앞에 비굴해지더라도 실리를 위해 진영의 위력에 무릎을 꿇어야 한다.

배꽃이 푸른 달빛을 안고 신음을 한다. 실리 앞에 아부하며 양심 앞에 비굴해진 세상사를 굽어보며 하얗게 질려버린 식은 가슴에 밤이슬이 서럽다. 푸른 잎은 언제 돋아나려나, 걱정도 병인 양 하여 잠 못 들어 하노라.

15. 알기나 하고 저럴까

옛 살던 우리 마을은 서른두 집이 전부인 작은 마을이다. 그나마 위 땀(마을)과 아래 땀으로 나뉘어 약간의 거리를 두고 위 땀의 일곱 집 전부가 우리 윤가들이다. 모두 8촌 이내다. 그래서 어느 집이든 제사가 들면 일곱 집 식구가 함께 제사를 모시는데 음력 9월 초이튿날 제사는 그러지 못한다. 일곱 집 모두가 집집이 각각의 제사를 모셔야 하기 때문이다. 일제 강제징용으로 갔다가 1945년 음력 9월 초이튿날 같은 배를 타고 오다가 배가 침몰해서다. 앞날 배에 모두를 먼저 보내고 아버님만 다음날 배로 부산항에 닿았는데 전날의 떠났던 배는 부산항에 닿지 않은 것을 알았다.

진주 일신여자고등학교 출신인 백모님이 징용으로 끌려간 남편을 찾아 나오겠다고 일본으로 가셨다가 두 달 봉급이 부쳐 오고 난 이후에는 봉급이 오지 않았다. 현지에서 강제징집을 당했다는 편지를 유일한 유품으로 남겼다.

신식공부를 했던 덕분에 백모님은 1년 여만에 귀향증을 받아내어 일본 전역을 헤집고 다니며 각처의 노역장으로 뿔뿔이 흩어진 집안사람을 모두 찾을 수 있었고 모두의 귀향증도 받아줬었다. 우여곡절을 견뎌낸 마지막 여력으로, 두고 온 고향의 가난을 떨쳐보자며 귀향을 잠시 미루고 함께 모여, 군납품 모포 공장을 운영하였으나 몇 달도 못되어 갑자기 해방을 맞아 전부를 몰수당하고 추방되어 급하게 배를 전세 내어 다 함께 꿈에 그리던 귀국길에 올랐다.

그러나 그날의 칠흑 같은 어두운 밤이 이승과의 마지막 밤이 되어 모두는 영영 돌아오지 못했다. 아버님은 황망 중에 빠트린 짐이 있어 그걸 가지러 다시 공장으로 갔다가 오는 사이 배는 이미 떠나버렸다. 가족 한 사람을 잠깐의 시간조차 기다리지 못하고 생사를 가늠할 수 없는 지옥 같은 이역에다 두고 배를 띄워야 했던 그날의 급박함이 어떠했던가를 일러주는 대목이고 아버님은 경황없는 와중에 목숨을 부지한 것이다.

일본 선주는 배를 사고도 남을 만큼 비싼 전세비를 미리 받고 출항하여, 밤중에 일본인 선원들은 그들의 계략대로 따라온 배에 몰래 옮겨타고 귀국선을 침몰시키고 내뺀 것이다. 유사한 사건의 생존자가 증인이다. 당시에는 목격담을 일러주던 사람들이 청장년들이어서 여럿이었다. 우리는 출항 날짜를 모두의 기일로 삼았고 장조카인 나는 백부모님의 백골양자로 족보에 입적되어 양위분의 제사를 모신다.

강제노역, 정신대, 위안부 등 징용의 종류도 여럿이었다. 갈 때와 가서는 상황이 달라졌다. 하는 일이 다르고 노역장도 곳곳이다. 선택이라는 말은 꿈속의 단어고 생사여탈을 쥐고 있으니 오로지 따르라는 강압이고 억압뿐인 생지옥이었다. 하루에도 수십 명씩 상대해야 했던 위안부의 아녀자들. 유린이니 농락이니 하는 소리는 고급스러운 표현이고 밤과 낮도 구분 없이 맞아 죽고 굶어 죽고 병들어 죽어야 했던 그들을 알기나 하고 저럴까. 온갖 채널에 고정 출연하여 인기 벌이를 위해 있는 소리 없는 소리 다 만들어 내는 떠버리들이나, 내로라하는 샌님들까지도 억장 무너지는 소리를 해대니 핏빛으로 물든 역사가 또 다시 통곡한다.

아래 땀의 명○ 댁의 딸은 고향으로 와서는 안 된다는 것을 알고 부산에 눌러앉았다는 소문은 들었는데 이후의 행방은 아무도 모른다. 금○ 댁의 딸도 부산까지는 왔다는데 그도 끝내 고향 마을로 돌아오지는 않았다. 남의 이야기는 쉬쉬해도 어렴풋이 들어 알지만, 정작 우리 종고모의 일은 아무도 모른다. 조부님들의 언명이 후손들의 입을 봉했기 때문이다. 부끄러워야 할 사람은 지켜주지 못한 우리인데, 원한과 서러움까지 그들에게 짊어지웠다. 청나라에 끌려갔다 돌아온 아녀자들의 수모를 기억하고 있어 그들은 돌아오지 않았고 가족들은 입을 닫고 무덤으로 갔다.

근로정신대, 위안부. 매스컴에 나온 그들이 전부라면 차라리 덜하겠다. 수천? 수만? 속아 가고 끌려가고 그러지 않으려고 조혼을 서둘렀다. 어머님은 열일곱 살에 시집왔고 당숙모는 열네 살에 시집왔다. 중북부지방 사람들은 그 사정을 모른다. 일본 땅과 거리가 가까운 영남과 호남의 남해안 사람들은 다 알고 있다. '처녀공출', '훌치기', 알기나 하고 저럴까.

16. 친구야!

친구야! 오늘 날씨 너무 좋다. 젊은이들은 꽃구경 가고 우리는 오일 장에나 가자. 안 팔 듯이 하다가 덤까지 얹어주는 그 마음도 고맙고, 안 살 듯이 하다가도 지갑 여는 그 마음도 너무나 예쁘잖아.

친구야! 우리는 국밥에다 인정 말아 맛있게 나눠 먹고 사람 냄새 한 가득 오지랖에 품어 보자. 안 사람한테서 쫓겨나기 전에 너는 분리수 거 봉지 들고 나는 넘쳐나는 음식물 쓰레기 봉지 들고 후다닥 나서자. 꾸물거리면 세월 간다. 내일을 못 믿잖아.

친구야! 그 많던 친구들도 하나둘 안 뵈더니 흔적조차 없잖아. 많은 줄 모르고 모으고 아껴뒀던 적잖은 그 돈도 쓸데가 없잖니. 먹는 양도 줄었고 입는 품도 줄었잖아.

친구야! 네 아들은 나라에 주고 내 아들은 사돈네 주고 네 딸, 내 딸 사위에게 도둑맞고 우리는 빈털터리잖아. 친구야! 개 키우는 딸 집에 는 가지 말고 손주 뛰노는 며느리 집에 가자. 내 딸은 오면 보고 사돈 딸은 가서 보자.

친구야! 너랑 나랑 연애편지 내용도 같았잖아. 작문은 내가 하고 글씨는 네가 써서 제각각 주었잖아. 친구야! 너는 전지전능하시다며 아무것도 안 해줘도 주일마다 찾아가고, 나는 대자대비하시다며 아무것도 안 주셔도 초하루 보름이면 기어이 가잖아. 너나 내나 그만 오라 할 때까지 그래도 갈 거잖아.

친구야! 너는 술 한 병 사고 나는 과일 하나 사서 서비 선생님 찾아서 고성 학동 가자. 동쪽에는 '왜'가 있으니 사립문도 서쪽으로 내라며 아호도 '서비'라 고치셨고 일본 천황이 준다는 그 많은 은사금도 어찌하면 안 받을까 노심초사하시다가 받지 않으면 못 배길 지경에 이르자 자결하셨는데 지금 심기가 편찮으실 것이다. 회초리도 하나 꺾어 서둘러 어서 가자. 친구야! 바다 건너 저 양반을 철석같이 믿지만, 개망나니 저 인간을 무슨 수로 감당하나, 너랑 나랑 머리 맞대서 핵무기 만들자.

친구야! 너는 여당하고 나는 야당 해도 너와 나는 서로가 마주 보고 언제나 웃잖아. 용산이나 여의도나 예삿일이 아니다. 남명선생 찾아뵙고 '단성소' 다시 읽고 매천 선생 찾아가서 미주알고주알 다 일러바치자. 친구야! 온갖 채널의 떠버리들이 귀신 씻나락 까먹는 소리를 하든지 말든지 "섭천(진주시 망경북동 뒤편, 망경산 기슭에 소 도축장이 있던 작은 마을) 소가 웃겠네" 하고 우리는 뒷모습이 잘 보이게 거울이나 열심히 닦자.

친구야! 우리가 왔던 길에 허방다리도 있고 지뢰밭도 많았잖아. 잊어먹기 전에 표지판을 세우던지 미리미리 일러주자. 이제 우리는 길눈도 어둡잖아, 앞에서 끌지 말고 뒤에서 밀어주자.

친구야! 이제는 홀가분하게 가진 것도 버리자. 더 있으나 덜 있으나 있어도 소용없어 버릴 것만 남았잖니. 모으고 쌓을 때는 보물같이 아꼈는데 이제는 버릴 데도 마땅찮은 애물이 되었잖아.

친구야! 훨훨 털고 서둘러 나서자. 오늘 날씨 너무 좋다.

17. 100세 인생

　인명은 재천이라 죽는 것도 하늘의 뜻이기에 인력으로 못 하니까 그저 건강하게 살다가 적당한 나이에 자는 잠에 깨어나지 않으면 하는 것이 노인들의 마지막 바람이지만 육십은 청춘이고 칠십이 한창때며 팔구십이 예사라서 노인들이 생각해도 기가 차는 노릇이라 안 죽어서 탈이라며 자신을 타박해도 100세 시대를 살고 있다.

　사람들이 말끝마다 죽겠다는 소리는 달고 산다. '성질나서 죽겠다.', '바빠서 죽겠다.', '시끄러워 죽겠다.', '기가 차서 죽겠다.' 심지어는 '좋아서 죽겠다'라고 해대서 옳다구나 이제는 죽겠지 하고 기다리던 저승사자가 지레 죽을 판이다. 죽겠다면서 팔팔하기만 하니 데려가기는 글렀고 저승사자도 포기해버린 것 같다. 게다가 배짱도 대단하다. 저승사자가 찾아와도 쓸만해서 못 가고, 할 일이 많아서 못 가고, 자존심 상해서 못 간다고 전하기나 하라면서 재촉도 말라 하니 이 얼마나 배포 있는 소리인가. 한 마디로 노하우가 있으니 살아온 세월을 물로 보지 말라는 거다. 사실은 할 일도 없고 쓸데도 없으면서 염라대왕까지 우습게 보고 때가 되면 알아서 가겠다는 배짱까지 부리는 판에 저승사자쯤이야 마당쇠로 보는 것도 무리가 아니다. 어디 그뿐인가 '내 나이가 어때서'라며 스트레스받게 군소리 말라면서 무시하고 막 나간다. 다부지기도 하여 사랑하기에 딱 좋은 나이란다. 이 무슨 귀신 씻나락 까먹는 소리인가.

필자 나이도 고희(古稀)를 넘었으니까 하는 말이지만 '아깝다, 아깝다' 하면서 지금 가면 딱 좋은 나이고 호상이다. 그런데 아닌 게 아니라 할 일이 많다. 토지의 작가 박경리 선생은 "버리고 갈 것만 남아서 참 홀가분하다."라며 가셨는데 우리는 버릴 것을 아직 못 버리고 있어서다. 무엇을 버려야 홀가분해질 것인가를 잘 알고 있으면서 못 버리고 있다. 또 하나는 젊은이들에게 이를 말을 아직도 안 하고 있다. 갈 때가 아직 멀었다고 생각한다. 아직은 아니니까 때가 되면 일러줄까 하면서도 그때가 더디 오기를 은근히 바라고 있다. 미리 알려줘도 아주 상관없고 듣는 이는 일찍 알아서 좋을 것인데도 무슨 보물단지처럼 끼고 산다. 짐이 무거우면 버거워서 힘들고 마음이 무거우면 불편해서 힘이 든다. 가뿐하고 홀가분하면 100세쯤이야 거뜬할 것이다. 발걸음이 가볍기를 기원한다. 오늘의 당신이 젊은이의 내일이다.

재물은 소모품이고 지혜는 영원한 자원이다. 재물은 버려야 할 것이고 지혜는 남겨야 할 것이다. 가장 바른 길이 어디에 있는가를 꼭 일러줘야 한다. 휴정은 훗날 따르는 이를 염려하여 눈 덮인 벌판이라도 함부로 걷지 말라고 했다. 남은 자들이 꼭 같은 길을 따르면 또 힘들어할 거니까 미리 일러주면 얼마나 수월해질까를 생각해야 한다. 그리고 주고 또 줘도 축나지 않는 것도 알면서 입을 다물어 버리면 남은 자들도 따라서 인색해져서 삭막해진다. 유럽 속담에 '노인이 한 사람 죽으면 도서관 하나가 불타는 것과 같다'라고 했다. 버릴 것을 못 버리면 나중에는 버릴 힘도 없어진다. 건강할 때 버리고 부지런히 알려주고 서둘러서 일러 줘야 한다. 세월은 인정머리가 없어서 시간을 기다려주지 않는다.

18. 가까운 곳의 여행

가을의 들녘은 뿌린 자가 거둔다고 하여 씨 뿌려서 가꾼 농부의 몫이고 가을의 강은 추강낙안(秋江落雁)이라 하여 먼 길 찾아온 기러기의 몫이고 가을의 산은 바지런을 떠는 다람쥐의 몫이지만 단풍이 영롱한 만추의 산은 산객들의 휴식처이며 가을의 길은 길 떠나는 여행자의 몫이다. 하지만 예년 같지 않은 이태의 가을은 예상치도 않은 코로나 19의 창궐로 인하여 단체여행은커녕 삼삼오오 짝지어서 가는 것조차 못 하고 있어 모두가 외롭고 적적한 나날이다. 어쩔 수 없이 가족끼리나 혹은 가까운 사이의 두서넛이나 아니면 나홀로족의 나들이가 고작이다. 먼 곳의 이동은 위험성이 높아 자제하며, 가고 또 가고 했던 인적 드문 산이나 계곡을 찾게 되고 그러다 보면 산사에도 들리게 된다. 언제나 보아왔던 경치에 새삼스러울 것은 없지만 과연 제대로 보기는 했을까 하며 진주에서 가까운 옥천사를 예를 들어보자. 개천면 소재지를 지나 옥천사의 초입인 옥천교를 건너면 길섶으로 연화산 옥천사라고 쓰인 돌기둥과 마주 보고 선 입차문래막존지해(入此門內莫存知解) 라고 쓰인 돌기둥을 만날 수 있다. 그러나 얼핏 본 듯하거나 아니면 아예 본 기억조차 없다. 절의 들머리에 돌장승이나 목장승이 섰을 자리이다. 하지만 2m가 훌쩍 넘는 커다란 돌기둥이 있다는 것조차 못 보고 오간다. 아는 것만큼 보이고 아는 것만큼 들린다고 했는데 눈에 띄지 않는다. 머릿속에는 정돈되지 않은 온갖 생각들이 헝클어져서다. 마음 한번 푸근하게 내려놓지 못하고 왜 이렇게 바쁜가. 무엇에 쫓기고 있어 이토록 서두르는 것일까. 그러나 이미 일상이 되어버려 자각조차 못 하는 것이 서글픈 현실이다.

숲속의 동아 마을 입구에는 홍예교가 있다. 도로가 확장되기 전에는 누구나 건너다녔던 작은 다리다. 물론 선암사의 홍예교만큼이나 빼어나지도 않거니와 문화재로 등록된 것도 아니지만 존재 자체조차 모르고 오간다. 개 바위 지나듯이 생각 없이 지난다. 예사다. 금방 닿는 대형 주차장에 이르면 초행자는 차를 주차 시켜야 하나 아니면 더 올라가도 주차장이 또 있을까 하는 걱정을 안고 '운에 맡기자' 하며 올라간다. 매표소에 닿으면 입장료까지 줘 가면서 들어가야 하나 아니면 차를 돌려야 하나 두 번째 고민에 빠진다. 도립공원이라야 그렇고 그런데 절집인들 엇비슷하지 뭐 특별히 볼 게 있겠냐며 또 망설인다. 어쨌거나 매표소를 지나면 작은 주창이 또 있다. 절까지는 얼마를 더 올라가야 하나하고 또 망설이게 된다. 더 올라가도 되느냐 안 되느냐를 점쳐 봐야 한다. 어쩌면 일반 탐방객의 주차장이 없을지 모른다는 걱정 때문이다. 찻길이 같은 너비로 이어지는데 설마 하고 차를 몰고 올라간다. 돌멩이로 쌓은 이끼 낀 돌탑을 지난다. 차창 유리를 내리지 않아 계곡물 소리도 듣지 못한다. 깊숙하게 내려앉은 계곡 언저리에 담장을 쌓은 돌담의 흔적이 집터처럼 있고 또 있어도 보이지 않는다. 열두 개의 물레방앗간 터이지만 보이지 않는데 커다란 돌확인들 보일 까닭이 없다. 일주문과 우뚝하게 마주친다. 웬만한 절집에는 다 있는 것이라서 새롭지도 않다. 일주문 계단 앞으로 아래위로 구멍을 뚫은 가슴 높이인 석주가 하나씩 세 개가 따로따로 서 있다. 쌍으로 서야

지주를 세우고 아래위의 구멍에 비녀를 꽂아 고정할 수 있는데 왜 하나씩 섰는지 궁금해하지도 않는다. 대웅전 앞이라면 괘불탱을 걸려고 세웠다지만 일주문 앞에 왜 세웠는지 무엇을 걸려고 세웠는지는 생각에도 없다. 속계와 법계를 가름한 일주문 옆으로 휙! 하고 차를 몰고 지나간다. 다른 절에도 그렇게 지나다녔다. 평퍼짐한 잔디밭에 올망졸망한 부도가 줄지어 있어도 무심코 지난다. 천왕문 앞에 네댓 대의 차가 세워져 있어서 옳다구나 하고 주차한다.

사천왕문으로 들어선다. 사대천왕의 위엄에도 겁을 먹지 않는다. 어디 한두 번 지나쳤나. 사람들이 합장하고 이쪽저쪽에 대고 절을 하니까 따라서 꾸벅꾸벅 대충 절을 하고 통과한다. 이끼가 끼어 옛 세월의 흔적을 일러주는 작은 비각이 대문까지 닿아 부치고 길섶에 섰어도 그냥 지나친다. 간혹 정려비일까 하는 정도이다. 축대 앞에 세워진 작은 하마비는 눈에 들어오지도 않는데 왜 섰을까 하는 궁금증이 날 까닭이 없다. 그나마 여기서는 계곡물 소리가 귀에 들어온다. 고개 두어 번 돌려보고 연등교를 건넌다. 그나마 차를 사천왕문 앞에 세워두고 걷는 덕택이다. 아니고 성보박물관 앞까지 갔으면 이마저도 못 볼 것이다. 계단을 밟고 오르면 앞마당이 꽤 넓고 자방루가 성루같이 웅장하다고 할 것이다. 왜 넓고 왜 우뚝하게 높이 서서 웅장한지, 축대의 너비가 왜 넓은지는 생각하지 않는다. 청담 대종사의 사리탑이 그나마 눈에 들어오면 다행이다. 자방루 양 가로 여염집의 대문보다 작은 나무 대문이 나 있다. 이 작은 문이 천년고찰 옥천사의 출입문이다. 여느 절집처럼 누각 밑의 가운데로 휑하게 뚫린 출입문도 아닌데 왜일까 하는 의문점도 들지 않는다. 어떻든 왼쪽의 옥천문이든 오른

쪽의 해탈문이든 안으로 들어서면 자방루와 마주 보며 층층 계단 위에서 높다랗게 내려다보는 대웅전이 먼저 눈에 들어오고 좌우로 적묵당과 탐진당이 마주 보는 가운데로 작은 안마당이 반듯하다. 그러나 마당 한가운데 있을 법한 석탑도 없고 석등도 없다. 왜일까 하는 궁금증은 들지 않는다. 대웅전, 명부전, 나한전, 산령각, 독성각, 조사당, 칠성각, 옥천각 등 전각을 다 둘러보아도 옥천각의 옥샘이 좋고 물맛이 좋다는 정도로 탐방은 끝이다. 산령각과 독성각이 나란하게 맞배지붕을 맞대고 앉아 마루청까지 잘 깔렸는데 독성각에는 한 사람이 들어가서 큰절을 할 수 있는데 나란한 산령각은 사람이 들어서기는커녕 앉을 수도 없이 작고 좁다. 골기와 맞배지붕에 단청도 화려한데 시집가던 가마보다 바닥 면적이 좁아서 우리나라에서 제일 작은 고건축물이라는 것은 모른다. 절터도 넓고 연화산이라는 이름 그대로 전후좌우로 고산 준봉이 빙 들러서 겹겹이 연꽃잎처럼 둘러친 산에는 낙락장송이 울울창창하여 나무가 없어서도 아닌데 왜 이렇게 한 사람도 들어가지 못하게 작게 지었을까 하는 의구심도 들지 않는다. 소장품들이야 속속들이 알 필요가 없다 하더라도 눈으로 보이는 색다른 것조차 궁금증이 일지 않는다.

돌아가는 차에 오르는 순간 그림 같은 풍광이든 애환의 역사든 싹! 잊어버린다. 남겨둘 기억 한 조각이라고 머릿속에 저장해 둘 생각은 애당초에 없었고 인증 사진이나 남겨둘까 하고 스마트폰 꺼내서 사진 몇 장 얼른 찍고 '가자! 가자!' 하는 것에 익숙해 있다. 그뿐만 아니라 쌍계사든 해인사든 그게 그거고 청곡사나 옥천사나 '다 엇비슷한데 뭐 볼 게 있느냐'고 해버리면 무슨 더할 말이 있겠냐만 열두 개의 물레방

아며 하마비는 왜 섰으며 자방루 밑으로 왜 출입문을 만들지 않았고 대웅전 안마당에는 왜 석탑 한 기도 세우지 않았으며 산령각은 왜 사람이 들어가지 못하게 작게 지었는지에 대해 궁금증 자체가 일지 않는다. 알아서 쓸데없는 것으로 인식돼 있다. 그러나 옛것은 허투루 있는 것이 아니다. 세월만큼이나 켜켜이 쌓인 사연을 화두로 삼고 구경한다면 여행의 또 다른 진미를 맛볼 수 있고 역사의 향기를 맡을 수 있으며 자기성찰의 계기가 된다. 어제 같은 오늘을 살면서도 늘 일상에서 쫓기는 생활을 하면서 모처럼 갖는 나들이에서조차 쫓기는 기분이 되어서야 안 될 일이다. 근자에 들어 감염병인 사스와 메르스에 이어 코로나19까지 몇 년 사이로 창궐하고 있어 코로나가 끝나도 언제 또다시 이름 모를 감염병이 창궐할지 모를 일이라서 사회적 거리 두기가 어쩌면 생활화될지도 모르는데 개인 예방의 차원에서도 집단적 활동보다는 소규모 소단위의 활동을 어쩔 수 없이 해야 한다면 먼 곳 여행보다는 가까운 곳을 자주 찾게 될 것인데 역사 속에 감춰진 옛이야기나 사라져가는 구전이나 잊혀가는 전설 하나라도 되새기며 구경한다면 언제나 새로운 감각으로 또 다른 세상과 만남이 있다.

19. 진주 혁신도시

　진주시의 혁신도시인 충무공동은 남강의 남동쪽에 영천강을 가운데 두고 벼농사 전용 논으로 네모나게 반듯반듯하게 높고 낮음도 없는 농경지로 경지 정리된 농경지였고 이후 비닐하우스의 경작지로서정 건축물이라고는 하나도 없는 딱 트인 광활한 평지의 들판이었다.

　2006년 혁신도시로 개발하면서 4,062,670㎡인 1백20여만 평을 일괄 편입하여 허허벌판인 것을 혁신도시조성으로 11개 공기업이 유치되고 인구 4만의 유입이 예상되는 진주시민의 기대에 부푼 선망의 신도시 지구로 임진왜란의 3대첩 중에 진주성 전투를 승리로 이끌고 전사하신 진주 목사 충무공 김시민 장군의 시호까지 붙여 충무공동이라는 거룩한 이름표까지 달아주었다.

　애초 허허벌판이라 거침없는 토목공사가 착공되고 동시에 고층 건물도 우후죽순처럼 치솟아서 마천루의 숲을 이루는 신도시로 외관을 갖추며 하루가 다르게 모양새가 바뀌어 왔고 지금도 틈새마다 고층 건물을 올리느라 철탑 크레인이 높다랗게 솟아서 긴 팔을 벌리고 허공을 휘젓는다.

　공기업의 이주가 이어지고 아파트의 입주민이 급속하게 늘어나며 대형매장과 상가가 형성되면서부터 인근 지역민들의 발걸음도 잦아졌다. 찾는 이들은 혁신도시라서 혁신적으로 특별하게 계획되어 널따란 공용주차장과 사통팔달의 반듯반듯한 거리가 가히 환상적일 것이라고 예상하고 들렸다가는 낭패 보기 일쑤다. 한마디로 미로다. 정신없이 휘저어서 이리도 굽고 저리도 굽어 방향조차 혼란하니 미로 속의 목적지를 무슨 재간으로 찾는단 말인가. 유턴하여 제자리 찾기도 어려우니 이 일을 어찌하나!

동쪽을 보고 직진하면 어떤 길은 남쪽에 닿아 길이 끝나고 어떤 길은 북쪽에서 막혀버린다. 포기하고 돌아서 나와보지만 운수대통하여도 진입점에 닿지는 않는다.

잘못 들어섰으면 우회전하든 좌회전하든 같은 방향으로 세 번만 꺾어 돌면 제자리로 돌아오는 구(舊)도심의 중앙 시가지나 상평동 지구의 거리만도 못한 혁신도시의 도로 구조이다. 하늘에서 내려다보면 잠자리 그림 같기도 하고 나비 모양 같기도 하여 예술적으로 보이며 곡선이 얽히고설켜 참으로 다양한 모양새여서 보기 좋을지 모르겠으나 사람들은 하늘에서 내려다보며 사는 것이 아니고 너나 내나 땅을 밟고 길을 따라 오가야 하며 아무리 고급차량도 하늘로 나는 것이 아니라 도로를 따라서 이 거리 저 거리로 길 따라서 굴러가야 한다.

게다가 요즘은 도로마다 이름과 번호로 붙여서 무슨 도로 몇 번 길이라 하여 도로명 주소가 숫자의 오름차순이든 내림차순이든 순차적으로 매겨져 있어 다음 거리를 예측할 수 있는데 여기는 가로세로가 사분면으로 나누어지지 않아서 진행 방향으로만 가능하다.

미국 뉴욕의 자치구 중 가장 인구밀도가 높은 맨해튼 시가지도 바둑판 같은 거리라서 63번가든 47번가든 누구나 쉽게 찾을 수 있고, 동심원을 그려서 호와 반지름을 길거리로 삼는 유럽의 몇 번가 몇 번길은 길을 잃어 헤매더라도 제자리로는 쉽게 찾아 나올 수는 있다. 서울의 청계천 3가에서 종로3가의 목적지를 못 찾으면 우회전하여 다시 우회전하고 또 한 번 우회전하면 청계천 3가의 제자리로 돌아온다. 바둑판 같은 도로이기 때문이다.

충무공동의 거리는 왜 이리 어지럽게 만들었을까? 당시로는 걸림돌이 되었다면 도동지구에서 문산으로 이어지는 왕복 4차선의 기존 도로가 약간 휘어져서 바둑판처럼 그에도 몇 곳의 삼각지로 마무리를 할 수 있었고 아니면 기존 도로를 선형 변경도 할 수 있었다. 순차적으로 매입 보상하여 구획정리가 부분적으로 이뤄진 것이 아니다. 일괄 매입하여 허허벌판으로 막힘도 거침도 없는 광야였다. 새끼줄 가지고도 모눈종이처럼 필지를 가르고 도로를 내어도 얼마든지 할 수 있었는데 어쩌자고 이랬을까. 하얀 백지에 이렇게 정신없이 낙서하다니.

끝을 모르는 개미굴이고 굽어서 새우등이고 앵돌아져서 우렁이 창자라 빌어먹을 '예술적' 때문에 멀쩡한 사람 미아로 만들어 갈 곳 몰라 헤매게 하여 헤매고 또 헤매어도 제자리도 못 찾으니 이 일을 어찌할꼬!

"여기 어딘 것 같은데 내가 왜 이러지?" 어제 계약한 건물을 못 찾는 아내에게 뒤따르던 남편이 아내 손을 잡고 "당신이 어제 계약한 점포를 못 찾는데 손님이 어찌 카페를 찾아오겠소? 24간이 안 됐으니 곧장 가서 계약 해지합시다." 그러나 부인은 계약했던 부동산 중개업소를 근처에 두고도 못 찾아서 전화를 걸어야 했다. 이 일을 어쩌나. 탄식이 절로 난다.

충무공동 거리 두고 구절양장 이야기 말라,
갈지자(之) 활 궁(弓)자 왕희지 필법인가,
나비 날개 잠자리 날개 모양도 가지가지
길 못 찾아 돌아서도 왔던 길은 어디메뇨
동서남북 분간 없어 본래 자리 어이 갈꼬
땅 밟고 사는 사람 어쩌라고 이랬을까
두고두고 원성 소리 아니 나면 좋으련만
천년만년 어지럼증 이 일을 어찌할꼬
필자가 길치라서 탄식하는 소리일까
학위 높은 설계자의 잔재주 과시일까
지체 높은 나리님의 휘두름일까?
후세들은 그 대답을 어렴풋이 알리라.

20. 유월 속을 다시 걷다

유월이 되면 가슴이 아린다. 잊지 말아야 할 그들을 잊어가고 있어 미안하다. 미안하다는 그 말 한마디를 못 해준 그들에게 미안하고 가족에게도 미안하다. 유월이 되면 그저 서럽다. 그 서러웠던 서러움이 절벽을 타고 기어오르는 덩굴장미로 빨갛게 피멍이 들어 다시 피어난다.

36년의 세월이 흘렀다. 가슴 깊은 곳에 무직한 응어리 하나 묻어두고 그렇게 아물었나 했는데 유월이 되면 그 서러움이 되살아난다. 보리타작에 목덜미 까맣게 거슬리고 모내기에 등이 굽은 부모·형제들의 바람도 잊고 유월의 뙤약볕에 달구어진 아스팔트를 깔고 앉은 목마른 군중들 앞에서 선다. 함께 나서자며 절규한다. 비봉산 뻐꾸기도 목이 쉬었고 움켜쥔 마이크도 목이 쉬었다. 군중은 목마름의 의분에 불타오르고 남강물은 거룩한 분노로 출렁거린다.

처자식 깨기 전에 유월의 새벽을 가르며 칠성판을 걸머지고 집을 나선다. 저녁이면 이 길을 돌아올 수 있을까 하고 돌아보고 또 돌아본다. 오늘 저녁도 어제 그리고 또 어제의 어제처럼 매캐한 옷 툴툴 털고 돌아와 잠든 아이들을 다시 볼 수 있을까 하고 눈시울이 젖는다.

유월이 되면 그 뜨겁던 함성이 가슴이 찢어지게 서럽게 들린다. 어깨동무하고 의분에 울부짖던 그날의 절규가 가슴을 후빈다. 새날이 올 때까지 흔들리지 말자며 뜨겁게 맹세하던 거룩한 얼굴들. 세월은 흘러서 명예도 남김없이 이름조차 잊어버린 그들이 보고 싶다. 불덩이같이 뜨겁던 그 가슴 가슴을 터지도록 끌어안고 울고 싶다. 유월이 되면 두 손 모아 기도한다. 앞서서 나가자던 동지들의 한평생이 서러울까 기도한다.

유월이 되면 지금은 흔적도 없는 진주극장이 보인다. 대로변의 건물들이 생생하게 보인다. 가게마다 층층이 창문을 열고 손을 흔들어 주던 그들은 지금은 어느 하늘 아래서 뭘 하고 있을까. 유월이 되면 그들이 보고 싶다. 미안하다는 그 한마디를 아직도 전하지 못해서 더 미안하다.

유월이 되면 남강 변을 걷는다. 거룩한 분노를 삭이고 강물은 말없이 흘러가건만 삭이지 못한 사연이 많아 산 자는 가슴이 아린다. 누구를 위한 몸부림이었으며 누구를 위한 저항이었던가. '세월은 흘러도 산천은 안다.' 그럴까? 흔들리지 말자던 동지는 간곳없고 산 자여 따르라던 절규만 남았건만 따르지 못한 미안함을 안고 유월이 되면 나는 속울음을 운다. 아무도 없으면 유월이 나를 울린다. 아직도 섧다. 이제는 잊었나 하면 그 함성이 들려온다. 잠든 영혼이 되살아난다. 쓰러진 깃발이 다시 일어선다. 향불의 연기도 매캐하다. 삭아도 삭아도 열 번도 더 삭고 스무 번 서른 번도 더 삭아야 할 분이 아직도 남아서 유월이 되면 뜨거운 피로 끓어오른다. 잊으려고 무던히 애를 써도 유월이 되면 속을 긁는다. 비우고 비워도 다 비우지 못해서 아직도 섧다. 설워서 서러움 되지 말자며 잊으려 해도 유월의 향불이 피면 더 못 잊는다. 거룩한 분노, 숭고한 저항, 아름다운 절규, 우렁찬 통곡, 모두가 하나였던 뜨거운 함성! 이제는 잊어도 좋을 옛이야기가 되었으면 해도, 유월이 되면 되살아난다. 서러움의 꼬리가 길어서 이제는 잊어야지 하면 아스팔트가 달구어지는 또 유월이다. 스쳐 간 바람이었고 흘러간 구름이었다 하면 뙤약볕이 유월을 불러온다. 못 잊어서 못 잊는 유월이 되면 촉석루 그림자 위에 남강물이 신음한다. 칠암동 대숲이 절규하고 망경동 대숲이 치를 떤다. 비봉산과 선학산이 스크럼을 짜고 망경산으로 달려간다. 창렬사에 향이 피고 호국사의 종이 운다. 의암도 섧게 운다.

유월이 되면 매캐한 내음이 난다. 나도 모르게 눈시울이 젖는다. 가족들이 볼까 봐 얼른 고개를 돌린다. 늘 미안했고 언제나 미안하다. 유월이 되면 더 미안해진다. 그래도 미안하다는 말을 한 번도 못 했다. 유월이 되면 목마른 함성이 처절하게 들려온다. 나도 모르게 가슴이 미어진다. 가족들이 눈치챌까 봐 먼 산을 쳐다본다. 속울음을 운다. 섧고 또 서럽다. 유월이 되면 더 서러워진다. 그래도 내색 한 번 않고 지금껏 살았다.

유월이 되면 생각나는 사람이 많다. 가족들은 모르는 사람들이다. 늘 보고 싶고 언제나 보고 싶다. 어느 하늘 아래서 분을 삭이고 있는지 가슴이 저려온다. 유월이 되면 더 보고 싶다. 그래도 연락 한 번 못 하고 지금껏 살았다. 유월이 되면 오싹한 소름이 돋는다. 아침마다 칠성판을 둘러메고 집을 나섰다. 늘 군중 앞에서 확성기로 소리 지르며 오일장도 다녔다. 언제나 목이 메어 목이 쉬었다. 목쉰 소리를 달고 살았다. 유월이 되면 잊으려고 무던히도 애를 썼다. 그래도 잊지 못하고 지금껏 살았다.

21. 연등을 밝히며

절집 들머리를 알리는 도로 곳곳에 오색찬란한 연등이 줄지어 매달려서 부처님 오심을 봉축하는 불심이 넘실거린다. 세상 어디에도 어둠이 없게 밝히려는 자비의 등불이다. 마음도 밝히고 지혜도 밝히자는 거룩한 불심 앞에 성스러운 신심이다. 봉축의 정성이 온 누리에 가득하여 저마다의 간절함이 뜻과 같이 이뤄지기를 빈다.

곳곳에 내걸린 연등을 보며 모처럼 가져보는 마음의 여유를 얻게 한다. 남을 위한 발원의 발심을 일게 하여 마음도 한결 가볍다. 팍팍한 일상에서 마음이 가벼워지기도 쉽잖은 일인데 누군가가 모두에게 주는 베풂이다. 예사롭게 그러려니 하면 그뿐이겠지만 누군가의 신심이 불심과 닿은 것이다. 사바세계를 위해서다. 언제나 내 욕심에 발목이 잡혀 옆 돌아볼 겨를이 없는 것은 슬픈 일이다. 그것이 슬픈 일이라는 것을 알고부터 마음의 여유를 가져보려고 무던히도 애를 쓰지만, 마음 같지 않다. 앞만 보고 살기도 바쁜 세상이어서 짬은 언제나 없고 틈은 어디에도 없다. 그래서 마음의 여유를 잠시라도 가져보려고 이따금 절을 찾는다.

누가 반기든 말든 상관없이 절을 찾아 촛불도 켜고 향도 피우며 나름대로 예를 갖춰 절을 하며 일상과 부딪치며 생으로 앓던 속도 비우고 실리와의 다툼으로 번번이 상처받는 양심도 달래보곤 한다. 비우고 비워도 앙금으로 남은 억울함이나 서운함은 좀체 가시지를 않는다. 떨쳐내지 않으면 멍에가 될 줄 알기에 부단히 노력한다. 분노가 사슬이 되고 원한이 오라가 되어 소용없는 짐을 언제까지 짊어져야 하기 때문이다. 잊자고 하면서도 잊지 못하고 털자고 하면서도 털어내지 못해서 되살아나는 분을 삭이다 힘에 부치면 절을 찾는다. 어찌 분만 있겠나, 두고두고 민망한 기억들도 수월찮게 많다. 진작에 "미안해"하고 이 한마디만 했더라면 나비만큼이나 가벼울 것을, 어쩌자고 미루었다가 영영 기회마저 놓치고 가슴앓이하는 고통에 부대낄 때도 절을 찾는다. 언제나 엄숙하여 경건하게 뒤돌아보게 하여 감사의 절을 한다. 불법이나 법도에는 무지하나, 심신의 청정을 위해 향이 피우고 밝게 보려고 촛불을 켜고 귀를 열려고 종소리를 듣고 머리를 맑히려고 목탁 소리를 들으며 마음을 비우려고 절을 한다. 소원을 빌기보다는 청정도량의 기를 빌려서 나와의 약속을 다짐한다. 산사의 풍경소리가 더 맑게 들릴 때가 있다. 청아한 소리의 여운이 내게 나를 돌아보게 한다. 지금 이 자리에 있어도 되는지, 왜 여기 있는 것인지, 이래도 되는지, 내 물음에 답을 찾는다. 자문자답을 주고받으면 어렴풋하게나마 내가 보인다.

돌 틈새든 길섶이든 이름 모를 풀꽃도 때맞춰서 꽃 피우며 계절 맞게 열매 맺어 제 앞가림 제하는데, 아무것도 못 하면서 아무 데나 우쭐대고 제 분수도 모르면서 어디에든 껍죽대며 빈 낚싯대 걸쳐놓고 월척이나 탐을 내고, 북데기 힘만 믿고 겁도 없이 외줄 타고, 가슴 차갑게 도리질은 또 얼마나 했는지, 업경(業鏡)에 비춰보면 참으로 기고만장하여 가관일 것이다. 그러고도 천왕문을 들락거리며 불보살 앞에서 함부로 무릎 꿇기를 얼마나 하였으며, 하늘에 두 손 모으기를 또 얼마나 했던가를 생각하면 기가 막힌다.

얼마나 더 노력하고 얼마나 더 갖추면 떳떳하고 당당할까? 양심 앞에 비굴해지지 않으면 떳떳하고 남에게 신세 지지 않으면 당당해져도 될 것만 같은데 그것만으로는 아닐까. 오래전에는 불전함 앞에서도 갈등했다. 천 원짜리를 넣느냐 아니면 만 원짜리를 넣느냐 하며 망설였고 심지어 옆 사람의 눈치까지 살펴야 했다. 번번이 힘들었던 부끄러운 기억까지 뒤돌아본다. 이와 같은 작은 일에도 마음을 써야 마음이 편해지는 것이 우리의 삶인가 싶다. 나를 위해 산다는 것이 나를 위한 전부가 아니고 너를 위한다는 것도 전부가 너를 위한 것만은 아니라는 것을 알고부터 떳떳함이 얼마나 소중한 것인가를 알게 되었다.

부처님 오신 날의 절집은 인산인해다. 전각마다 옮겨 가며 향 피우랴 촛불 켜느라 두서가 없고 무릎 꿇고 절하느라 설 자리가 없다. 법복 입은 재가불자 보살들은 그 많은 신도의 공양 준비하느라고 이리저리 분주하다. 중천에 뜬구름도 잃었던 참모습을 눈여겨보느라고 가던 길을 멈추고 염불 소리는 골짜기를 메우며 향불의 연기는 사바세계를 향해 그윽하게 번져간다. 보이고 들리는 저 모든 것은 누구를 위함일까. 나는 이쯤에서 어떤 모습으로 보일까. 부처님 오신 날 연등에 불을 밝히며 또 한 번 자세를 고쳐 앉는다.

22. 현충일의 백설기

10·26 이후 80년의 봄은 전국이 술렁거렸다. 신군부의 출현으로 서울의 봄이 신군부의 군홧발에 짓뭉개며 곧 이은 5·18로 나라의 앞날이 한 치 앞을 가늠할 수 없는 백척간두의 공포와 불안 속의 혼란기였던 현충일 아침, 밥상머리에서 내쉬던 집사람의 한숨 소리는 안도의 한숨이었다. 네 살배기 아들을 데리고 남산 충혼탑 앞의 현충일 추념 행사에 가겠다고 했더니 얼굴빛이 밝아지며 터져 나온 한숨이다. 중앙당의 진로를 좀 더 지켜보기로 하고 신민당 당사로의 출근을 하루 빠지기로 한 것인데 그나마도 그 하루가 안심되었던 모양이다.

집에서 100m 남짓한 거리에서 산길 계단을 오르면 남산 충혼탑이다. 검정 리본이 달린 하얀 조화를 아들의 가슴에 달아주고 과일과 백설기를 한가득 차린 제물 앞에서 식순에 따라 참배하며 소복 차림의 전몰미망인들의 젖어가는 손수건도 지켜보며 조총 소리에 놀라지 말라고 아들의 손을 꼭 잡아주었다. 끄트머리의 자유 헌향 시간에는 아들과 나란히 서서 향을 올리고 또 한 번의 묵념을 한다. 식을 마치면 아들의 손에 하얀 비닐봉지가 여러 개다. 전몰미망인들이 준 백설기랑 무공훈장을 단 참전용사들이 준 과자봉지들이다. 일찍부터 책을 읽어서 현충일이 뭔가를 아는 녀석이라 국가는 국민을 끝까지 책임진다는 것을 보여주고 싶었고 우리가 참석하는 것은 국가의 주인이기 때문이라고 일러주었더니 아들은 다음 해부터 두 살 아래인 여동생의 손을 잡고 충혼탑이 상평동 솔밭공원으로 옮겨가기까지 해마다 남산 충혼탑 앞의 추념식에 참석했다. 원호 가족은 아니지만, 집사람이 시간 맞춰서 챙겨 보낸 것이다. 백설기는 꼬박꼬박 받아왔다. 아비의 몫이라며 저녁 늦게 집으로 돌아오면 백설기 한 조각은 남겨놓고 있었다. 아비는 개헌 투쟁을 한답시고 구 부산상고 공터와 대구중앙공원 집회에서 밤늦게 돌아와 잠이 든 남매의 머리를 쓰다듬었다. 집사람은 나를 한참이나 빤히 쳐다본다. 언제나 그랬듯이 나는 아내의 눈길을 피해야 했다. 원망의 눈빛이 안타까움의 눈빛으로 변하기까지는 짧지만 길게 느껴지는 시간이었다. 최루탄 가루를 몇 번이고 털어냈는데도 잠이든 아들과 딸이 재채기하며 깨어나서 부엌이 딸린 단칸방이라 얼른 부엌으로 가서 옷을 갈아입고 들어왔다. 아비 몫이라고 아들이 백설기를 내놓았다. 아들은 호국영령 앞에 분향하고 아비는 최루탄 가루를 하얗게 뒤집어써야 했던 그해 유월의 현충일 백설기는 유난히도 목이 메었다.

23. 젊은이의 답서

마디마디 맺힌 설움, 굽이굽이 눈물 자국, 원도 많고 한도 많아
옹이 될까 염려되어, 서리서리 풀자 하니 가난도 죄가 되어, 허
리 굽고 무릎 아려 벌이 되고 병이 되네. 베갯모 적신 눈물 말
(斗)로 되면 셈이 될까 되(升)로 되면 헤아릴까, 세월 믿고 앞만
보고 젊음 믿고 뛰었더니, 들숨 날숨 숨가파서 쉴까 하니 황혼
이네, 속절없이 지는 해를 산마루에 걸쳐놓고, 눈물 젖은 오지
랖을 노을빛에 물들이네.
- 노인 씀.

되찾은 조국 지켜온 강토, 성취한 자유 쟁취한 민주, 극복한 가
난 이룩한 번영, 당신의 거룩한 피땀과 숭고한 희생 앞에 무릎
을 꿇고 숭배의 절을 올립니다. 당신이 있어 내일을 기약하며
훗날을 설계합니다. 당신의 땀내는 거룩한 향기입니다. 저희는
당신의 꽃입니다.
- 젊은이 올림.

석양에 빛이 바래 허공에 써버린 노인의 마지막 일기장 앞에서 옷
매무새 고쳐 앉아 솔직한 답서(答書)를 올리는 마음은 고마우나 요즘
젊은이들의 일상이 너무도 버겁고 팍팍하다. 그들의 지친 숨소리를

들으면 가슴이 미어지고 바동거리는 발걸음을 보면 안타깝고 졸음을 쫓는 몸부림을 보면 애가 탄다. 바빠도 너무 바쁘다. 직장과 직종에 따라 다소의 차이는 있겠으나 그들의 일상은 내몰리는 생활이고 쫓기지 않으면 쫓아야 하는 숨 가쁜 나날이다. 명상의 시간은 꿈같은 이야기고 낭만의 여유는 환상일 뿐이다. '망중한'은 그저 책에서나 나오는 단어이고 현실은 '망중망'이다. 적자생존의 절박한 현실을 '백수가 더 바쁘다'라는 유행어가 대변한다. 무언가라도 하지 않으면 뒤처지는 것이 아니라 낙오이고 탈락이다. 그들의 일상은 뜸 들일 시간의 짬도 없다. 무엇이든 찾아야 하고 구하고 얻어내야 하는 절박함에 쫓기어 눈을 부릅뜨고 헤집고 숨 돌릴 틈도 없이 나부댄다.

캠퍼스 잔디밭에서 이상을 논하고 교문 밖 학사주점에서 막걸리를 마시며 정의론을 피력하던 시대는 까마득한 옛날이다. 이제는 상아탑도 아니고 아크로폴리스의 광장도 아니다. 취업 전문학원으로 바뀐 지 오래다. 논제도 없고 토론도 없다. 오답 걸러내기가 아니라 오로지 정답 찾기다. 돌파구 찾기는 각자의 몫이다. 어디든 후미를 잘라내는 것이 아니라 선두만을 수용한다. 통제받는 자유, 속박당한 이상, 퇴색한 정서, 상처받은 양심, 몸을 사린 정의, 불확실한 미래, 이 모두가 문명한 과학에 짓밟히고 물질적 실리 앞에 정의마저 무릎을 꿇어버린 비정한 현실이 야속하고 원망스러워도 탓할 여유가 없다.

미래의 불확실성 앞에 연어들의 귀환이 예사롭게 보이지 않는다. 그들은 산란을 위해 출생지로 회귀한다. 향수에 젖어 고향을 찾는 것이 아니라 일생의 일상이고 피할 수 없는 과정이다. 안주를 위한 귀향이 아니다. 삶을 위한 처절한 몸부림이다. 멀리 알래스카의 연어는 불곰과의 사투도 불사하며 목숨을 걸고 귀환한다. 남대천의 연어도 서해의 파도와 싸워야 했고 태평양의 거센 풍랑을 헤치며 죽기 살기로 기진한 꼬리를 흔들어 거센 파도와 싸웠다.

그들도 부화한 새끼 연어가 되어 캠퍼스를 나서면 급류에 부대끼고 거친 파도에 시달린다. 쫓기든 쫓든 어딘가로 내달려야 하고 부딪히고 맞닥뜨려야 한다. 지쳐서 멈추면 거센 물결에 휩쓸리고 날 선 바위에 부딪혀 산산이 부서진다. 멈출 수 없는 여정이다. 안주를 위한 길은 험하고도 멀다. 급류를 거슬러 올라야 하고 폭포를 타고 올라야 하며 독수리와도 맞닥뜨려야 하고 길잡이도 없고 나침반도 없는 칠흑 같은 밤에도 쉬지 않고 내달려야 한다. 철옹성의 문을 박차고 입성하는 자만이 살아남는다. 힘겨운 사투다. 무모하리만치 만용과도 같은 용기를 요구한다. 지켜보는 사람도 가슴을 졸이고 손에 땀을 쥔다. 성문으로 들어서도 만만치 않다. 안주나 안식이 아니라 이제는 끝없는 경쟁이다. 밟히느냐 밟느냐로 각축전이 벌어진다. 밟히지 않으려면 밟고 서야 한다. 적자생존이 아니고 약육강식이다. 정신적 도륙이고 정서적 살육이다. 죽느냐 사느냐로 격전장의 투사가 된다. 세파다. 현실이다. 처절하고 참담하다. 젊은이들의 오늘의 삶이다.

강변북로든 올림픽대로든 꼬리를 문 자동차들의 빨간 불빛은 자정을 향한 퇴근길이고, 여명을 뚫고 돌진하는 불빛은 새벽을 가르는 출근길이다. 오늘의 젊은이들은 넋두리할 겨를도 없고 하소연할 상대도 없다. 짬은 언제나 없고 틈은 어디에도 없다. 숨돌릴 여유라도 잠시

주시고 바늘 꽂을 틈이라도 잠시 주십사고 간절히 비는 젊은이들의 기도가 애절하다. 저들의 기도가 하늘에 닿을 날은 언제일까. 그들의 웃음꽃은 언제이면 피어날까. 젊음에서 은퇴한 노인은 구물구물 지는 해만 붙들고 있다. 짬과 틈이 간절한 젊은 그들 앞에서 머뭇거리기만 한다. 당신의 작은 여유가 그들에게는 소망일 수도 있다. 노인 한 사람이 죽으면 도서관 하나가 불타는 것과 같다고 했다. 세월을 날줄 삼고 피땀을 씨줄 삼은 유장한 역사 앞에서 불타지 않아도 좋을 우리의 도서관은 미리부터 빗장을 걸었다. 돌비석에 이름 세글자 남기려 하지 말고 젊은이의 가슴에 이름을 남겨두면 또 한 번 사는 것이다. 재물은 소모품이고 지혜는 영원한 재원이다. 노인은 숙련된 선구자이다. 따르는 사람들은 미완의 젊은이들이다. 노인은 여력의 소유자다. 여력은 활용하면 또 다른 재원이 되고 아끼면 흔적 없이 소멸한다. 여력은 쓰라고 남겨진 것이다. 필요로 하는 곳에 써야 한다. 여력의 효용은 숭고하고 가치는 거룩하다. 인생의 꽃은 노인에게서 피고 그 열매는 젊은이에게서 여물어 영원한 윤회의 씨앗이 된다. 구물구물 지는 해를 바라만 보고 있을 때가 아니다. 아침 떠오르는 해는 찬란하나 장엄하지 못하고 중천 높은 해는 장엄하나 찬란하지 못하지만, 서산에 걸린 해는 찬란하고 장엄하다. 지금의 당신이 노을빛에 물든 석양이 아니던가.

24. 자화상의 무한여정(無限旅程)

아직도 철들지 않고 도망 다니는 마음을 잡으려고 하루가 바쁘다. 마음은 콩밭에 있다더니 요즘 들어 부쩍 심하다. 깜박하면 넋 나간 사람으로 보일까 봐 한순간 움찔하고 놀란다. 이 화상이 시도 때도 없이 막무가내로 무단 외출을 해대니까 수시로 다잡고 챙기지 않으면 속절없이 정신 나가 사람으로 보일 거다. 밥을 먹든 차를 마시든 마주 앉은 사람과의 대화에 집중했고 책을 읽든 글을 쓰든 몰입의 경지에서 몸과 마음이 하나였는데 언제부터인가 따로 노는 시간이 길어지고 그 횟수도 잦다. 이 화상이 제만 빠져나가면 그나마 다행인데 무례하게도 몸동작까지 붙들어 매어놓고 가는 경우가 더러 있어 문제를 일으킨다. 마주한 사람의 이야기를 듣다가도 먼 산을 푸고, 읽던 책을 손에서 놓아버리고 동작 그만의 자세로 굳어버린다. "내 얘기 듣고 있어?" 깜짝 놀라서 "으-응 그래 듣고 있어" 하고 슬깃하게 들은척하지만 듣고 있긴 뭘 듣고 있어, 민망해서 얼버무린 거짓말이다. 대화의 내용에 사람이 나오면 그 사람과의 기억을 더듬으며 줄줄이 사탕으로 엮었다 풀었다 반복하며 혼자 북장구 다 치고, 지명이 나오면 그곳에서 있었던 기억을 줄줄이 불러내어 이리저리 되새기며 꼬리에 꼬리를 달아 붙이며 제 혼자 추억 여행에 옛 기억 속을 더듬으며 헤맨다. 이 정도면 그나마 양반이다. 이야기하는 사람의 속내 중의 하나가 잡히면 명탐정이 된다. 추리소설을 쓰느라 이리저리 알리바이를 꿰맞추며 마주한 사람은 안중에도 없다. "커피 다 식어!" 또 움찔 놀라며 귀담아 듣는 척하지만 이미 내 속내를 다 들킨 이후다. 그때야 "아니 내가 갑자기 생각난 게 있어서 미안해!"하고 민망해서 겸연쩍은 웃음으로 사과를 한다.

　이쯤 되면 병이다. 공부 못하는 녀석이 옷에 먹물 묻히고 다닌다고 딴에는 글쟁이 흉내 낸다고 찾던 단어나 문장이 생각이 나면 남의 소리는 하나도 안 들린다. 약도 없는 병이다. 혼자 있을 때도 문제다. 마주 앉은 사람이 있을 때는 그나마 딴에는 조심을 하는지 이 화상이 근무지 이탈을 하려다가도 슬그머니 제 자리로 돌아오는데 혼자 있을 때는 나를 얕잡아보는지 막무가내다. 아예 나를 무시하고 제멋대로 내빼 버린다. 안 가는 곳이 없고 못 가는 곳이 없다. 고삐 풀린 망아지라더니 그 꼴이 되었다. 당당한 곳만 가면 좋은데 이 화상이 민망한 곳에도 들락거리니까 혼자서도 얼굴이 화끈 달아오를 때가 있다. 젊은 날에야 어쩌다 백마 탄 왕자라든지 흑기사 조로나 황야의 무법자도 되어 봤고 검사 판사 다하고 염라대왕도 되어 기세등등하던 그 시절과는 많이 달라졌으나 세월에 모가 닳아 날이 무뎌졌기는 해도 무한무법의 질주는 매 한 가지다. 천방지축으로 날뛰어도 망나니 가까이는 안 가는 것만도 천만다행이지만 시도 때도 없이 울도 금도 무시하고 들락거리는가 하면 때로는 겁도 없이 천국까지도 넘나드니 철딱서니 없는 저 화상을 어째야 좋을지 가닥이 안 집힌다. 그래도 딴에는 예법의 언저리에 비비대던 자긍심은 있어 제풀에 민망해지는 것을 보면 아는 것도 있어야 하지만 본 것도 있어야 한다는 말은 만고불변의 진리인가 싶다. 주야로 나부대도 하나도 건지지 못하고 풀이 죽어 빈손으로 돌아오는 모습을 보면 한편으로 측은하기도 하여 동정도 간다.

이럴 때마다 연민의 정으로 다독거려 주지만 잠시일 뿐이고 어느새 청송의 가지 끝을 흔들고 가랑잎을 흩날리며 아낙의 귓불에 속삭이고 치맛자락에도 매달리고 호랑이 등에도 올라탄다. 그나마 갈 곳이 있어 다행으로 생각하는 것은 베갯모를 적시며 새벽을 안고 몸부림하는 측은함이 없어서다. 질풍노도를 타고 세월을 역주행하는 모습은 위태위태하면서도 오죽하면 저럴까 하고 그저 안쓰럽기도 하고 회상의 그늘에 철버덕 주저앉는 탄식의 한숨 소리를 듣는 것보다는 기고만장은 아니라도 호연지기로 의기양양하게 싸돌아다니는 것을 보는 것이 오히려 편하다.

가진 것도 없고 갖춘 것도 없어서 우쭐거려 보지도 못한 것도 안쓰러운데 지금에 와서 발목을 잡아 주저앉히고 싶지는 않다. 남의 자리를 탐하여 기웃거리지 않았고 허기진다고 구걸하지 않았고 더 가지려고 탐하지 않았으며 지름길을 염탐하지 않았고 실익 앞에 비굴하지 않았던 것에 방점을 찍어도 책잡히지 않을 것이라서 발목을 잡지는 않고 웬만큼은 그러려니 하고 지켜만 본다. 빈자소인(貧者小人)이라 했는데 덜 가졌었어도 기죽지 않고 불의에 굴복하지 않고 앞서서 소리치며 항거하고 다닐 때는 한 몸 버릴 각오가 오죽했으면 아침마다 칠성판을 지고 나서면서 가족들 몰래 흘린 눈물이 되(升)로 되겠나 말(斗)로 되겠나 가름이 안 간다는 것도 이해가 된다. 오죽했으면 주위에서는 제발 바람을 안고 맞서지 말라며 안타까워했지만 바람을 등지고 달리면 제 일신은 수월하겠지만, 따르는 자가 없을 것이라며 굽히지 않았는데 지금에 와서 마음의 유량까지 단속한다는 것은 끝끝내 매정스러워 오늘에야 울도 담도 허물고 열린 문의 빗장마저도 열어버렸다. 이 화상이 그리라도 해주니까 마디마디 맺힌 한도 풀고 서러움도 달라며 웃음도 되찾고 발걸음도 가벼워진 것이니까 이제는 일주문 앞에서 돌아서지도 말고 바윗돌을 붙잡고 하고 싶은 소리도 실컷 하고 못다 한 정도 다 쏟으라며 응원도 보낸다. 그래서 방황을 하든 사색을 하든 이 화상이 휘젓고 다닌 흔적을 되밟으며 쭉정이든 얄궂은 씨알이든 주섬주섬 주워서 담아 보면 또 한편의 설익은 수필로 태어나기도 한다. 언제나 공정하고 누구나 평등하며 만사가 정의로울 수만은 없다는 것을 깨닫기까지는 오랜 세월과 혹독한 대가를 치렀었기에 황혼의 산마루에서 노을빛에 곱게 물들고 있는 것이 고맙기도 하다. 이제는 잊어도 좋은 이야기들일랑 훌훌 털어버리고 청산을 나르는 한 마리의 나비가 되어 훨훨 날기도 하고, 만고상청 노송의 가지 끝에 앉은 한 마리의 백학이 되어 고산준령을 마음껏 날아라, 원도 한도 다 털어버리고 서럽지 않게 말이다.

25. 길을 찾아 길을 따라

"물어물어 찾아왔다." 예전에는 자주 쓰고 자주 듣던 말인데 언제부터인가 잊어버린 오래된 옛말이다. 짤막한 구절이지만 참으로 다정다감했던 말이다. 누구나 초행이면 어디로 가야 하는지 물어물어 찾는 것이 길이었다. 온갖 사연이 정겹게 배어있는 말인데 쓸 일이 없어서 쓰지 않은 지가 꽤 오래되었다.

매주 목요일 오전의 문학 강의를 마치면 유적탐방을 하고 답사기행문을 습작하는 날 말고는 곧장 귀가하는데 이날은 강의를 마치자 수강생 중의 초로의 할머니가 자장면을 시켜 먹자고 했다. 다들 손뼉을 쳤다. 수강생이래야 대여섯이고 오륙십 대의 젊은 할머니들로 옛날의 자장면 맛을 잊지 못하는 세대들이라 옛 추억도 더듬어 볼 겸하여 광고전단을 찾아서 전화를 걸었다. 주문하면서 여기가 어디로 이어지는 사거리 옆인데 어느 건물의 주차장 맞은편이라고 하는데 들었는지 말았는지 대뜸 내 말은 싹둑 자르고 '번지와 몇 층인지만 알려 주세요'라고 해서 의아하기도 하고 황당하기도 했다. 얼떨결에 몇 번지 몇 층이라고 했더니 '잠시만 기다려주시면 금방 가겠습니다.' 하고 전화도 딸깍 끊어버렸다. 잠깐의 시간이 흐르고서야 '내비게이션'이라는 것이 생각났다.

이제는 어디를 가든 물어물어 찾을 일이 없어져 버린 것이다. 내비게이션이라는 이상한 물건이 나오고부터다. 휴대전화에서도 앱을 내려받아 모두가 쓴다. 목적지를 찾는 데는 귀신이지만 교양 머리라고는 절벽이라서 히포크라테스나 페스탈로치가 일러준 길이나 공자나 이율곡이 가르쳐 일러준 길은 아예 먹통이다. 아리랑고개도 못 찾고 보릿고개도 못 찾는다. 청포 장사 울고 가고 소박데기 울고 넘던 길도 못 찾는 인정머리도 없고 소갈머리도 없는 물건이다.

경남일보에 '발길 닿는 대로'라는 제하에 기행수필을 꼬박 8년간 100편을 연재하면서 소재를 찾아 경남 일대를 헤집고 다녔다. 내비게이션 없이 제목대로 하고 싶어서 목적지도 없이 집을 나서서 문화재나 명승지를 알리는 안내판만 보고 찾아다녔다. 그러다 보니 헛걸음도 많았고 빙빙 돌아서 할 일 없는 길도 많이 누볐다. 하지만 길에서 길을 찾는 맛과 멋의 매력에 빠지며 잊지 말아야 할 교훈까지 얻어 언제나 설레는 마음으로 길을 찾아다녔다. 하지만 요즘은 시골길이라도 길 찾기가 예사롭지 않다. 도로에는 아예 걷는 사람이 없고 마을 길에도 오가는 사람조차 뜸하여 느긋함을 터득하지 않으면 풍광과도 멀어지고 풍류와도 작별이다. 잘못 든 길에서는 돌아설 때를 알아야 하고 둘러서 멀리 왔으면 어리석음을 깨닫고 지름길을 찾았으면 오만함을 돌아보며 갈림길에서는 신중함을 배워야 한다. 길에서 길을 찾는 작은 깨달음이다. 길손이 길을 나서면 길을 묻고 길을 찾는 것이 멋이요 맛이며 깨우침이다. 어른이나 아이 가릴 것도 없고 외양도 품위도 가늠할 것 없이, 오가는 사람이면 어떠하며 일하는 사람도 잠시 허리를 펴게 하고 인기척이라도 나면 괜스럽게 물 한 바가지 얻어먹자며 너스레를 떨며 없던 인연의 끄나풀도 이으며 이래저래 서로가 잊어버렸던 인정미를 되찾고 싶어서다. 마주 보는 현관문도 '찰까닥'하고 닫아버리면 이웃과도 단절이다. 문밖에는 언제나 길이 있다. 길에서 길을 찾으면 또 다른 길도 보인다.

섬진강을 거슬러 강변길을 오르면 역사의 숨결이 들린다. 애달픈 역사가 굽이굽이 서린 강, 주옥같은 옛 노래가 흘러가는 강, 하고많은 소설로 이어지는 강, 시인 묵객 가슴속에 꿈을 꾸는 강, 바라만 보아도 가슴 저린 강이다. 강변길에 서야만 보인다. 낙동강 박진교에 앞에 서면 곤한 숨소리가 들린다. 낙동강을 안고 몸부림쳤던 그들은 "낙동강아, 잘 있거라. 우리는 전진한다."를 목이 터지도록 부르며 돌아보고 또 돌아보기를 얼마나 하였을까. 다시 보마, 약속했던 그 맹세는 어디 두고 강물 따라 세월 따라 어디로 흘러갔나. 알지도 못하는 그들이었고 보지도 않았던 그들이건만 눈시울을 젖게 하는 까닭은 무엇이며 목이 메는 심사를 낙동강은 알겠지만, 구국의 선혈이 가슴을 적시며 혈류성천이 되어 흐르는 낙동강은 아직도 못다 푼 한을 안고 벼랑에 부딪치며 탄식의 소리를 내며 흘러가고 있다. 생때같은 주검을 쌓아서 건너야만 했던 낙동강, 단숨에 건너기가 죄스럽고 민망하여 목이 메는 강변길이다.

설움에 겹도록 원한이 맺힌 길만 있는 것도 아니다. 옛 애기 서리어 선인들이 남긴 풍류의 체취가 배인 길도 처처에 얽혀있다. 기암괴석 우쭐대고 청풍명월 어우러진 심산유곡 반석 위에, 정자마다 시문 편액 선현들의 발자취가 오롯이 남아있고, 팔작지붕 계자난간 강물 위에 띄워놓고 중천 높은 둥근달에 그리운 임 새겨 넣고, 별들 총총 별빛에다 정담 섞어 시를 짓고 준봉 준령 병풍 삼아 등받이로 둘러놓고, 물소리가 청아하여 가야금도 할 일 없고 바람 소리 소소하여 거문고도 할 일 없고, 지필묵은 밀쳐두고 창공에다 시를 쓰며 기암괴석 암벽 끝에 난을 치면 수묵화라 시인 묵객 따로 없다. 주안상 아니라도 차탁을 마주하고 잊어버린 옛사람들 꿈결같이 불러내어 찻잔에 옛정 녹여 정담으로 시름 풀며 은하수 끝자락에 회한의 눈물 닦고, 못다 준 정 다 담아서 아낌없이 따라놓고 겹겹이 언 가슴 밤새도록 녹이고 싶은 선경도 있다. 길에서 길을 찾아야만 만날 수 있는 길이 품은 정취이다.

길을 나서면 길이 보이고 길에서 길을 물으면 목장승도 일러주고 돌부처도 알려준다. 길은 길로 이어지며 길섶마다 온갖 사연이 포도송이같이 알알이 매달렸다. 달빛을 희롱하는 농월정이 있고 군자의 길을 일러주는 군자정이 있고 마음을 씻어야 하는 세심정도 있다. 길은 과거와 현재를 옛정으로 이어주며 미래를 향한 깨달음을 일깨워준다. 무심코 지나면 풍광과도 볼일 없고 애환 서린 역사와도 생각 없이 멀어진다. 길은 유장한 세월을 따라 수많은 사람이 앞서 밟고 갔다. 우리는 지금 어디로 가야 하는지 길을 나서서 길을 물어야 한다. 길을 따라 길을 찾으면 길이 보인다.

26. 실익 시대의 소고

봄이면 여기저기서 문학지들이 창간된다. 신인 응모작의 심사를 봐달라는 메일을 받거나 심사평을 써달라는 부탁을 받으면 밤이 짧아진다. "불 끄고 주무세요" 아침 밥상머리에서 안사람의 말이 생각나서 "소득 없는 일에 전기만 태우나?" 하고 겸연쩍어했더니 "이제야 돈 벌거요? 몸 상할까 걱정이지, 도울 건 도와줘요"라는 말에 한참 생각했다. '도울 건 도와줘요'라는 말이 내게는 솔깃해서다. 돈 안 생긴다는 것을 잘 알고 한 말이기 때문이다. 그래도 도와줘야 한다는 것은, 누군가에게는 나의 그 무엇이 필요하므로 도움을 요청한 것이다. 나로서는 이 얼마나 다행이며 삶의 가치이고 보람인가. 나의 존재의 가치까지 챙겨주는 선물이다.

소득 없는 일이라고 말한 것이 돈을 받으려고 하는 일이 아니면서도 마음에 없는 괜한 소리를 했다 싶어 쑥스러웠다. 소득 없는 일에는 눈길 한번 주지 않는 세상이라서 입에 익어 불쑥 나왔다.

현실과 인정은 언젠가부터 앙숙이 되었다. 현실은 약삭빨라지고 인정은 헐벗었다. 실익 앞에서 양심마저 갈등을 일으킨다. 양심 앞에서 떳떳해지려고 무던히도 애를 쓰지만, 현실은 언제나 실익의 편을 든다. 비틀거리는 양심, 우쭐거리는 실익, 냉담한 현실, 오늘날의 민낯이다.

밥때 되어 방물장사 오면 숟가락 잡혀주고 날 저물어 길손이 들면 아랫목 내어주던 때는 현실이야 어떻든 인정 많은 인심이 앞섰다. 전설같이 들려도 그리 오래되지 않았다. 현대문물의 급물살을 타고부터 물질이 문화를 잠식하고 문명이 문화를 속박하며 현실이 인정을 외면했다. 인정이 실리 앞에 기를 못 펴고 밀려났다. 그도 그럴 것이 실익이 없으면 그 어디에도 환영받지 못하는 세상이 되었기 때문이다.

뭐든, 없이는 아예 살 수가 없고 덜 가져도 힘들어져서, 갖는다는 것이 어찌 보면 삶의 목표인 것처럼 추구의 절대적 대상이자 가치의 정점이 되었다. 오로지 돈이고 재물이다. 고관대작들이 쇠고랑을 차는 것도 이 때문이다. 갖출 것 다 갖추고 누릴 것 다 누리면서 왜 저럴까 하지만, 물욕의 끝은 절제가 아니면 그 끝이 없다. 절제는 오로지 의가 아니면 실행할 수 없고 물욕과 인정은 언제나 역주행이지 동행하지 못한다.

세 분 선현(先賢)을 그립게 한다. '이름을 팔아 임금님의 벼슬을 도둑질하여 그 녹만 먹고, 할 일 없이 지내는 그런 신하가 되는 것을 신은 원치 않습니다' 하고 벼슬자리에 나아가지 않고 처사이기를 자처하셨던 남명선생과 을사늑약이 체결되자 '국난 앞에 선비의 도리를 다하기가 어렵구나' 하시며 절명시를 남기시고 자결하신 매천 선생과 공짜로 주는 그 많은 은사금도 어찌하면 받지 않을까 하고 고심 끝에 자결하신 서비 최우순 선생을 기억해볼 때이다. 누릴 것 다 누릴 수 있는 실익을 마다하셨다. 충(忠)이었고, 의(義)였고, 도(道)였으며, 예(禮)였다. 오로지 양심이었다.

고성 학동의 서비정과 화엄사 들머리의 매천사나 덕산의 산천재가 진주에서 불과 한 시간 안팎의 거리에 있다. 딴에는 내로라하는 이들이야 뜻에도 없겠지만, 귀하고 귀해져서 보물보다 더 귀한 자녀들 데리고 나서면 하루해면 족하다.

27. 청포도 이어가는 칠월

이육사가 살던 고장 청포도가 익어가면 내 살던 고향에는 옥수수가 여문다. 옥수수 꺾어다가 모깃불에 구워내어 전설을 불러오는 할머니의 대 평상에 올라앉아 이 손(手) 저 손 옮겨가며 하모니카를 분다. 북두칠성이 초가지붕의 용마루 위에 걸터앉을 때면 휙! 하고 하늘을 가르는 별똥별의 긴 꼬리 끝을 붙잡고 소원도 빌어본다. 초벌 메기 볏논에서 허리 굽힌 고단함에 아버지의 코 고는 소리가 마루청을 들썩이고 횃불 들고 천렵 갔던 삼촌들이 돌아오면 어머니의 풋고추 다지는 도마소리는 부엌에서 요란하다. 짚방석 내다 깔아 이웃사촌 불러 모아 양푼에 한가득히 막걸리 걸러놓고 도란도란 이마를 맞대면 모기 물까 염려되어 할머니의 부채는 허공에서 춤을 춘다. 이제는 눈을 감아야만 보이는 고향의 칠월이고 식어버린 가슴을 다시 데워야 들을 수 있는 전설이 되었다. 세월의 강 건너편에는 우리들의 아련한 초상이 아직도 가슴 따뜻한 온기로 남아서 돌아보고 섰다. 현관문 찰가닥! 하고 닫아버리는 단절의 쇳소리가 매정스럽고 위아래층의 사람들은 서로가 눈을 감고 입을 다문 채 딴 세상의 사람으로 바꿔놓은 그 세월이 야속하여 애가 타서 못 떠나고 머뭇대며 서성인다. 옛정 그리워 목 말라하는 까닭조차 부질없는 환상이 되고 예리한 문명 앞에서 질박한 웃음은 냉소의 외면으로 따돌림을 당하며 그 따사롭던 가슴이 속절없이 식어가도 풍요의 환각 속에서 깨어나지 못하는 오늘이 서글프다.

육사는 식탁 위의 은쟁반 위에 하얀 모시 수건을 마련하고 고단한 손님이 찾아오기를 기다렸다. 청포도가 알알이 익어가는 칠월, 우리는 옥수수랑 햇감자를 삶아놓고 이웃을 기다리며 다시 가슴에 불을 지펴야 한다. 닫혀버린 문밖에는 내 이웃의 아이들이 뛰놀고 젊은이들이 내달린다. 아이들은 우리의 미래이고 젊은이들은 모두의 희망이며 노인들은 우리들의 보물창고이다. 그들이 있어 내가 이웃이 된다.

육사는 짓밟힌 영육까지도 함께 아우르며 광복이 찾아올 길을 트며 문을 열었다. 우리의 것이기에 함께 누리고 싶어서다. 이제 우리는 흰 돛단배를 기다리지 않아도 된다. 가난의 늪에서도 빠져나왔다. 우리도 식탁 위에 청포도 따다가 쟁반 가득 담아놓고 하얀 모시 수건도 마련하여 고달픈 몸으로 찾아온 손님과 마주 앉아 옛이야기 알알이 꿰며 두 손을 흠뻑 적실만 하다. 그리하여 서로가 마주 본 닫힌 문을 열고 주저리주저리 전설을 엮어 가면 좋으렴.

28. 고양이들의 수난사

　이따금 인근의 야트막한 산길을 산책하다 보면 꼬리를 짊어지고 종 긋거리는 다람쥐를 심심찮게 보았는데 몇 해 전부터 흔적을 볼 수 없다. 난데없이 집 나온 고양이들이 산속으로 들어오고부터다. 애먼 다람쥐가 속절없는 피난민 신세가 되어 더 깊은 산속으로 숨어버린 것이다. 아랫목 차지하고 귀염받고 살 때는 딴에는 안주인 행세하며 까칠하게 거드름도 피웠는데 하루아침에 천덕꾸러기 신세가 되었으니 권좌에서 영어의 몸으로 추락하기 전에 자존심이 상해서 집을 나왔다. 인간사 새옹지마라 했는데 고양이가 그 꼴이 되었다. 사시나무 떨 듯 복날 졸였던 지난 시절은 전설일 뿐이고 마루 밑이나 대문간 옆에서 땅에다 코를 처박고 낑낑거리던 것이 도둑 지키는 일은 CCTV 더러 하라고 하고 반려견인지 애완견인지 이름표를 바꿔 달고 안방 차지를 하고부터다.

　'나는 자연인이다'가 아니라 '나는 자연 고양이다'가 되어 산속으로 들어온 것도 고양이로서는 목숨을 부지하기 위한 고육지책이다. 문 안 열어주면 독 안에 든 쥐 꼴인데 타고 오르는 재주가 없었으면 벌써 물어뜯겨서 비명횡사했을 거다. 황천객이 씨가 있나 죽으면 그 꼴인데 생각만 해도 고양이는 소름이 돋는다. 그토록 귀염받던 고양이 신세가 끝장이 났다. 타고난 팔자로 꼬리 살랑살랑 흔들며 아양을 떠는데 안 넘어갈 사람이 요즘 어디 있나. 개 팔자는 상팔자 되고 고양이

팔자 뒤웅박은커녕 쪼그랑 바가지가 됐다. 대소변 받아내고 목욕시켜서 육해공 진미 떠받히고 만수무강이 염려되어 운동시키고 금침 이부자리로 침소 마련해서 침전 시중까지 들어주니 상전도 그런 상전은 없다. 어쩌다 성깔이라도 부리면 노여움 푸시라고 입맛 갖춰 대령하겠다고 전문 매장도 모시고 간다.

고양이는 복장이 터진다. 부모와는 딴집살림하고 앓는 소리만 해도 요양원에 빈자리 알아본다. 자식 낳아 기를 생각은 안 하고 포대기 덮어 개를 업고 나선다. 유모차 안에도 개가 들앉았다. 개 팔자가 상팔자라더니 말이 씨가 되었다. 안방 차지한 것도 복장 터지는데 매화틀을 타고 깝죽거리니 고양이는 미친다. 제 저고리도 아닌 패션에도 눈꼴이 시고, 상전 대접하는 주인에게도 배신감이 들고, 이곳저곳 핥아 대며 아양을 떠는 꼴도 배알이 뒤틀리고 주인 믿고 어깨에 힘주며 무게 잡고 갑질하는 꼴에 자존심도 상하고 하여 무거운 절 떠나니 가벼운 중 떠난다고 자진해서 보따리를 싸버린 것이다. '너희 집에 애완견 사오면 일찌감치 집 나와라' 하던 길고양이와 정보공유가 원활해진 탓도 있지만, 길게 혀를 뽑아 물고 헐떡거리며 침 질질 흘리는 것이 뭐가 좋다고 그러는지 고양이로서는 염장 터져 미치고 팔딱 뛰다 못해 보따리를 쌌다. 주인보다 먼저 일어나서 이 손바닥 저 손바닥에 마른 침 발라서 이 뺨 저 뺨 닦아서 세수하고 털 골라서 새초롬하게 단장하여 나름대로 깔끔하게 멋을 내는 자기랑은 비교가 안 되는데 기껏해야 꼬리 살랑살랑 흔든다고 그 꾐에 빠져서 밑까지 닦아주고 물고 빨고 부둥켜안고 뒹구는데 고양이 염장 터진다. 뒤처리도 흔적 없이 혼자 하는 고양이로서는 죽을 맛이다.

능력은 뒷전이라 공정도 개뿔이고 평등은 헛소리고 정의는 개소리고 오로지 아부고 아첨이고 맹종이고 충성이다. 개판이다. 민생은 죽통인데 정치는 똥통이고 국회는 깡통이고 정부는 침통이고 청와대는 먹통이고 세상은 벌통이라 숨통이라도 틔우려고 저러는가 싶다가도 그래도 이건 아니다 싶어, 울화통이 터진다. 그렇다고 어디 하소연할 곳도 없다. 위원회 천국이면서도 고양이 권익위원회가 있는 것도 아니고 공수처로 갈 건지 검찰로 갈 건지 국수본으로 가야 할 것인지 분간조차 할 수 없어 사람들도 헛갈리는데 개판 된 개판인데 언감생심 기댈 곳에 기대야지, 개밥에 도토리 신세가 되느니 이 꼴 저 꼴 안 보려 하는 것도 무리는 아니다. 학식도 인품으로 숙성시키지 않으면 한갓 재주일 뿐인데 재주만 믿고 당상관 감투 썼다가 집안 꼴 풍비박산 난 걸 보고도 꼬리 살랑살랑 흔드는 재주 하나로 남의 아랫목을 지가 차지했으니 재준가 메준가 얼마나 오래갈지 두고 보자며 이를 뽀독뽀독 갈면서 돌아보고 또 돌아보기를 몇 번이나 반복하며 집을 나왔다. 몸풀기한다고 꼬리 물고 맴돌았지 안주인에게 잘 보이고 싶어서 재롱 부린 것이 아니라는 것도 되돌아보면, 실리 앞에 비굴하지 않고 양심 앞에 떳떳하게 자존심을 지켰으니 꿀릴 것도 없어, 앓느니 죽는다고 보따리 싼 것이 하루아침에 길고양이 되어 들고양이 되고 산고양이 신세가 되었다.

반려견 들어오면 명대로 못 산다. 애완견 들어오면 헌신짝 꼴 난다는 등 풍문에 들은 소리가 있어 막상 집을 나오기는 했는데 골목 한쪽에 누군가가 놓아둔 먹이 그릇은 진작부터 센 놈이 찜을 한 것이라서 얼씬도 못 하고 이 골목 저 골목 헤매 봤자 먼저 온 놈의 텃세에 굶어 죽을 판인데 길고양이도 아무나 하는 것이 아니라서 들이나 산으로 흩어졌다. 부귀영화 일장춘몽 흥망성쇠 누가 아나, 고대광실 떠났더니 소박데기 신세인데, 원통하고 절통해서 남은 세월 어찌 살꼬 탄식이 절로 난다. 안방 아랫목 내어주고 나왔는데 김삿갓은 시라도 짓지만 시 한 수도 못 지으니 문전걸식도 언감생심이라 하루아침에 노숙자 신세가 되고 보니 눈에 보이는 것이 없다. 그래도 미련이 남아서 인간 근처가 나을까 싶어서 멀리는 못 가고 인근 야산을 헤매다 보니 속절없이 빨치산 신세가 되었다. 호구지책에 귀천이 있나 목구멍이 포도청이라 까막까치 앞에 체면이 말이 아니지만, 다람쥐에게는 미안하다.

머리 검은 동물 믿을 것이 못 된다고 사람인심도 조석을 변하고 화무십일홍이라고 아무리 예쁜 꽃도 10일을 못 간다고 했는데 얼마나 길게 갈지 두고 보자며 이를 뽀드득뽀드득 갈고 있는데 아니나 다를까 일이 터졌다. 남양주시에서 50대 여성이 산책길에 나섰다가 떠돌이 개에 물려서 목숨을 잃었다. 개를 키우지 않아서 구박도, 학대도 한 사실이 없고 내쫓은 일도 없는데 산책하던 애먼 사람이 참변을 당했다. 맹수 본성을 발휘한 것이다. 그러면서 이제는 뭉쳐야 산다고 떠돌이 개들도 노동조합을 결성했는지 떼를 지어서 농가를 습격하여 가축들을 해치고 닭장을 초토화하며 맹수 본색을 들랬다. 버림받은 앙갚음의 복수혈전에 돌입한 것이다. 그러나 고양이는 막상 깨소금 맛이라고 하지 못한다. 눈시울이 뜨거워진다. 어둠살이 짙어지는 산비탈에 웅크린 채 밤이슬 맞으며 옛 살던 집의 불빛을 하염없이 바라본다.

29. 장미의 계절 5월

'계절의 여왕 오월의 푸른 여신 앞에' 선 노천명은 시 '푸른 오월'에서 '청자빛 하늘이 육모정 탑 위에서 그린 듯이 곱고'라며 오월의 하늘을 청자의 푸른빛에 비유했다. 하늘은 흠도 없고 티도 없이 마음껏 푸르렀다. 윤석중은 어린이날 노랫말에 '날아라. 새들이 푸른 하늘을, 달려라 냇물아 푸른 벌판을'이라며 오월의 푸른 세상을 어린이들의 몫으로 돌렸다. 모두가 때 묻지 않은 청순함이고 무한한 희망이어서 드높은 기상을 열어주고 싶어서다. 하늘도 푸르고 벌판도 푸르러 산야가 온통 충만한 희망으로 마음껏 푸르렀다. 노천명이 말한 계절의 여왕 오월. 지금이 바로 그 오월이다. 희망의 계절이고 도전의 계절이다. 그래서 젊음의 계절이고 청춘의 계절이다. 오월의 여왕인 장미가 젊음의 가슴에 열정의 불을 붙인다. 아카시아 흰 꽃의 향기가 싱그러움을 더 한다. 이상의 깃발은 하늘 높이 펄럭이고 범선은 푸른 하늘에 돛을 올렸다. 외줄기 길을 따라 나그네도 걷는다. '강나루 건너서 밀밭 길을 구름에 달 가듯이 가는 나그네'. 박목월의 나그네도 오월 이맘때의 밀밭 길을 걷고 있을 것이다. 일제강점기의 암울한 늪에서 벗어나 푸른 광야를 거침없이 걸으며 '술 익는 마을마다 타는 저녁놀'을 맞이하고 싶어서다. 나그네, 그는 지금 어디만큼 가고 있을까. 5월은 해가 길어서 길 떠나기 좋은 계절이고 푸성귀가 풍성하여 이웃과도 정(情) 붙이기 좋은 달이며 오가는 사람과도 말 붙이기 좋다고 좋으며 막

걸리 맛이 딱 좋은 계절이다. 하지만 우리는 지금 푸른 오월의 같은 하늘 아래서 무엇이 부족해서 서로가 등 돌리고 무엇이 불편해서 단절의 벽을 쌓나.

옛날의 5월은 보릿고개다. 가을걷이의 알곡도 겨울나기로 바닥이 나고 보리는 아직 덜 여물었으니 식량이 다 떨어지는 때다. 강나루 건너서 밀밭의 밀도 그저 푸르기만 할 뿐이다. 그러나 보릿고개는 역사 속의 화석이 되고 춘궁기는 잊어버린 언어가 된 지 오래다. 지금의 오월은 희망의 계절이고 도전의 계절이며 청춘의 계절이다. 푸른 광야를 마음껏 달려라. 민태원은 수필 청춘 예찬에서 '청춘의 피가 뜨거운지라. 인간의 동산에 사랑의 풀이 돋고 이상의 꽃이 피고 희망의 놀이 뜨고 열락(悅樂)의 새가 운다.'라고 했다. 청춘, 그들이 5월의 여왕이다. 그들이 있어 우리는 희망이 있고 미래가 있다. 푸른 5월, 청춘들이 마음껏 내달리게 힘찬 응원을 보내야 한다.

5월은 장미의 계절이다. 예쁘게 피었다. 활짝 피어 예쁘다. 곱게 피어 고맙다. 5월을 팡! 하고 터뜨렸다. 장미의 빛깔은 곱다. 흰 꽃은 화사해서 좋고 빨간색은 영롱해서 좋고 자줏빛은 우아해서 곱다. 아낌없는 열정의 발산이고 무한한 가능성의 표출이며 그칠 줄 모르는 도약이고 활활 타오르는 불꽃이다. 환희의 꽃이며 청춘들의 꽃이다.

장미는 있는 그대로를 내주고 마음껏 피는 꽃이다. 감추지 않는 속내, 머뭇거리지 않는 용기, 굴절 없는 진실, 가식 없는 표현, 거침없는 자유를 마음껏 발산하며 천상의 나팔 소리에 찬란한 태양과 눈을 맞춘다. 구김살 없이 당찬 꽃이다. 피 끓는 젊음의 꽃이다.

장미는 혼자이기를 거부하고 어울려서 함께하기 좋아하며 함박웃음을 좋아하여 새들을 노래하게 하고 나비를 춤추게 하며 이슬을 방울방울 빛나게 하는 꽃이다. 주고 또 주어도 그냥 좋아서 활짝 웃는 장미는 순진하고 발랄한 청춘들의 꽃이다.

장미가 활짝 핀 5월이다. 청춘들이여! 찬란한 태양을 마주 보라! 새로운 열정이 끓어오르고 꿈의 날갯짓이 창공을 나른다. 여명 걷힌 새벽이 청춘들을 부른다. 어두운 밤에서 벗어나야 한다. 분노의 유혹을 떨쳐야 하고 원한의 불꽃을 덮어버리고 좌절의 늪에서 빠져나와야 한다. 분노는 오라가 되고 원망은 멍에가 된다. 꿈을 깨지 못하면 아침이 없고 일어서지 못하면 달리지 못한다. 개구리도 얼음장 밑에서 기나긴 겨울을 견뎌냈고 돌아온 제비도 날갯죽지가 아리도록 남태평양의 하늘을 날았다. 도움닫기 앞에서 조금만 비켜주었더라면, 턱걸이로 바둥거릴 때 조금만 받쳐주었더라면, 하고 서운해하지 않아도 된다. 자세히 들여다보면 다들 그랬다. 먼저 간 사람은 일찍 나섰고 앞선 사람은 한 걸음 더 빨리 걸었을 뿐이다. 지금이 제일 빠른 출발이다.

나서라! 청춘들이여! 광야는 청춘을 위해 마련되었고 하루는 마음껏 달리라고 열어두었다. 산이 있어 넘기 좋고 강이 있어 건너기 좋으며 절벽이 있어 오르기 좋지 않은가. 떨어져도 깨어지지 않을 젊음, 넘어져도 일어서고 휘어 저도 부러지지 않을 젊음, 우쭐거려도 민망하지 않을 청춘이 아닌가.

보라! 청춘들이여! 푸른 하늘은 더 높이 뛰라 하고, 짙푸른 산은 푸른 깃발로 응원하며, 5월의 장미가 청춘들을 환호한다.

30. 내원사 비로자나불

지리산자락의 작은 골짜기들은 정상 천왕봉이 눈만 흘겨도 몸살을 앓는다. 정상 1,915m의 날씨가 참으로 변덕스럽다. 구름 한 점 없어 일망무제의 시야가 한순간에 몰려온 운무로 칠흑 같은 밤바다를 방불케 하고 헐떡이던 숨소리조차 부담스럽게 시공이 고요의 절정으로 정지된 것 같다가도 느닷없이 일진광풍이 휘두르면 삼라만상이 흔적도 없이 날려갈 것만 같고 신의 노여움인지 폭풍우가 휘몰아치면 망망대해에서 성난 파도를 만난 것 같이 지척을 분간할 수 없어 하늘이 무너지고 땅이 뒤집힐 것 같은 경천동지의 천지개벽을 실감케 한다. 지리산의 장엄함이 기상변화의 섭리까지 쥐락펴락하는 건지 천왕봉 날씨가 변덕스러워 청명하던 하늘이 산자락의 골 깊은 계곡에다 비와 바람과 안개 그리고 서리와 눈보라로 위세를 부리면 있는 그대로를 고스란히 내놓고 준엄한 심판을 받아야 한다. 때로는 느닷없이 계곡물이 불어나 천지를 삼킬 듯이 굉음을 내며 골짜기를 뒤집으려 들고, 때때로 광풍이 골짜기로 휘몰아치면 산천초목이 몸서리를 치며 뒤흔들린다. 온갖 풍상을 고스란히 받아내야 하는 지리산의 발치 아래, 천왕봉 줄기 뻗은 장당골과 내원골을 좌우 겨드랑이에 끼고 앉은 계곡의 꼭짓점에 천년고찰 지리산 내원사가 있다.

지리산 허리춤에 구름이 쉬어가면 소낙비를 퍼붓고 준령을 등에 지고 바람이 쉬어가면 용오름이 휘감는다. 천지가 대노(大怒)하여 감당이 어려우면 내원사 주지 영산스님은 비로전 문을 안으로 걸어놓고 비로자나석좌불 앞에 무릎을 꿇는다. 문짝마다 바깥으로 비닐을 덧씌우고 틈새마다 문풍지를 빈틈없이 발랐건만, 비바람이 몰아치면 잠근 문도 덜컹대고 비안개 휘감으면 문풍지도 소용없고, 눈발이 흩날려도 틈새마다 습기가 배여 타는 향도 눅눅하다. 문풍지가 울어서 독경 소리 흩어지고 청아한 목탁 소리 습기 배여 둔탁한데, 염송하는 노승의 간절한 소망은 천 년 역사 애환 품은 비로자나불의 보전만을 위해 대적광전을 새로 지어 천정이 높아지고 바닥이 넓어지면 비가 온들 습기가 차겠냐, 눈이 온들 결로가 맺히겠냐, 근심·걱정 덜겠건만 심산 절집 노승이 어이하면 좋겠냐고 푸념 같은 독경 소리 애원같이 간절하여 듣는 이가 애가 탄다.

내원사 석조 비로자나불좌상은 '산청 석남암사지 석조비로자나불좌상'이라는 긴 이름을 가진 국보 제233-1호이다. 애당초에는 8세기 불상 가운데서도 가장 우수한 조각 솜씨로만 보고 1990년 3월 2일 보물 제1021호로 지정되었다가 2016년 1월 7일 국보 제233-1호로 승격되었다. 이는 국보 제233호로 지금 부산시립박물관이 소장하고 있는 '산청 석남암사지 납석사리호'의 겉면에 음각된 15행 136자의 이두 명문이 해독되고부터다. 이 명문을 통해 766년 (혜공왕 2년) 법승과 법연 두 승려가 죽은 '두온애랑'의 넋을 위해 석조비로자나불좌상을 조성하여 그 속에 무구정광대다라니경을 사리호에 넣어 석남암에 봉안하였다는 기록을 근거로 석조비로자나불상을 찾아낸 것이 현재 지리산 내원사의 석조비로자나불좌상이다. 지역주민들은 이 석불을 '뜯어온 불상'이라고 부르고 있는 또 다른 사연은 1947년 석남리에 사는 이성호라는 나무꾼 형제에 의해 석남사지 골짜기에서 처음 발견하여 석불의 등과 엉덩이 부분을 깨어 내어 무게를 줄여서 집으로 가져와 보관하던 것을 내원사가 중창되자 주민들의 권유로 내원사에 모셔졌고 이어서 좌대도 찾아내어 보물 제1021호로 지정이 되었었다. 이후 내원사의 석조비로자나불좌상이 석남암사의 불상으로 밝혀지고 사리호가 봉안되었던 것도 확인이 되었으며 사리호의 명문에는 조성한 연월일이 명기 되어있어 내원사의 석조비로자나불좌상이 우리나라 최고(最古)의 지권인 비로자나불상이고 동남아시아를 통틀어 명문이 밝혀진 획기적인 자료이며 고대 조각사 연구에 절대적인 자료라고 평가되고 있으며 몸체인 석불좌상이 국보 제233-1호로 승격되고 안치물인 납석사리호는 국보 제233-2호로 변경되었으니 이제는 부산시리박물관이 소장하고 있는 국보 제233-2호인 정식명칭 '산청 석남암사지 석조비로자나불좌상 납석사리호'도 본래의 자리인 국보 제233-1호인 '산청 석남암사지 석조비로자나불좌상'의 제자리로 돌아와야 한다. 그뿐만 아니라 존귀한 국보의 유지관리와 보존보전을 위하여 낡고 옹색한 비로전도 다시 지어야 한다.

중생들도 제집 마련 평생 해도 힘 드는데
익공포의 맞배집에 기와 얹어 비 가리고
정면 3칸 측면 2칸 벽화 그려 바람 막아
퇴색한 단청이나마 이만하면 호사라네.

하시며 광명 지혜를 온 누리에 밝히시려는 불심이야 알 듯도 하다만은 노승은 오로지 고귀한 문화유산이 풍우한설(風雨寒雪) 들이치고 운무상로(雲霧霜露) 범접하여 불신에 피해 올까 하여 주야장천 염려되어 대적광전 다시 지어 만대불후 보전토록 한결같은 발심 발원이 노승의 마지막 일념이란다.

열 달 품은 자식도 떨어지면 간절한데 천여 년을 품고 품은 석상은 지리산 발치에서 멀리 부산을 한결같이 바라보건만 이산(離散)의 아픔을 누구도 몰라주니 과학에 병이 깊어 문명에는 민감해도 문화에는 둔감하여 무식인지 무지인지 생각조차 없는 건지 '환지 본처'라는 말은 듣지도 못했는지 제자리에 못 둘 것이면, 복제라도 만들어서 좌대 옆에 나란히 두면 찾는 이도 감명 깊어 역사 앞에 감흥(感興)하고 선조들께 감복할 걸 무정인지 매정인지 '나 몰라라' 하고 있다.

지금에 와서 옥으로 만든다고 보물이 되겠으며 금으로 만든다고 국보가 되겠는가.

역사는 숭고하고 유물은 진귀한데

신앙이면 어떻고 조각이면 어떠한가

아껴서 천추만대로 길이길이 보전하자. 라고 하지만 문화재청도 무심하여 고맙지 않고, 부산 시립박물관도 무정하여 달갑지 않으며 오로지 보전에 애쓰는 영산스님께 감사한다.

》》 이후 고증을 거처 내원사는 덕산사라는 본래의 이름을 찾았다.

31. 비석 앞에 울던 여인

봄볕이 따스하여 바람이 살랑살랑 꼬리 끝을 흔들어 대더니 까치가 바람이 났다. 기어이, 영남루 대숲 어귀의 느티나무 낙락(落落) 끝에 삿정이를 물어다가 신접살림을 차렸다. 사각거리는 댓잎의 바람소리를 들으며 영남루 아래의 돌계단을 밟으며 남천강 강섶의 외진 길로 내려섰다. 대숲 속의 분위기는 너무도 판이하다. 단아하고 정숙하여 숙연함을 더하는 아랑각 옆으로, 아랑 낭자가 죽임을 당해 유기된 곳이라며 '아랑 유지비'라고 음각된 작은 돌비석이 섰다. 한 평도 안 되게 석축을 두르고 괴괴한 듯 고요하고 음산한 듯 적적하여 외롭고도 처량하다. 어설프게 다듬어 결도 거친 돌비석은 키도 작아 나직하다. 찾는 이가 없어 말 붙임도 못 하고 하염없이 흘러가는 강물만을 굽어보며 더없이 초연하다. 인기척이 반가웠던지 비석을 둘러싸고 섰던 대나무 잎이 잠시 파르르 떨더니 옷깃을 여미고 숨을 죽인다.

누구일까. 누군가가 다녀갔다. 누군가의 분 냄새가 난다. 두고두고 원통한 영혼을 달래려 함인가, 애통하고 절통하여 부둥켜안았을까. 예쁘게 반짝거리는 앙증맞은 콤팩트와 깜찍한 얼레빗에 새까만 머리핀 하나와 목걸이를 사려서 비석 머리에다 얹어놓고 누군가가 다녀갔다. 엊그제쯤일까. 먼지 하나 없이 반들거리는 것으로 보아 그리 오래되지는 않았다. 그렇다고 포장지를 갓 뜯은 흔적도 없어 새것도 아니다. 과년한 딸을 둔 엄마일까, 아니면 시집간 딸이 언제나 안쓰러워 가슴앓이하는 친정엄마일까. 초로의 할머닐까. 조금 전까지도 쓰던 것이 분명하다. 더 좋은 새것을 갖다주고 싶으나 다시 올 기약이 없어 쓰던 그대로를 고스란히 두고 갔다. 얼레빗도 손을 타서 빛이 난다. 진주 목걸이도 반작거린다. 온가가 묻은 채로 가만히 벗어놓은 것이다. 진주알이 반작거리며 귀띔으로 일러준다. 목이 가늘어 슬픈 노래를 즐겨듣는 박꽃 같은 여인이었다고. 진주조개가 배앓이 한 진주보다 더 값진 진주 목걸이다. 얼마나 안쓰럽고 애틋했으면 손가방을 열어 하나하나 꺼내서 오롯이 두고 갔을까. 차마 발길을 돌리지 못하고 눈시울을 적시며 두 손 모아 또 얼마나 빌고 빌었을까. 이제는 다 잊고 달빛으로 머리 감고 은하수 한 자락에 젖은 몸도 닦아내고 우리의 가슴에 화사한 꽃으로 언제까지나 피어있으라며 가슴 아리게 울먹였을 것이다. 대숲을 스치는 가냘픈 바람 소리에 낭자의 고영(孤靈)이 처량히도 애달픈데 돌아보고 또 돌아보며 두고 간 여인의 뒷모습이 가슴을 찡하게 한다.

32. 멀어져 가는 고향 풍경

봄볕에 그을려서일까, 날씨가 건조해서일까, 늦은 봄 이맘때면 동생들의 얼굴에 마른버짐이 피면 할머니가 시키는 대로 마을 앞 개울가에 지천으로 피어난 찔레꽃을 따다 드리면 작은 오가리솥에 불린 찹쌀과 함께 넣어 밥을 지어서 절구에 콩콩 찧어 떡을 만들어 먹이던 때다. 찔레꽃이 피어나면 담벼락을 타고 기어오르는 덩굴장미도 빨갛게 꽃을 피우는 유월이다. 보릿고개의 정점인 깔딱고개에서 서둘러 보리를 베어 도리깨 타작을 한 뒷정리로 겉겨를 태우는 구수한 내음의 연기가 들녘 여기저기서 피어오르던 유월의 고향 풍경이 세월의 강 저편에서 어른거린다.

보리를 베어낸 논바닥에 임시로 타작마당을 만든 한쪽에 삼촌들이 나뭇가지로 얼기설기 만들어 준 볕 가림의 그늘막 아래서 밀이나 풋보리 이삭을 구워서 손바닥이 새까맣게 비벼주던 때가 엊그제처럼 생생하다. 그래서 이맘때만 되면 약간 덜 여문 풋보리를 한 번 구워 먹어봐야지 하고 벼르면서도 뜻을 이루지 못했는데 마침 주말을 맞아 울산에서 온 외손녀와 외손자를 데리고 가끔 가는 산사로 가던 길에 산골 초입의 보리밭 들머리에 차를 세웠다.

아직은 덜 익어 노르스름한 보리밭 어귀에 노인이 쉬고 있어서다. 예전에 다들 많이 심던 키가 작달막한 쌀보리다. 쌀보리는 겉보리보다는 가시랭이도 짧다. 쌀보리든 겉보리든 요즘의 보리밭은 구경거리가 될 만큼 귀하다. 보리를 심어도 가축 사료용으로 쓰려고 이삭이 여물기도 전에 베어내거나 어쩌다 노르스름한 게 보여도 구워 먹을 수 있는 쌀보리가 아니라 보리차나 엿기름으로 쓰려는 가시랭이가 길고 겉껍데기가 쉽게 벗겨지지 않는 키가 큰 겉보리다.

"보리농사를 잘 지으셨네요.", "농사는요. 볶아서 물이나 끓인다고, 누구시더라?", "울산서 온 외손주랑 절에 가는 길인데 진주에 삽니다." "총명하게 생겼네.", "어릴 때 구워 먹으면 맛있었는데 딱 알맞게 익었네요.", "배고픈 시절이라 꿀맛이었지" 노인의 횅하던 눈빛이 반짝거렸다. "몇 이삭만 구워 먹어보면 안 될까요?" 노인은 손주들을 보고 빙긋이 웃으시더니 타고 온 사륜오토바이에서 얼른 낫을 들고 와 능숙한 솜씨로 풋보리 한 움큼을 드르륵! 베신다.

손주들과 길섶의 나뭇가지와 마른 풀을 주섬주섬 주워다 모았더니 노인은 불을 금방 붙이시고 보리 다발 한 움큼을 능숙한 솜씨로 이리저리 불 위에 굴리신다. 우리가 둘러앉은 쪽으로 연기가 쏠리니까 노인이 앉은걸음으로 우리를 밀치고 당신이 연기를 가로막으신다. 불길에 반사된 노인의 얼굴에 세월이 남긴 주름살의 이랑 이랑으로 송골송골 땀방울이 맺히며 눈빛 속에는 젊은 날의 기억들이 반짝거린다.

가뭇가뭇하게 구워진 보리 이삭을 두 손바닥으로 비벼 겉겨를 후후 불어 날린 알곡을 앙증맞은 손바닥에 한 움큼을 쥐여준다. 멀뚱멀뚱하게 머뭇거리는 사이 노인은 또 손녀에게도 내민다. "아니요, 이 녀석은 직접 해보게요" 시커멓게 된 노인의 손바닥을 보며 머뭇거리는 손녀에게 얼른 한 이삭씩을 손바닥에 올려주고 노인이 시범을 보인다. 고사리손으로 어설프게 비벼 보지만 다 흘리고 용케도 서너 알 뿐이다. 빙긋이 웃기만 하시던 노인이 시꺼먼 손으로 얼른 보태 주시고는 먹어보라고 눈짓한다. 망설이던 애들이 혀끝으로 묻혀 조심스레 씹는다. 노인은 간절한 시선으로 아이들의 표정을 살피더니 "맛있어?"하는데 애들은 고개를 설레설레 저으며 벌레 씹은 표정이다. 노인은 고개만 천천히 끄덕끄덕하시는데 주름진 입가엔 엷은 미소가 띤다. 알 듯한 의미가 가슴이 찡하도록 나를 서글프게 한다. 보릿고개의 허기진 서러움을 추억 속의 아른한 풍경화로 되새겨보려 했던 노인의 기대는 불길에 타는 보릿짚의 재가 되어 무너져 내린다. 노인의 옛 세월이 가슴이 저리도록 서럽다. 노인에게 미안하다.

나눠 먹지 않아도 좋을 풍요, 도움받지 않아도 아쉬울 것이 없는 편리함, 내일을 걱정할 필요가 없는 오늘, 옛것을 돌아볼 까닭이 없는 현재, 이것이 정녕 행복일까? 불이 밝으면 별이 보지 않지만 달은 밝아도 별이 보인다. 우리는 지금 밝은 불 아래에 살고 있다. 어두운 밤이 아니라 대낮같이 밝다. 낮에도 불을 켜고 산다. 눈에도 불을 켜고 산다. 그러나 우리는 별을 보지 못한다. 그래도 서럽지 않은 까닭을 모른다. 잊어버리고 사는 슬픔도 모르고 산다.

보리밭 이랑에 달빛이 푸르던 옛날을 노인은 잊지 못한다. 식어가는 가슴이 안타까워서 더 서러워한다. 체온을 나누지 않으려는 오늘을 탄식한다. 서로가 마주 보는 것을 불편해한다. 돌아서면 모르는 사람이다. 함께 가기를 싫어한다. 빨리 가려고 혼자 간다. 과연 어디까지 갈 수 있을지 노인은 걱정한다. 노인의 눈빛이 서글프다. 멀리 가지 못할 것을 알고 있기 때문이다. 옛 추억의 꼬리 끝을 놓아버린 노인에게 미안하다.

"애들이 훗날 할아버지를 오래오래 기억할 겁니다." 노인을 위로해 보지만 목구멍에는 보리 가시랭이가 걸린 것만 같이 따끔거린다. 속 절없는 세월이 야속할 뿐이다. 건너편 산에서는 아직도 뻐꾸기가 그 날에 울던 소리로 울어대건만 보리 개떡 위에 두툼한 햄버거랑 치즈 범벅의 피자가 덧씌워진다. 옛 살던 고향 풍경은 흑백영화의 끝 장면 이 되어 가물가물 멀어진다.

33. 나는 나 너는 너

아들 식구와 딸 식구가 간밤에 들이닥쳤다. 언제 자기들끼리 약속했는지 벚꽃 구경을 나서려고 아침이 부산하다. 무언가를 도와야겠다 싶어 고무장갑을 단단하게 끼고 설거지를 시작했다. "아버님 저 할건데요" 하고 며느리가 후다닥 달려오길래 "내 밥자리 뺏지 마라"했더니 식구들이 웃는다. "벌써부터 어머님이 아버님 구박하시는 거예요?" "벌써부터 라니 그럼 언젠가는 나도 구박을 당할 거란 말인가?" 절묘한 기회를 포착한 집사람이 "당신은 뭐 특별한 사람이유?" 하고 대못을 쾅! 미리 박았다. "남자들은 잘 들어. 저게 여자들 본심이다." 했더니 사위가 제일 먼저 "옙!"한다. "그런데 엄마들은 사위가 설거지하는 것은 좋아하면서 아들이 하는 꼴은 또 못 본다." 듣던 소리를 했는데 "다 생존의 법칙이 있습니다" 하고 아들이 보탠다.

꾸물댄다고 투덜거리던 나도 늦게야 철이 들었는지 설거지를 간간이 한다. 어디 나서려면 여자들은 준비할 것이 여간 많은 게 아니라는 것을 알고부터다. 며느리도 열 살배기 손녀의 머리를 드라이기로 말리다가 부리나케 달려온 것이다. "어서 준비들이나 해"하고 물을 세게 틀었더니 쏴-아 소리를 낸다. "물을 조금 줄여요. 옷 다 버려요" 하는 집사람의 소리에 아차! 했다. 옷 젖는 것이 문제가 아니다. "가뭄이 심해서 식수마저 제한 급수를 한다더라", "그러게. 남이야 어떻든 내 편하면 그뿐인 세상인데 그래도 그건 아니지" 한쪽에서는 죽느냐 사느냐 바동거리는데 다른 한쪽에서 하하하 호호호 하며 재미가 좋아서 죽겠다는 것을 보면 세상이 너무 불공평하다는 것이 억울하다는 집사람의 지론이다. "사람이 다 그런 거야, 상가에 조문 가서 슬픈 척하고 코 한번 훌쩍거리고 돌아서면 그뿐이야." 하잘것없는 생활 속의 대화지만 '나는 나 너는 너'가 우리를 서글프게 한다. 넘쳐나는 음식물 쓰레기 앞에서 아프리카를 생각하는 사람은 없고 한겨울에도 집안에서 반 팔 옷 입고 설치면서 노숙자를 생각하는 사람은 아무도 없다. '나는 나 너는 너'인 세상이다. 현관을 마주 보는 앞집에 젊은 여자가 이사를 오고 며칠 뒤인 아침에, 우리 부부와 엘리베이터 앞에서 처음 마주쳤다. "이웃이 되어서 반가워요" 하고 집사람이 먼저 인사말을 걸었다. "예, 서로 관심 두지 말고 지냅시다." 순간 머릿속이 하얘졌다. 그날 우리 부부는 엘리베이터가 이렇게 느린 줄을 처음 알았다.

34. 진주성 느티나무

달그림자 살포시 남강물에 내려앉고 월영산 내성사의 풍경도 잠이들면 창렬사(彰烈祠)의 끓는 비분 다독다독 달래놓고 의암의 젖은 발이 시리다고 감싸주며 긴 한숨 내 쉬기를 어언 600년. 폭풍우가 뒤흔들고 눈보라가 몰아쳐도 간절한 바람은 길이길이 후손들의 번영이었다. 세월의 숱한 날을 한으로 날줄 삼고 마디마디 맺힌 원을 씨줄로 엮어내어 얼룩진 역사의 피륙을 서장대 벼랑 끝에 만장으로 걸어두고 유월의 그 짙푸름으로 앓은 속은 덮어놓고 7만여 군관민을 위령하던 손길은 어제까지도 따스하더니만 기해년 유월 열여드렛날의 정오를 지난 5분, 곤한 숨길 끝내 몰아쉬고 온후하고 드넓은 품, 다 열어놓고 자신의 육신을 고이 누이었다.

돌 틈새로 뿌리박고 창공으로 가지 뻗쳐 충의(忠義) 새겨 촉석루는 벼랑 위에 장엄하고, 호국 지심 일념으로 쌓고 쌓은 진주성. 서장대 높이 솟아 의기충천 드높은데 북장대 위용이 하늘 끝을 떠받치고, 내성사의 공양미가 의병과 승병의 군량미 되어 무쇠솥에 김 오르면, 군관민의 박 바가지에 구국 염원 담아주며, 그 유월의 뜨거운 햇살을 그늘지어주던 백 년 거목은 온유한 할머니의 무릎이었다. 임진년의 깃발에 바람을 부치고 계사년의 통한에는 통곡도 함께 했다. 7년간의 서린 원한, 깊은 속을 끓이며 원통하고 절통하여 피눈물을 흘렸는데, 시일야방성대곡 위암이 절규하고 매천의 절명시(絕命詩) 고을마다 애절

하여, 을사 경술 원한 위에 산홍이 또 목 놓아 우는 소리에 애간장을
녹였고, 생급스러운 포연이 남강 변에 자욱하고 촉석루 서까래가 불
타며 무너지던 날, 여미었던 가슴 속을 발기발기 후벼냈다. 앓은 속
보이지 않으려고 오지랖을 여몄는데, 휑하니 비어버린 깊은 속을 보
고서야 몽매한 후손들은 이제야 회한의 눈물을 방울방울 지운다.

　조총 소리 귀청을 찢던 날 통절하게 맺힌 한이 옹이가 된 줄은 미처
몰랐으며, 포성이 천지를 진동하던 날 의분에 애간장이 녹은 줄도 미
처 몰랐으며, 강낭콩꽃보다 더 푸른 물결이 핏빛 되어 흐르며 혈류성
천(血流成川)에 굽이굽이 서린 한(恨)을 무심한 후손들은 기억에서 잊
어 간다.

　촉석루 다시 서고 창렬사에 향이 피고 내성사(內城寺)는 호국사 되
어 범종 소리 울림 되고 월영산 촉성성(矗石城)의 옛 성벽도 들어내며
남문의 위용까지 역력히 일러주고 외성에 서린 한을 용두머리 옛 나
루에 서리서리 풀어 놓고 그 고단했던 육신을 고이 누이었다. 인고의
밤을 지새우며 살아온 세월 600년! 그 느티나무는 우리들의 영원한
할머니셨다.

35. 바다가 청춘들에게

8월이면 피서지가 북새통이다. 가는 길부터 고생이다. 가다 서기를 반복하며 고속도로를 빠져나가도 피서지 입구는 오도 가도 못하는 주차장이 된다. 가족끼리든 친구나 연인끼리든 머리 맞대고 피서 일정을 짤 때가 좋고 준비물 챙길 때가 신난다. 집을 나서고부터는 고생길이다. 하지만 피서지 가는 길의 멋과 맛은 다른 데에 있다. 가다가 서로 짜증이 나더라도 앞차를 따라가야 한다. 따르면서 순리를 복습하고 기다림으로 인내를 길들이며 양보가 안전을 보장하고 배려가 복을 불러온다는 것을 체험한다. 그래서 피서지 가는 길은 힘들어도 멋진 길이다. 닿는 지점에는 어김없는 즐거움이 기다리고 있다. 중년 고개를 넘어서면 산과 계곡을 즐겨 찾지만, 젊은이들은 바다로 뛰어든다. 바다는 청춘들의 살 내음으로 세상살이를 기(氣) 살려낸다. 정열은 태양을 불태우고 기백은 파도를 정복하며 이상은 수평선을 멀리 긋는다. 백사장이 있어 꿈을 싹틔우게 하고 자갈밭이 있어 미래를 속삭이게 한다. 잊어도 좋은 이야기는 썰물이 지워주고 소중한 것은 밀물이 안겨준다. 너울은 청춘을 향해 밀려온다. 잠자던 용기까지 일깨워 주려고 가슴팍을 치며 멈추지 말라고 등을 떠민다. 무모한 용기도 만용이 아니다. 젊음이 있어 거칠 것이 없다. 바다는 청춘을 안고 물결도 신이 나서 넘실거리며 춤추고 출렁거리며 환호한다. 젊음은 머뭇거리지 않고 당차며 얼버무리지 않고 당돌하지만, 숨김없이 진실하다.

젊은이는 돌아보지 않아도 앞이 보인다. 앞선 이들의 잘못이 있다 더라도 탓하지 말고 사실만을 역사로 새겨둬라. 그러고 나면 새로운 길이 젊은이들을 기다린다. 길은 언제나 천 갈래, 만 갈래로 갈라놓고 유혹한다. 잘못 든 길에서는 돌아설 때를 터득하고 에두른 길에서는 어리석음을 깨우치고 지름길에서는 오만함을 뉘우쳐야 한다. 심산계곡의 개울물도 길을 찾아 길을 따라 먼 곳으로부터 달려와서 바닷물로 어우러진다.

바다는 부단한 노력의 결실을 젊은이들에게 숨김없이 보여준다. 끈질긴 출렁임으로 몽돌을 다듬고 너그러움의 느긋함이 백사장을 만들며 예리한 집념은 암벽을 비경으로 조각한다. 깨쳐라! 청춘들아!, 바다는 금 하나의 수평선을 긋고 하늘을 닿게 하였으니 마음껏 이상의 날개를 펼치고 더 멀리 더 높이 뛰라고 성원한다. 8월의 태양이 녹아내리게 뜨거운 가슴을 활짝 펼쳐라. 청춘들이여! 바다를 품고 창공을 노래하라. 청춘의 바다, 바다는 청춘들을 환호한다.

36. 들국화 피는 사연

'생사고혜'(生死苦兮). 나고 죽음이 다 괴로운 것이라는 뜻으로 삼국 유사에 나오는 고승 사복이 노모가 죽자 원효를 불러 주검 앞에서 포살계를 지으라 했더니 '막생혜기사야고 막사혜기생야고'(莫生兮其死也 苦 莫死兮其生也苦)라고 지어 올리자 말이 많다는 사복의 일갈에 '생사 고혜'라고 줄였다. 이는 한양대의 정민 교수의 세설신어에서 풀어 놓은 말로서 '태어나지 말지니 죽는 것이 괴롭나니 죽지 말지니 태어남이 괴롭거늘'을 '죽고 남이 괴롭구나.'로 줄인 것이다. 생과 사가 한마디로 괴롭다는 사바세계를 불법의 경지에서 본 견해로서 억겁의 시공에서 시작과 끝의 사이를 촌각으로 보지만 생과 사의 사이에 있는 촌각에도 병들고 늙음이 있어 '생사병노'가 다 괴롭다는 인생의 고통을 말한 것이다.

그러나 불계와 속계의 차이는 음지에서 양지를 보는 것과 양지에서 음지를 보는 차이일 뿐 어느 쪽이 고통이고 어느 쪽이 즐거움인지는 수용의 범위에서 자각할 뿐이다. 인간이 갖는 우주가 삼라만상이라면 우주가 갖는 더 큰 우주도 천태만상일 거다. 그리도 많고 많은 형상 속에서 태어남은 축복이고 삶은 즐거움이며 늙음은 보람이고 죽음은 영광이다. 어찌 '생사고혜'라고만 하겠는가. 하루살이가 갖는 우주나 인간이 갖는 우주나 그 무한함은 다를 것이 없다. 게다가 우리는 함께 할 내일을 준비하는 따뜻한 가슴을 가지고 있다. 땀 냄새는 휴식을 마련하고 설움은 환희를 잉태하며 고난은 행복을 출산한다. 어찌 가치 있는 삶이라 하지 않겠는가.

잊었던 옛일들이 생각나는 계절이다. 어제의 고달픔이 오늘의 안식이 되고 지나간 날들이 행복인 줄은 오늘이 있어서 알게 된 즐거움이다. 여름이 머물다 간 자리에 하늘이 높아져 산야가 오색으로 물들면 풍요의 뜨락 저편에서 들국화가 그리움 되어 피어난다. 많고 많은 사람이 있어서 좋고 함께할 사람들이 있어 더 좋은데 더러는 고운 듯하면서도 어쩌다 미운 사람도 있어 그게 감칠맛으로 생각하면 살맛 나는 세상이다. 더구나 마음속까지 넉넉해지는 가을이 되면 묻혔던 정도 오롯이 되살아나 가슴 짠하게 고운 빛깔로 물든다. 그래서 정은 더욱 깊어가고 잊었던 옛 세월을 돌아다보게 하며 모르는 사람도 그리워지는 가을이 오면 오가는 사람들이 마냥 그리워 언덕배기의 저만치에서 들국화는 피어있다.

37. 난로가 있는 풍경

　연말이 코앞이고 크리스마스가 낼모레다. 추위가 절정으로 치달을 때이다. 이맘때면 으레 바람이 세차게 부는 날도 있고 진눈깨비가 내릴 때도 있고 함박눈이 펑펑 쏟아지는 날도 있다. 여러 사람이 오가는 장소이면 어느 곳이든 연탄난로가 주전자의 물을 따끈따끈하게 끓이고 있거나 장작 난로가 따닥따닥! 하는 소리를 내며 쇠뚜껑을 벌겋게 달구고 있다. 의자를 놓고 사람들이 삥 둘러앉았다. 어쩌다 말고는 서로가 모르는 사람들이다. 버스 시간을 기다리는 정유소의 대합실이거나 아니면 맞은 편에 자리 잡은 담배 연기 자욱한 다방의 옛 풍경이다. 난로를 향해 모두가 손을 내밀고 볼이 발갛다. 시키지 않아도 불조절을 위한 바람구멍을 키웠다가 줄이기를 거듭하며 쇠갈고리로 뚜껑을 열고 때맞추어 장작개비를 알맞게 집어넣는다. 휴대전화를 모르는 그들은 초조해하거니 불안해하는 기색은 전혀 없이 느긋하고 평온하다. 간간이 묻기도 하고 대답도 한다. 묻는 사람이나 답하는 사람도 귀찮아하는 표정이 아니다. 주전자의 따끈한 보리차를 따라 마시며 모르는 사람의 컵에도 따라준다. 무릎이 뜨거워서 의자를 돌리면 옆의 사람도 틀어 앉아준다. 아무도 귀찮게 생각하지 않는다. 난로 가까이 또 한 사람이 새로 들어온다. 모르는 사람인데도 고개를 가볍게 숙여서 인사를 한다. 얼핏 보아 틈새가 너른 쪽에 앉은 사람이 얼른 틈새를 넓혀준다. 옆에 앉은 사람이 빈 의자를 끌어와서 가지런히 놓아

준다. 옆 사람의 그 옆 사람까지도 의자를 조금씩 당겨준다. 처음 보는 사람인데도 의자를 다잡아 당기며 의자 놓을 틈새를 서로가 내어준다. 옆에 앉은 사람이 어깨에 얹힌 눈도 털어준다. 그도 모르는 사람이다. 바람이 아직도 세차게 부느냐고 모르는 사람이 물어도 대답을 한다. 눈이 그쳤냐고 물어도 늦게 온 사람은 또 대답한다. 서로는 조금도 불편해하지 않는다. 귀찮다고 생각하지도 않는다. 전라도 쪽에는 눈이 많이 와서 섬으로 가는 배가 끊겼다고 한다. 아무도 묻지 않았는데 심부름이라도 온 것처럼 일러준다. 궁금하지도 않았는데 모두는 귀를 쫑긋하고 들어준다. 모두가 제 갈 길을 가야 하는 서로가 모르는 사람들이다. 지금은 다들 어디만큼 갔을까. 어디서 그 따뜻한 입김을 섞고 있을까. 그들이 모두 떠나간 뒤에는 사람의 정이 그리운 세상이 되었다.

송진 냄새가 향긋한 장작 난로 가에서 식어가는 가슴을 다시 데우고 싶다. 모르는 사람들인 그때 그들과 따뜻한 커피 한 잔을 나누고 싶다.

38. 잃어버린 겨울밤

그토록 길고 길던 겨울밤이 텔레비전이 거실과 안방에 자리를 잡고 부터는 짧아져 버렸고, 대낮같이 밝아진 가로등 불빛이 긴긴 겨울밤의 어둠 짙은 골목길을 희미하게 비춰주던 가로등의 정취마저 매정하게 앗아갔다. 밤이 깊도록 옛이야기 듣던 손주들마저도 할머니의 무릎을 떠난 지가 오래고 담장을 넘어오던 이웃집의 노가리 굽는 냄새도 사라진 지 오래이며 따끈한 고구마에 동치미 국물 맛도 잊은 지가 오래다.

코끝이 맵싸하게 얼어붙은 겨울밤, 찹쌀떡을 팔며 꽁꽁 얼어붙은 골목길의 정적을 처량히도 울리며, 애절한 여운을 길게 남겨놓고 멀어져간 소년은, 지금은 세월의 강 건너편 어느 골목길을 헤매고 있을까. 시린 손 호호 불면서 발끝까지 얼어붙는 가난의 긴 꼬리를 어둠의 골목길만큼이나 길게 남기고 멀어져갔어도 애처로운 여운은 아직도 우리들의 가슴속에 꼬리 끝이 남아있다.

희미한 가로등 불빛 아래 저만치의 리어카 위에 카바이드 가스등을 밝히고, 구수한 군밤 냄새로 깊은 밤 시린 가슴까지 따끈하게 굽어내던 털모자 아저씨도 온다간다 말도 없이 어디론가 떠나갔다. 지금은 어느 하늘 아래에서 길고 긴 겨울밤의 싸늘한 별을 세며 카바이드 가스등에 불을 밝히고 까뭇까뭇하게 군밤을 굽고 있을까?

이제야 그들을 빈손으로 보낸 것만 같아서 가슴이 시리다. 방음하고 방열하여 살기 좋게 꾸민다고 이중창을 붙인 것이 이리도 매정하게 골목길의 발걸음 소리까지 막아버릴 줄은 미처 몰랐고, 좀 더 수월해지려고 몰고 나선 승용차가 겨울밤 골목길의 질박한 풍경까지 짓뭉개버리고 이토록 가슴을 황폐하게 할 줄은 미처 몰랐으며, 현관문 '찰까닥'하고 닫고 산 것이 이토록 외로움만 남길 줄은 미처 몰랐다. 긴긴 겨울밤을 하얗게 지새우며 여명의 어둠 속에 시꺼멓게 웅크린 채 하얀 수증기를 '치—익 칙' 품어내며 언제까지나 기다려 줄 것만 같았던 새벽 열차가 끝내는 떠나면서 이 모두를 실어 갔을까? 그들이 떠나간 빈자리에는 싸늘하게 식어만 가는 우리들의 가슴이 그날의 겨울밤만큼이나 꽁꽁 얼어붙어 서러움만 가득하다. 긴긴 겨울밤, 밤이 길어서 남긴 사연이 수두룩한데 오롯이 남은 것은 외로움이고, 보내지 말았어야 할 겨울밤의 깊은 정을 보내고 서러워서, 속절없이 외로워지는 그리움뿐이다.

39. 봄꽃 피는 날의 단상

산야의 빛깔이 하루가 다르게 봄빛으로 물이 든다.

봄의 빛깔은 청홍백색의 봄꽃들이 개나리와 산수유의 노란색과 어우러져 산과 들을 채색하고 봄바람을 불러온다. 복수초의 노란 꽃이 눈 속을 헤집고 나오면 따사로운 봄볕을 애타게 기다렸던 봄꽃들이 앞다투어 피어난다. 개울가의 산수유가 개나리를 불러내면 서둘러서 진달래는 밤마다 피어나고 매화 피면 목련 피고 덩달아서 벚꽃 피면 복사꽃도 피어난다. 긴긴 겨울이 얼마나 지루했으면 잎도 피기 전에 서둘러서 꽃부터 피우는 것을 보면 겨울나기는 초목도 우리의 삶과 같이 버겁기는 매한가지인 모양이다. 그래도 철이 오면 따사로운 햇볕 아래 꽃피워서 열매 맺고 새잎 돋아 가지 뻗고 무성하게 잎 피우는 것을 보면 제 몫을 다하고 있어 참으로 대견스럽다. 어쩌면 우리들의 삶도 막힘없이 철 따라서 제 몫을 다할 수는 없을까 하고 부럽기도 하다. 만물이 소생하는 새봄을 맞아 우리들의 일상에도 봄볕이 환하게 쏟아졌으면 한다. 청년들의 꿈과 이상이 봄꽃처럼 피어나고 덜 가진 사람들은 무성하게 잎이 피듯 바람대로 이뤄져서 부족함이 없었으면 하는 간절한 바람을 새봄맞이로 기원해 본다.

며칠 사이 벚꽃도 꽃망울을 터뜨렸다. 꽃샘추위도 줄행랑 친 사월의 시작이다. 사람들의 바깥출입이 잦아져 엘리베이터도 바빠졌다.

그런데 언제인가부터 엘리베이터의 문이 열리면 걱정이 앞선다. 뭐라고 인사를 해야 답을 들을 수 있을까 해서다. "출근하시네요.", " 아! 예." 운이 좋은 날의 아침이라야 서넛 중의 한 사람의 대답이고 다들 층수의 아라비아 숫자 공부에 열중이거나 아니면 오지도 않은 휴대전화기를 괜스레 열기도 하고 어떤 사람은 좌우로 목운동을 하느라 본체만체한다. 내릴 때까지의 불과 일 분도 안 되는 시간이 참으로 곤혹스럽게 길다. 인사를 주고받는 것이 거추장스럽고 아는 척하다 보면 신경 쓸 일 생기고 차라리 모르고 사는 것이 편하다는 속내이다.

언제부터 왜 이렇게 세상이 변했을까? 이웃 간에 콩 한 쪽도 나눠 먹던 우리다. 연극이나 영화를 보고도 울었고 이산가족 찾기를 보면서는 원도 없이 함께 울었던 우리다. 정이 넘치는 우리였는데 불과 몇 년 전부터 세상이 뒤집혔다. 아침 신문 펼치기도 겁이 나고 TV 뉴스도 조심스럽다. 막살고 막간다 해도 저럴 수가 있나 하지만 사실인 것을 어찌하나. 어디가 잘못돼서 극단으로 치닫는지를 고민해야 할 때이다. 이웃과 잘 지내면 저런 일은 생겨나지 않는다. 우리는 재물 말고도 실컷 나눌 수 있는 소중한 재산을 갖고 있다. 정(情)이다. 우리가 가진 가장 진실한 것이라곤 '정'밖에 더 있나. 퍼 쓰고 퍼 쓰면 더 넘쳐 나는 것이 정이다. 아끼지 말아야 한다. 살기 좋은 세상을 만들기 위해서다.

40. 또 다른 걱정

아들 내외가 서울에 사느라 자주 오질 못한다. 세 돌배기 아이가 있어 더 그렇다.

우리 내외는 아들과 며느리보다 손녀딸을 더 보고 싶어 한다. 주 5일제라서 금요일 저녁에라도 왔으면 해도 진주라 천릿길을 차를 갖고 오는 것이 걱정스러워 못 오게 한다. 그 대신 매일 같이 카톡이 온다. 손녀 동영상이나 사진 밑에 짤막한 설명이 전부이다. 하루는 그와는 다르게 따옴표가 붙은 문자가 날아왔다. "발리나 세이브처럼 돈 모아서 비행기 타고 안 가도 되는데 왜 진주는 안 가는 거야?" 세 살배기가 따지더라는 문자였다.

그래서인지 금요일 밤에 애들이 왔다. 아들과 며느리는 뒷전이고 손녀딸에게 정신이 팔렸다.

이튿날 아침 할머니가 아침밥 준비를 다 해 놓고 기다려도 아침이 참으로 더디게 왔다. 밥상에 둘러앉으니 부러울 게 없는데 손녀딸은 밥 먹기를 싫어한다. '나이 숟갈'만 먹자고 어르고 달래고 키운 아비를 닮은 걸까. '딱 한 번만!' 아니면 '이게 마지막' 하며 애타게 구슬려도 본다. 할아버지와 할머니가 별소리를 다 해봐도 특효는 없다. 이리저리 피하기만 한다. 할머니가 '밥 많이 먹으면 키가 이만큼 큰다.'라며 몸짓까지 했다. 대뜸 "밥 많이 먹고 엄마보다 커져 버리면 엄마가 기절하겠지." 하는 소리에 모두가 기절할 뻔했다. 월요일 오전에 며느리가 카톡을 보내왔다. 3월부터 집 가까이에 있는 어린이집에 데려다 주는데 매일 같이 안 들어가려고 떼도 쓰고 울다가 들어간다는 것은 우리도 알고 있는데 오늘도 안 들어가려고 울다가 잠시 울음을 멈추더니 갑자기 "안 울고 씩씩하게 들어가면 엄마가 행복해하겠지." 하고 들어갔단다. 요즘 애들은 어른들의 속내를 읽고 있다. 영특한 것이 아니라 영악한 것이라 걱정스럽다. 저들이 자라서 이보다 더 약아빠진 세상이 오면 어쩌나 두렵기는 한데 요즘의 젊은 부부들이 아이를 하나밖에 갖지 않는다는 것이 더 큰 문제이다. 부모가 갖는 양육의 어려움이 현실이지만 아이의 장래도 생각해야 한다. 하나만 낳아 잘 키워서 적은 재산이라도 고스란히 물려줘야 아이의 장래가 둘보다는 나을 그것이라는 수학적인 계산이지만 아이는 의타심이 체질화되어 자신의 노력이 반감된다는 것도 염두에 두어야 한다. 둘 이상이면 서로가 가지는 방법과 나누는 방법이며 따르고 거두는 방법까지도 터득하며 자란다. 하지만 혼자이면 나눌 일이 없어 모든 것이 제 것인 줄로 알고 자란다. 이타적이면서 이기적이어서 배타적인 개인주의가 팽배해지면 그들의 앞날은 암담할 뿐이다. 모두가 외톨이다. 형제자매도 없고 삼촌도 없고 고모 이모도 없다. 외로움에 익숙해진 그들은 한발 더 나아가 결혼도 안 할지 모른다. 혼자 결정하고 혼자 처리하고 혼자 책임져야 한다. 웃을 일이 있어도 혼자 웃어야 하고 울 일이 생겨도 혼자 울어야 한다.

손녀는 자라서 열 살이다. 벌써 외로움을 탄다. 베개를 업고 아기 어르는 시늉도 한다. 대체 휴일이 있어서 사흘간의 연휴로 울산에서

딸네 식구까지 와서 세 집 식구가 다 모였다. 헤어지는 날 문제가 생겼다. 설과 추석이나 휴가 때면 빠짐없이 세 가족이 만나서 피붙이의 정을 나눈 것이 고작이었다. 그사이 울산 외손녀 외손자도 커서 고2 중1이 되었는데 서울 손녀가 주차장에서 버티며 언니랑 오빠가 사는 울산으로 전학을 보내준다는 대답부터 하라는 것이었다. 헤어질 때마다 서운해하기는 했으나 이 정도일 줄 몰랐다. 엄마 아빠 떨어져 있어도 좋다는데 가슴이 아려왔다. 저 어린 것이 피붙이 좋은 줄을 알고 벌써 외로움을 타는데 커 가면서는 오죽하겠나 하고 눈물이 핑 돌았다. 혹시 학교에서 따돌림이라도 받는 것도 아닐까 하지만 전혀 아니다. 2학년 첫날 선생님이 각자의 장래 희망을 앞에 나가서 말해보랬는데 똑 부러지게 "저는 커서 리더가 되고 싶습니다"라고 했고 친구들과도 잘 어울려서 생일 초대를 자주 받아 엄마랑 선물 준비도 심심찮게 한다고 했다.

오래전부터 나는 매일 아침 해가 뜨는 동쪽을 보고 천지신명님과 조상님께 기도를 드렸다. 아침 일찍 창문도 열 겸 앞 베란다에 서면 부모님 산소가 어렴풋이 보이고 산마루에서 아침 해가 뜨기 때문이었다. "오늘을 주셔서 감사합니다. 오늘도 옳은 생각, 바른 생각, 좋은 생각만 하게 하여 주옵소서"하고 정성으로 빌었다. 손녀가 나기 전인 부모님의 산소를 조성하고부터 해왔는데 손녀가 태어나 네 살이 들고부터 기도문이 달라졌다. "오늘을 주셔서 감사합니다. 오늘도 좋은 생각만 하게 하여 주시고 손녀딸 세희 밑에 동생 하나 주옵소서"로 바꾸었다. 하나면 됐다면서 더는 안 낳겠다는 낌새를 알고부터 하루도 거르지 않고 지금껏 그렇게 빌고 있다.

지금은 아이가 태어나면 출산장려금도 주도 다소나마 양육비 지원도 하며 유아원, 유치원을 보내도 나라에서 교육비도 보태준다. 고등학교 졸업까지 학비도 안 낸다. 책도 주고 점심도 주며 교복까지 준다. 과거사 들먹일 일은 아니지만, 중학교도 못 보낸 부모들이 허다했다. 부모도 자식도 평생을 한으로 안고 살았다. 병원을 못 데리고 가고 자식을 잃기도 했으며 수술을 받지 못해 평생을 불구로 살기도 했다. 장애를 안고 평생을 살아가는 그 서러움이 오죽하겠나. 이제 이만하면 자식들 키워볼 만한 세상이 아닌가. 자식은 품 안에 자식이라고 했다. 언제까지 끼고 있을 아기가 아니다. 그들은 그들의 인생을 살아가야 한다. 상대평가의 저울에서 내려놓아야 한다. 유아독존의 가치는 따로 있다. 혈육은 믿음의 연결고리고 버팀목이다. 가임 부부는 오늘의 안이한 생활만을 꾀하지 말 것이며 자식 키우는 것이 돈과 시간의 낭비라고 생각해서는 안 된다. 아이를 낳아 키우는 것이 인생 최고의 걸작이고 유산이다.

41. 최후의 만찬

자존심이었나, 수치심이었나. 이 못난 것아! 살길이 구만린데 어쩌자고, 이제 쥐꼬리만치 살아놓고, 이제 시작인데. 죽음도 함께할 만큼 서로 사랑하면서, 딱 한 번만 더 해보자는 소리를 왜 못했나.

"엄마! 우리 내일은 진짜 제주도 가는 거야?" 까만 눈동자의 그 예쁜 것이 제주도 간다고 얼마나 좋아했을까. 이것들아! 딱 한 번만 더 해보자고 부둥켜안고 울지. 그리도 했겠지. 눈물인들 남았겠냐. 눈물 한 방울 보태지 못한 우리가 무슨 말을 더하겠나. 이제야 흐르는 눈물조차 부끄럽다.

반 친구들이 보고 싶어 우리 유나 어쩌나. 사랑하는 선생님이 애타게 기다리고 있는데 어떻게 해 유나야! 이것아! 모두가 아니길 바랐다. 이대로는 못 보낸다. 딴말 말고 환생해서 유나 낳고 다시 살자!

나이만큼만 세상을 알면 얼마나 좋을까? 젊을 때 실수하지 않고 실패하지 않는 사람이 어디 있나. 수많은 시행착오도 있고 오기도 부리고 객기도 부리다가 낭패도 보며 산다. 함정도 있고 절벽도 있어 넘어지기도 하고 떨어지기도 하며 그러면서 철들고 성숙해진다.

'겁도 없이 덤볐지', '지금 생각하면 아찔하다', '죽을 맛이었어' 젊을 때는 다 그렇게 사는 것이다. '천지도 모르고 결혼했어' 얼마나 잘한 일인가? 요즘은 결혼생활을 너무 잘 알고 있어 결혼을 안 한다. 몰라도 좋을 것까지 알아내서다. 합리인가. 순리인가. 순리가 먼저다. 영특한 것은 좋지만 영악해져서는 안 된다.

　오늘이 어제의 결과가 아니다. 오늘이 내일을 절대적으로 지배하지 못한다. 내일은 새로운 오늘이다. 끝이 끝이 아니다. 신지도의 송곡항에서 가버린 그들은 흔적마저 지우려고 했다. 없던 것으로 하고 아무도 모르기를 바랐다.

　해는 언제나 동쪽에서 떠서 서쪽으로 지기만 하고 밤이 지나야 새날이 온다. 순리다. 돈은 돈으로만 해결할 수밖에 없다는 것을 잘 알고 있다. 합리다. 될성싶으면 해코지하고 비틀거리면 쓰러트릴 기회로 삼는다. 현실이다. 남은 남을 돕지 않는다는 것도 잘 알고 턱걸이로 바둥거리면 받쳐주기는커녕 떨어질 때를 기다린다는 것도 잘 안다. 한쪽에선 통곡해도 다른 한쪽에서는 춤추는 사람은 춤추고 노래하는 사람은 노래한다는 것도 알고, 3일만 지나면 남의 일은 다 잊어버린다는 것도 다 알고 갔다. 하지만 너네는 몰라도 될 것을 너무 많이 알았다. 보이는 것보다는 안 보이는 것이 더 많고, 아는 것보다는 모르는 것이 더 많은 세상이다. 그딴 것 다 몰라도 될 것을. 못 볼 것 보여 준 우리가 잘못이고 눈 감고 귀 막고 산 우리가 죄인이다.

　얼마나 가족을 사랑했으면 저세상까지 같이 가자고 했을까. 얼마나 남편을 사랑했으면 어디든 함께 가겠다고 했을까. 더는 물러설 곳도 없었고 등 한 번 비빌 곳은 그 어디에도 없었다. 더는 비참해지지 말자고 뜻을 합친 것이다. 여기보다는 나을 것이라고 뜻을 모아 함께 가자고 한 것이다. 비장한 각오가 그거였었나. 유나가 잠들면 같이 가자고 함께 저녁밥을 먹었나. 잠들게 하려고 섞은 것이 최후의 만찬이었다. 아무것도 모르고 이 밤만 자고 나면 제주도에 갈 거라고 좋아하던 그 해맑은 얼굴, 그 오물거리는 예쁜 입을 보고 어서 삼키기를 기다렸나. 마지막 고통을 염려한 것이 어미 아비의 마지막 사랑이었나. 너희의 녹아내린 속을 알 것같이 살아온 우리는 거짓이었다. 한 점 흔적이라도 남기면 다른 사람이 수고할까 봐 쓰레기 한 점까지 분리수거함에 넣는 어미의 모습을 보고 우리의 가슴은 염치없이 또 한 번 미어졌다. 모질어서 몹쓸 사람은 우리였다.

우리의 눈은 무엇을 보려고 어디를 바라보고 있으며 우리의 귀는 무엇을 들으려고 어디를 향해 열려있을까. 보이는 것에 유혹되고, 들리는 것에 솔깃해하며 우리들의 가슴은 식어가고 있다. 어제도 오늘도 벼루기만 하면서 제주행 배표 석 장을 아직도 사지 못해서 송곡항으로 가지 못하고 이따금 손등으로 눈물을 닦는다.

42. 윤위식의 다짜고짜

　근래에 한국당은 전 대표나 현 대표나 막말에는 통달하고, 현 대표
는 한 수 더 떠 해명인지 변명인지 낯간지러워 못 듣겠고, 국민이 힘
모아서 여의도로 보낼 때는 갑론을박 난상토론 국민 대신해달라고 의
정 단상 보냈더니, 의사당은 비워놓고 걸핏하면 뛰쳐나와 성토인지
호소인지 고래고래 외치면서, 국정에는 염이 없고 정책경쟁 팽개친
채 대권에만 전력하며, 정책이든 시책이든 안만 내면 트집 잡고 철회
만을 강요하며, 낚시터에 훼방 놓듯 돌멩이나 던져대고, 민주당도 안
질세라 임전무퇴 결사 항전 그 고집도 웬만하고, 독선인지 독주인지
청와대는 마의 동풍 황소고집 여전하니, 몽매한 국민은 고래 싸움에
새우 되어 등 터지고 애 터지며, 대기업은 외국에다 딴살림을 차려대
니 목을 매던 중소기업 허탈하기 그지없고, 콩 한 쪽도 나눠 먹던 국
민의 정서마저 아생연후(我生然後) 유아독존 배타심만 충만하여, 재래
시장 죽든 말든 골목 상가 외면하고 대형매장 들락대니, 전문집도 소
용없고 오일장도 볼일 없어 가게마다 점포 임대 덕지덕지 붙었는데,
건물주는 황망하고 세입자는 빈손 터니 종업원은 갈 곳 몰라 고용센
터 들고나며, 오늘도 걷는다마는 정처 없는 이 발길은 나그네 설움이
고, 죽장에 삿갓 쓴들 시 한 수도 못 짓는데 술 한 잔은 고사하고 문
전걸식 언감생심, 다시 찾는 거리마다 임시휴업 문이 닫혀 거리는 인
적 없어 황성옛터 따로 없고, 국제공항 출국장은 미어질 듯 넘쳐나도

날일조차 못 구해서 아등바등 헤매는데 임시직은 품팔인지 버린 자식 취급하고, 시집·장가 내 집 마련 꿈결 같은 풍월이라. 우리 경제 갈 곳 몰라 앞바퀴는 앞을 가고 뒷바퀴는 뒤로 가니, 금쪽같은 내 새끼들 갈 곳 몰라 방황하니 기가 차고 막막하여 이왕지사 말 났으니, 한국당은 불통이고 민주당은 철통이고 청와대는 먹통이라 침통한 국민이 분통을 터뜨리며, 원통하고 억울하니 의사당도 내놓아라, 청와대도 내놓아라. 민심이 등 돌리면 뒷감당은 어쩔 건지 별별 생각이 다 드는데, 국민도 문제인 것이 여당도 야당도 국민이 만들어서 독선 독주 상호 견제 민주정치 하자는 건데, 국민마저 편을 갈라 내 편이면 모두 옳고, 저편이면 적이라며 철천지원수같이 못 죽여서 안달하니, 얼씨구나 땡잡았다며 선량들은 텃밭에다 부채질에 신이 났고, 멋 모르는 국민은 자기 발등 찍는 줄은 까맣게 모르면서 일러주면 우의 독경 알려주면 마의 동풍, 학식도 소용없고 지식도 무용지물 학벌 좋은 샌님들은 이런들 어떠하리 저런들 어떠하리. 모가 나면 정 맞을까 봐, 굿이나 보고 떡 먹으며 기회는 잡겠다고 학위만 내걸어 놓고 죽은 듯이 몸을 사리니, 될 대로 되라고 귀를 막고 입 다물면 세상만사 편하련만, 참자 하니 열불 나서 이 꼴 저 꼴 안 보려고 세상만사 내려놓고 지리산 화개골로 최치원 선생 뒤를 따라, 세이암에 귀를 씻고 청학동을 들까 하고 봇짐 싸서 나섰더니, 화엄사의 들머리서 매천야록 쓰시던 매천께서 부르셔서, 불벼락 각오하고 종아리 걷고서 목침 위에 올랐는데 회초리를 거두시고 모필을 주셨는지, 세상에다 막대 놓고 버릇없는 유생이 다짜고짜 휘갈기니, 독자님께 송구하여 고개 숙여 용서 비니 스쳐 가는 바람 소리 그러려니 하옵소서.

43. 애먼 분풀이

동지를 지난 지가 채 달포도 안 되었는데 벽시계는 아라비아 숫자 8에서 깜박거리며 아침 햇살을 거실 가득하게 불러들인다. 식탁 옆에는 우렁각시도 아니면서 맛있는 취사가 완료되었다며 "밥을 잘 저어주세요" 하고 똑소리 나게 일러준다. 예전에는 기특하고 고맙더니만 요즘은 암팡지고 맹랑해서 얄밉다. 갈 곳도 없는데 내쫓는 것 같아서 매일 아침 이맘때면 슬슬 부아가 나기 시작한다. 뭣 하러 서둘러!, 아침밥 먹고 뭐할 건데?, 누가 오라는데? 집사람이 얼른 챙겨줘서 망정이지 안 그러면 "얼른 먹고 나가세요" 할 거지? 안 들어도 네 속을 다 안다. 내쫓겠다는 것 아니냐? 거리 두기가 뭔지 네가 알기나 해? 2.5단계도 모르지? 하기야 이상한 기도하는 종교집단도 모르는데 무식한 넌들 어찌 알겠어? 네 눈에는 저게 우주복같이 보여? 저기가 달나라 아니야, 병원이고 진료소야, 왔다 갔다 하는 구급차가 네 눈에는 장난감으로 보여? 네 손주 사주고 싶어? 거리마다 문 닫힌 가게도 네 눈에는 안 보이잖아, 점포세를 못 내서 소리도 못 내고 가슴으로 통곡하는 소리가 들리기나 하니? 상가가 문 닫으면 그게 끝이 아녀. 업주와 종업원은 따른 식구까지 굶겨야 하고 세 못 받는 건물주는 대출금의 원리금도 못 내고 재료상은 재료상대로 줄줄이 파산이냐, 간단한 문제가 아니라고, 알기나 해? 사람 사는 것이 어디 하나 연결 안 된 곳이 있는 줄 알아? 어린이집도 유치원도 학교도 못 보내고 출근도 못

하는 엄마·아빠들이 발만 동동 구르는데 네 귀에는 그 소리도 안 들려? 입학식도 못 하고 졸업식도 못 하고 신년회 송년회도 못 하고 결혼식마저 못해서 당사자는 엄청 서운한 것으로 끝낼 수 있으나 이어지는 연결고리로 꽃이 안 팔려서 예쁜 꽃 다 갈아엎는 것도 못 봤어? 다른 것은 다 하나씩인데 눈과 귀는 왜 둘인 줄 알아? 이 무식한 밥통아! 잘 보고 잘 들으라고 두 개씩 붙여 주었잖아! 네가 뭐 내 밥해주는 재미로 살아? 희생하고 헌신하고 봉사하며 구원자인 척하지만, 사실은 전기세 잡아먹는 재미로 살잖아? 안 그래? 쌀도 물도 내 돈 주고 샀고 전기도 내 돈 주고 쓰잖아? 따지고 보면 네 것이라고는 아무것도 없어, 그러면서 너희들끼리는 전깃줄 타고 전국으로 나 몰래 내통하고 있지? 어쩌면 전기세 많이 잡아먹을 수 있는지 지식 공유하잖아? 남이야 죽든 말든 관심 없잖아? 문학 교실이라는 간판이 붙은 내 사무실이 있어도 요새는 사람의 온기가 없어서 안 간다. 이게 어디 사람 사는 세상인가. 땀 냄새를 고마워하며 살냄새를 사랑한다. 별일 없냐는 안부 전화도 지금은 조심스러운데, 가기는 어디로 가 이 밥통아!

종로에서 뺨 맞고 한강에서 눈 흘긴다더니 애먼 전기밥솥 붙들고 웬 분풀이일까. 아니 무슨 억하심정이 있어 네 수고를 모르고 분풀이를 하겠나. 사람들과 얼굴 맞대고 말하고 듣고 하던 때가 이제야 그리워서 네 소리가 그나마 반가워서 에둘러 해본 말장난이다. 오지도 가지도 못하고 코로나에 발목 잡혀 해보는 소리라지만 코로나19의 창궐은 예상치 못한 인간 세상의 재앙이다. 어떤 나라에서 시신 처리조차 못해 검정 비닐에 넣어 커다란 구덩이에 여럿을 한꺼번에 마구 내버리는 뉴스를 보고 인류의 종말이 오나 하고 우리 아이들 걱정부터 했다.

옛 살던 고향 시골집에서 두 살 들면서 나도 홍역을 앓았었다. 서른 집도 채 안 되는 작은 마을의 끄트머리 집으로 산골짜기로 가는 들머리였다. 밤마다 아버지들이 한지 종이옷을 입힌 얘기의 주검을 안고 삿갓을 쓰고 골짜기로 가는 길가의 우리 집에는 그들의 울음소리가 연일 이어졌다. 그 처절한 울음소리가 어린 나의 귀에는 들리지 않게 하려고 할머니와 어머니가 합세하여 놋그릇인 양푼을 두들겼다고 했다. 전염의 경로 같은 것은 전혀 모르는 사람들이고 곡소리가 아기의 귀에 들리면 죽는다는 속설이 절대적인 믿음이었으니 그 심정은 짐작으로 알 뿐이지만 소리 한 점 없는 적막한 밤에 양푼을 두들기는 소리가 그들의 귀에는 어떻게 들였을까. 우리 집 말고도 다들 그랬다는데 열한 명였던 동갑내기는 나 하나뿐이다. 그렇게 축을 내고도 모자라, 천연두가 덤비고 콜레라가 할퀴고 장티푸스가 설치며 역병이 설쳤다. 이제는 옛이야기가 되어 까맣게 잊고 있는데 예기치 않은 날벼락이었다. 사스, 메르스가 세상을 뒤흔들었다. 그날이 어땠나 싶어 일기장을 들추었다. 구구절절한 말미에는 이렇게 적혀있다.

어느 별나라에 왔을까? 우주복을 하얗게 입고 거기가 어디라고 스스럼없이 유리문을 열고 앞선 마음을 따라 뒤뚱거리며 들어가는 당신! 백합의 향기가 이보다 더할까, 무지개의 빛인들 이보다 고울까 두고두고 못 잊을 당신의 뒷모습, 거룩하고 고귀한 희생이어라.

당신은 정녕 2015년에 천상에서 하강한 백의의 천사입니다.

그 아름다운 당신의 뒷모습을 영원히 잊지 않겠습니다. 라고 적혀 있다.

봉사든 희생이든 누구도 강요하지 않는다. 그냥 지나칠 수 없어서 작은 보탬이나마 되라고 베푸는 것이라지만 적든 많든 크든 작든, 남을 위한다는 것이 말처럼 쉬운 일이 아니다. 십시일반이라도 어렵다. 하물며 본인의 생명까지도 내맡기고 나선 그들은 천사들이다. 절박하고 처절한 몸부림, 언젠가는 나의 일일 수도 있다는 당신들의 숭고함이 거룩하다. 제발, 희생을 요구하는 일은 이제는 없기를 간절히 기도한다.

44. 콩팔칠팔

열두 개의 뿔났다며 외계인을 그려오면 안 본 내가 어찌 아나? 그러려니 할 수밖에, 만인지상 임금님도 그림 한 장 보고서는 용도 맞다 봉도 맞다 감탄을 하셨는데, 어리석은 백성이야 뿔난 것은 도깨비고 머리 풀면 귀신인 줄 군말 않고 믿지마는, 녹피(鹿皮)에 가로 왈(曰)자 가만두면 알겠는데 당겨서 일(日)자라고 늘리고는 왈 자라는 옛말과 다름없이, 정치하는 양반들은 야당 때는 이게 맞고 여당 때는 제게 맞고 지조는 당리 앞에 헌신짝 취급하며, 정책마다 정쟁이고 시책마다 당쟁이라 그 옛날을 돌아보니, 세상 볼 줄 모르면서 사모관대 차리고서 조정에 눌어붙어 아부 아첨 다 떨면서, 성군 같은 임금님을 눈 가리고 귀를 막던 그 꼴이 얄미워서, 한쪽에는 가죽신을 한쪽에는 나막신을 짝짝이로 신고서는, 임제께서 말을 타고 도성 안을 활보하며 이쪽에서 쳐다보면 나막신만 볼 것이고 저쪽에서 쳐다보면 가죽신만 보고서는, 나막신이 맞다느니 가죽신이 맞다느니 치고받고 싸우든지 알 때까지 하랬는데, 옛날이나 지금이나 한 치도 다름없이 세상 물정 모르면서 막말이나 쏟아내며 어찌하면 속아줄까 궁리 끝에 하는 짓이, 엉덩이나 꺼내놓고 춤춘다고 손뼉 치고 추종자는 눈에 날까 덩달아서 박장대소 이만하면 알만하고, 남북관계 꼬여가고 일본마저 무역 침공, 국민이 불안해도 협치는 말뿐이고 청문회는 무시하며 인사는 고집이고 정책은 아집으로 소통 아닌 먹통인데, 사흘만 지나가면 새까

많게 잊어먹는 국민의 건망증에 내년 총선 걱정인데, 학자들은 입 다물고 몸 사리고 앉았으니 이럴 때는 누군가가 매천야록 이어 쓰면, 선현들이 앞서간 길 따르기가 좋으련만, 모가 나면 정 맞을까 봐 지레 겁을 먹었는지 학벌 좋은 샌님들은 자라목을 움츠리고, 굿만 보고 떡 먹자며 정의는 개밥 주고 실리만을 챙기면서 호박씨는 뒤로 까고, 성인군자 허울 쓴 채 꿀을 먹고 속절없이 벙어리가 되었는지 죽은 듯이 엎쳤다가 때가 되면 어김없이 귀신같이 나타나서 이쪽이든 저쪽이든 파란 집의 새 주인이 유력하다 소문나면 문패도 걸기 전에 어디 갔다가 이제 왔나 벌떼처럼 몰려들어, 일등 공신 자처하며 앞장서서 우쭐대다 남의 감투 얻어 쓰고 자리 잡고 앉고 나면, 이제부터 상책은 자리보전 급선무라 숨죽이고 자라처럼 배를 깔고 납작 엎쳐, 들끓는 소리는 언제나 귀 밖이고 남모르게 땀 흘리는 국민의 숭고함은 본체만체하다가, 시절이 하 수상하면 숨죽이고 몸 사리니 누굴 믿고 국민은 불철주야 땀 흘리나.

45. 박제된 에밀레종

다시는 인간이 만들 수 없다는 종. 세계의 음향학자들이 경탄하는 종. 신라 성덕대왕 신종이며 봉덕사의 종이고 에밀레종이다. 이 위대한 종을 우리의 선조가 만들었다. 음력 770년 12월 14일에 높이 3.7m 허리둘레 7m 입지름 2.27m 무게 약 20t인 세계에서 제일 으뜸가는 '소리의 종'으로 인정받았다. 우주를 날고 4차원을 헤집고 다녀도 인간은 이 같은 종은 다시는 만들 수 없다고 했다. 맑고도 장중한 긴 울림의 소리다. 종은 소리로서 말한다. 그런데 에밀레종이 이제는 입을 다물어버렸다.

봉덕사의 종이라고 했으니 봉덕사에서 아침저녁으로 서른세 번과 스물여덟 번씩을 쳤을 것이다. 우리는 지금 봉덕사의 위치도 모르지만, 문헌에 나온 봉덕사의 종은 매월당 김시습의 글에서 '봉덕사는 자갈밭에 매몰되고/ 종은 풀숲에 버려졌으니/ 아이들이 돌로 차고/ 소는 뿔을 가는 구나/ 주나라 돌북이 그랬다던가 라고 유홍준 씨가 '나의 문화유산답사기'에서 밝힌 대로 시골에서 황소를 몰고 풀을 뜯어 먹이려 산이나 들로 소를 먹이려 가본 사람들이면 충분히 짐작할 수 있는 상황이다. 언덕만 있으면 등을 비비고 바위나 커다란 나무만 있으면 뿔로 들이받으며 힘을 겨룬다. 소먹이는 아이들의 장난 또한 얼마나 심했던가. 돌을 차고 찍기도 했을 것이고 미끄럼인들 신물 나게 타고 놀았다. 눈에 선하다. 봉덕사가 폐사되어 그렇게 방치된 채 나뒹굴 때가 있었고 다시 영묘사의 범종으로 걸렸다가 또다시 봉황대 아래 성문 옆의 종각에 걸려 480년간을 성문을 여닫을 때 쳤다고도 돼 있다. 우리가 아는 1915년에는 구 경주박물관으로 옮겨져 그 장중한 울림과 긴 여운의 종소리를 수시로 들을 수 있었고 이후 현 위치의 국립경주박물관 뜰에서도 개천절 또는 한글날과 제야에 종소리를 들을 수 있었다. 그런데 어느 날부터 종이 훼손될지도 모른다며 관계되는 알량한 양반들이 살아있는 에밀레종을 박제품으로 만들어버린 것이다. 종을 치는 봉도 아예 뜯어 내버렸다. 종은 치지 않으면 울림에서 오는 진동이 멎어버려 쇠가 삭는다고 반론도 만만찮았는데 터무니없는 속설이라고 일축해버렸다. 영원히 소리를 들을 수 없다면 그림의 떡이다. 우리는 왜 선조들의 문화유산을 목적에 따라 활용을 못 하고 사장해야 하는가. 그러면 언제 종을 칠 것인가. 이대로 두면 천년이 가든 만년이 가든 소리 한번 내지 못하고 삭히겠다는 것인가. 생일 잘 먹으려고 이레를 굶겼다는 꼴이다. 세계의 금속과학자와 범종 학자들 다 불러놓고 음향전문가도 다 모아놓고 토론이라도 해보자. 종을 쳐야할지 이대로 매달아 놓아야 할지 말이다. 소리 없이 만년을 가는 것보단 종소리를 들으며 천년을 이어가는 게 낫다. 언제부턴가 크기가 다른 목침을 포개어 종 밑의 네 군데에 놓아두었다가 지금은 피복을 입혔는지 직육면체의 쿠션 같은 것을 두 개씩 포개어 네 곳에다 종의 밑자락이 닿을락 말락 하게 받쳐두었다. 물론 경주 지진 이후에 만약을 생각해서 설치했겠지만 부끄러운 일이다. 지진이 나서 종이 떨어지더라도 온전하게 하려고 딴에는 고육지책으로 설치했겠지만, 종이 떨어질 정도의 지진이 나면 시멘트로 된 종각 건물은 온전하겠는가. 천정이 무너지면 종이 박살 날 수 있다. 공영토건이 종각을 지었고 1975년

5월 27일 구 박물관에서 현재의 박물관으로 옮겨 달 때는 혹여 매달았다가 하자라도 발생할까 봐 몇 날 며칠을 혼자만의 숙고 끝에 종의 무게를 24t으로 보고 종을 칠 때의 흔들림을 감안하여 28t의 강괴를 매달아서 시험까지 한 것이다. 이 얼마나 눈물겨운 고마움인가. 당시 박물관장인 소불 정양모 선생께서 포철에 사정사정하여 강괴 28t을 빌려다 매달아서 아침저녁으로 손수 흔들어보았다는 눈물겹게 고마운 시험을 거쳐서 매단 것이다. 지금의 건축 기술은 그 당시보다야 열 배 백배가 좋아졌다. 종각 건물부터 안전 진단을 받든지 아니면 아예 미리 진도 10이 아니라 100이라도 견 될 수 있게 다시 짓는 것이 급한 것 아닐까? 언제 어떤 크기의 지진이 올지 모른다. 숙고할 일이다.

인간이 다시는 만들 수 없는 에밀레종의 종소리가 간절하게 듣고 싶다. 어찌 나뿐이랴. 언젠가 일본 NHK 방송국에서 세계 각국의 종소리를 특집으로 꾸며 분석하고 평가하여 얻은 결과는 에밀레종이 단연 최고였고 신비의 소리라고 극찬했다. 에밀레종 소리가 다시 울려 퍼지면 세계 각국의 관광객들도 몰려올 거다. 지금은 경주박물관에서 에밀레종 소리를 녹음하여 틀려주고 있다. 녹음 속의 종소리를 들으면 기절초풍할 거다. 외국인이면 이게 인간은 다시 만들 수 없다는 그 유명한 에밀레종 소리인가 하고 허풍이 센 국민으로 내몰려 우리 국민을 다시는 믿지 않으려 할 것이다. 녹음된 종소리를 들어보면 어이가 없다. 놋쇠 양푼이 깨지는 소리를 한다. 이건 분을 못 삭인 옛날 시어머니가 놋쇠 양푼을 냅다 던지는 소리와 똑같다. 물론 음향기기의 탓이겠지만 에밀레종이 들을 때마다 통곡할 일이다. 요즘의 음향기기의 성능이 얼마나 좋은가. 귀신이 곡할 노릇으로 헷갈려서 멀미할 정도로 기차게 좋다. 외국인이 들을까 봐 민망하다. 만분지일의 배려라도 한다면 서둘러 바꿔야 한다.

에밀레종. 앞으로 영원히 들을 수는 없어도 온전한 모습으로 보존하며 두고두고 보는 것이 옳을까 아니면 맑고 긴 울림의 장중한 소리를 들을 때까지 듣고 이상이 생기면 보존하는 것이 옳을까를 재고해 봐야 한다.

타종을 중단한 이유도 해괴하다. 1992년까지 제야의 종으로 쳤었는데 혹한기에 종을 치면 이상이 생길 수 있다며 타종을 중단했다. 그러다 2001년부터 2003년까지 개천절에만 치다가 그마저 이듬해부터 중단해버렸다. 경주박물관은 종은 쳐야 수명이 길어진다는 것은 속설에 불과할 뿐이라며 "종이 박물관으로 들어온 이상 소리를 내는 본래의 기능은 중단되고 장기보존 등 문화재로서의 가치를 더 높게 갖게 되는 것"이라며 "영구 보존을 위한 타종은 영원히 하지 않겠다"라고 선언했다. 박물관은 명품들의 무덤이라더니 에밀레종을 영구히 보존하기 위해서 박제를 해버린 것이다. 게다가 1200년이 넘은 금속유물에 충격을 가하는 것은 무모한 행위라며 종을 치는 당목인 봉도 철거해버렸다. 칼은 날을 세우기 위해 갈도록 만들어졌고 종은 소리를 내기 위해 치도록 만들어졌다. 조각품으로 만든 것이 아니다. 애석하게도 멀쩡한 에밀레종은 검증되지 않은 알량한 학설 때문에 영구 보존을 위해 용도폐기 된 금속조각품이 되어버렸다.

하지만 이건 아니다. 그렇다면 1200년을 내려왔으니 거슬러 올라 봉덕사를 복원하자.

다음은 환지본처다. 봉덕사에 다시 걸자. 새벽에 서른세 번씩을 치며 도리천 33천을 열어 아침을 깨우고 저녁마다 스물여덟 번을 치며 온 지구촌을 울림으로 일깨우자. 영원히 못 들을 종소리라면 차라리 한 번이라도 더 듣고 이상이 생기면 박물관으로 옮기자. 세상 만물은 본래의 그 수명이 있다. 과하지 않으면 천수를 다할 수 있다. 수명의 길고 짧음을 본래의 뜻에 맡기는 것이 순리다. '에밀레~ 에밀레~' 하는 맥놀이의 맑고 긴 여운의 장중한 울림의 소리가 온 누리에 다시 울려 퍼져야 한다. '선덕대왕 신종', 봉덕사의 종은 "에밀레~ 에밀레~" 하고 아직도 실컷 울고 싶어 한다.

》 이후에 종 밑에 받혀두었던 쿠션도 들어내고 에밀레종 소리 체험관도 만들었다는 소식은 들었다.

46. 나비 여인

　칼바람이 목덜미를 파고드는 겨울의 한복판의 절기인 대한 다음 날, 나의 창작실의 남향 창가에 검은색 나비가 소리 없이 날아와 앉았다.

　봄바람이 살랑거리고 양지바른 담장 밑에 장다리꽃이 필 때는 노랑나비로 나붓거리다가 배나무 하얀 꽃이 피어나던 날에는 꽃잎 사이로 흰나비인 듯 나풀거리다가, 복사꽃 꽃잎마저 흩날리던 날에 꽃잎 따라 어디론가 날아가더니 여름 한 철 내내 먹장구름 뒤로 자취를 감추고 흔적도 없었다.

　비바람에 휩쓸려서 영영 돌아오지 못하는 것일까. 언제나 닿을 듯 닿을 듯 다가와 맴돌기만 하다가 돌아보면 흔적 없이 빈 자리만 남기었다. 낙엽이 흩날리던 날에 낙엽 따라 어디론가 날아간 것일까. 무서리 내리던 밤에 오돌오돌 떨다가 멀리 따뜻한 남쪽 어딘가로 날아갔겠지, 했었는데, 희끗희끗 눈발이 칼바람을 타고 날리던 날 하얀 외투로 찬바람을 가리고 새까만 호랑나비가 되어 날아온 것이다.

　싸락눈이 댓잎 위에 떨어지며 비단결같이 사르르 미끄러지는 소리를 내며 하얀 외투를 벗어놓고 검정 나비가 날개를 접고 창가에 앉는다. 옛 기억을 더듬는 것일까. 아련한 세월의 강, 물안개 속에서 젖은 날개를 가까스로 털고 날아온 고단함일까, 한동안 말이 없다. 옛 내음의 기억이 되살아났을까. 이따금 가만가만 날갯짓을 살랑거릴 때마다 은빛 분가루가 자잘하게 부서지며 반짝거린다. 검은색 바탕 위에 하얗게 보드라운 은빛 가루가 손끝에 묻어날까 손이 저리고, 행여나 입김이 스치면 흩날릴까 봐 숨을 죽였다.

동그스름한 어깨선의 가녀린 곡선은 아직도 손끝이 매운 신이 빚은 부드러움일까. 아니면 불국정토를 이루려고 석공이 빚은 천 년 역사를 머금은 석불의 어깨만큼이나 선이 고운 아름다움일까. 하얀 카라가 받힌 뽀얀 살빛의 작은 귓밥에 가만히 매달려서 한들거리는 금빛 테두리의 검정 귀걸이는 관음보살의 풍미를 고스란히 담아내고, 초롱초롱한 눈빛은 지난 세월의 그림자를 지우려고 촉촉하게 젖어서 반짝거린다.

깜박거리는 속눈썹 그 깊은 상념의 거울 속에는 아직도 못다 한 사랑의 정감들이 감춰진 채, 아침 이슬에 반짝이는 거미줄의 이슬만큼이나 영롱한 빛으로 방울방울 맺혀서 반짝거린다. 말 붙일 곳이 없어 묻어둔 말들이 쌓이고 쌓여서일까. 한 많은 사연을 세월로 감싸서 다독다독 묻어서 터질 듯이 부풀어버린 가슴은, 모나리자를 남긴 세기의 작가 레오나르도 다빈치가 남긴 최후의 조각품의 복제품일까. 검은색 나비가 나붓나붓 나부끼는 날개 끝의 한들거림은 빚은 듯이 선이 고운 종아리 위에서 소리 없이 하늘거린다. 소복하게 봉긋하면 오목하게 옴쏙하고 잘록하게 굽어지면 볼록하게 휘어져 선의 부드러움과 또닥또닥 발걸음 소리를 내며 한들한들 하늘거리는 자태는 누구의 속앓이를 부채질하고 남은 그림자일까. 아니면 말 붙일 곳이 없어 차라리 돌부처를 붙잡고 하소연이라도 하려고 까만 범나비가 되어 날아온 것일까. 그도 아니면 지친 다리를 잠시 쉬었다가 또 어디론가 훨훨 날아가려고 숨을 고르려고 날아온 것인지도 모른다.

이제는 먼 곳으로 떠나갔나보다 하고 눈길을 돌리면 저만치에서 반짝하는 반딧불이처럼 사라졌다 날아들기를 반복했던 그날에는, 인연의 끄나풀에 매달린 작은 이슬방울이었다. 찬 이슬이 내리던 밤이면 어느새 다가와 날개를 접고 다소곳이 앉았다가 햇살이 퍼지면 또 어딘가 날아갔다. 오늘도 그날처럼 또 어디로 날아가려고 잠시 날개를 접은 것일까. 문명한 풍요에서 박탈당한 세월의 흔적이 촘촘하게 나이테로 늘어나는데 눈보라 치면 어찌하고 비바람 불면 어찌할 건가. 먼 먼 훗날 젖은 날개가 버거워지면 다시 찾아올까. 타는 속 탈 대로 타고나면 이글이글 숯불 되어 다시 한번 타오를 것 같은데 속절없이 하얀 재로 남을 줄 알면서도 흐트러지지 않으려고 부단히 몸부림친 흔적이 손등에 이랑을 지었다. 외롭지 않으려고 바동거렸던 흔적이 분 내음으로 스며나는데 회안의 몸부림이 남긴 자국이 눈가에 이슬로 맺힌다.

소나기 간신히 피하고 하늘이 갤 때면 무지개의 꼬리 끝을 붙잡으려고 그렇게 아등바등하더니만 날갯짓조차 버거워 돌아서기를 또 얼마나 했던가. 잡힐 듯 잡힐 듯하며 멀어져가는 꿈의 끝자락은 언제나 한 발짝 앞서며 돌아보지도 않았다. 비정함에 부대낀 상처의 자국을 남몰래 감추려고 애를 쓰지만, 거울 속에 비취는 모습은 어쩌면 좋은가. 세월의 흔적이 주름진 목에서 골골이 애절한 노래가 되어 피멍으로 맺혔다. 은가루가 보슬보슬한 치맛자락은 석양에 물든 노을로 결을 지우는데 등받이 솔기에도 치맛자락 끝단에도 빛바랜 보풀이 희끗희끗 일었다. 긴긴 세월의 강 저편에 마지막 용기를 불태우며 건너오느라 기진한 몸은, 오목거울 속에서 그림자 되어 얼룩으로 서럽다. 그 영롱했던 색감의 수채화는 빛이 바랬다. 긴 한숨 남김없이 품어내고 접었던 날개를 오늘을 끝으로 다시 펼쳐야 한다.

'나비야 청산 가자 범나비 너도 가자' 하고 비천상의 날개깃 소리가 들리거든 이제는 돌아도 보지 말고 훨훨 날아라. 무거웠던 짐 다 버리고 다시는 돌아오지 않아도 좋을 곳을 향하여 훨훨 날아라.

47. 헷갈리게 하는 것

책상 위에 놓아뒀던 휴대전화기가 뒤집힌 풍뎅이처럼 덜덜거리는 진동 소리에 깜짝 놀랐다. 웬 난린가 하고 받았더니 밑도 끝도 없이 "선생님!" 하는 소리에 귀가 멍하다. 한 옥타브의 높은 음성에 또 무슨 일이 났나보다 하고 머뭇거리는데 "도대체 헷갈려서 내 못삽니다. 황새라 캤다가 두루미라 캤다가 뭐라 캐야 될지 도무지 갈피를 못 잡겠어예. 백로는 뭐시고 왜가리는 또 뭐시라예? 지금 남강에 나와 있는데 하얗게 물음표(?)를 곧추세우고 강물에 떠다니는 저걸 뭐라 캐야 합니까?" 보통 사람이면 딱 걸맞은 대꾸가 "성질머리하고는" 하고 군담부터 하였겠지만 내가 존경하는 시인이다.

말재주를 부리지 않고 솔직함을 그대로 표현하는 작가인데 백로인지 황새인지 분간을 못 하겠다는데 답답할 수밖에 없을 것이다. 물어 떠돈다니 황새도 두루미도 아닌 것은 틀림이 없으나 희다고 하여 무턱대고 큰고니라고 해봤자 옳은 답도 아닐 것 같아서 물에 뜨고 노니는 새는 발에 물갈퀴가 있다고 했더니 "선생님! 임진왜란 끝났는지가 언제인데 저더러 남강물로 뛰어들라고요?" 하기야 왜장도 없는데 그러기는 그렇다. 그러면 다른 걸 보여줄 테니까 횟집에 가서 점심이나 먹자고 했다. 언제봐도 헷갈리게 하는 횟감이 머잖은 횟집의 수족관에 있어서다. 방어인지 부시리인지, 광어인지 도다리인지가 그렇다. 아가미의 선이 어떻고 눈이 어느 쪽에 붙었고가 문제가 아니다. 왜 헷갈리게 생겼느냐다. 누구처럼 보이고 싶어서일까. 누구처럼 보이면 어쩌자는 것일까. 자기는 자기이면 완벽하게 존귀한 것인데 누구같이 보이고 싶어 하는 까닭이 뭘까. 악마의 장난일까. 위선을 위한 위작일까. 헷갈린다. 그나마 다행인 것은 사람은 그렇지 않아서다. 위조도 모조도 없으니 얼마나 다행인가. 사람과 아닌 사람이 있었더라면 사람 좋아하는 나는 어쩔뻔했으며 세상은 또 어찌 될 뻔했나.

눈총기 없기로 내로라하여 두세 번 보아서는 사람을 못 알아보아 결례 팀장인 나로서는 대게든 홍게든 주는 대로 먹고 홍언지 가오린지 묻지도 않는다. 알려줘도 귀담아듣지 않고 알아둬도 쓸데없을 것 같아서다. 백로인지 왜가린지 황새는 뭐고 덕새는 뭔지, 백조면 어떻고 황로면 뭐 할 건가. 조류학자에 맡길 일이지 문학가가 따질 일은 아니다. 어차피 헷갈리게 하려고 작정을 하고 생겨난 것인데 시비하지 말고 방어회 아니 부시리회 아니 그냥 회나 먹자고 했다. 가서는 주는 대로 묻지 않고 먹을 작정이다. 세상 사는 이치인가 싶어서다.

극작가 오영진 선생의 대표작 '시집가는 날'에서 맹진사는 사윗감이 절름발이인 줄을 뒤늦게 알게 되자 급기야 딸 갑분이 대신 갑분의 몸종 이뿐이를 바꿔치기로 신부로 꾸며 시집을 보내기로 작정하고 문중 어른들을 모셔놓고 다짐을 받는다. 지금부터 갑분이가 이뿐이고, 이뿐이가 갑분이니까 그리 알라고 하자 이유를 모르는 문중 사람들은 갑분이가 이뿐이고 이뿐이가 갑분이라는데 도대체 헷갈려서 머리가 돈다. 조기인지 부세인지도 헷갈리고, 방어인지 부시리인지 헷갈리기는 마찬가지다. 그래서 방어가 비싼지 부시리가 비싼지 알려고 하지 않는다. 맛도 따지지 않기로 했다. 방어를 달래서 가져오면 부시리가 아니고 방어회다. 내 입에는 딱 맞은 방어 맛이다. 홍어찜을 달래서 가져오면 가오리찜이 아니라 홍어찜이다. 나는 홍어찜을 먹는 것이다. 달랬으면 주는 대로 먹고 주면 묻지 말고 먹으면 맛있다.

나는 누구라도 나서주는 사람이 있으면 뱀사골 달궁으로 가기 좋아한다. 마천을 지나 뱀사골로 들어 삼성재를 넘어서 천은사를 거쳐 섬진강으로 따라 내려오는 드라이브 코스도 좋지만, 장작불에 철판을 올려 돼지고기를 불내가 나게 구워주는 달궁의 지리산 흑돼지구이가 먹고 싶어서다. 삼겹살의 껍데기에 박힌 모근이 검으면 흑돼지가 맞고 희면 흰 돼지라는데 나는 그걸 관찰하려고 간 것이 아니고 검은 털이 박힌 지리산 흑돼지구이를 매번 맛있게 먹는다. 가스 불 위의 프라이팬에 구운 것보다야 별나게 맛있다. 그것은 지리산 흑돼지고기구이이기 때문이다. 나는 지리산 흑돼지고기를 먹었지, 흰 돼지도 아니고 태백산도 아니고 설악산도 아닌 가까운 지리산 흑돼지이기 때문에 더 맛있게 먹은 것이다. 홍어인지 부시리인지 흰 돼지인지 흑돼지인지 긴가민가하면 맛도 헷갈려서 맛이 없다. 방어 달래서 방어회 먹고 부시리를 달래서 부시리회 먹으면 제맛이 난다. 방어나 부시리나 어차피 헷갈리라고 생긴 것인데 헷갈려 주면 된다. 세상 편하게 사는 이치인가 싶어서다.

아이들이 걸음마를 시작할 때면 신발이 왼쪽 것인지 오른쪽 것인지 구분을 못 해서 한동안 헷갈린다. 헷갈렸기 때문에 지금 아무런 문제 없이 잘 크고 있다. 헷갈리게 하려고 작정한 것이 아니라는 것을 알았기 때문이다. 하지만 이유도 모르게 헷갈리게 하는 것도 더러 있다. 방어나 부시리, 도다리와 광어 말고도 산나물과 버섯도 헷갈리게 하는 것이 더러 있다. 독초인지 약초인지 아무리 살펴도 구별을 할 수 없게 생긴 산나물이 허다하고, 독버섯인지 먹는 버섯인지 구별을 못 하게 생긴 버섯도 많이 있다. 왜 헷갈리게 생겨났을까. 독초나 독버섯이 사람들이 속고 먹어 제발 좀 죽어달라고 식용을 빼어나게 닮았을까. 아니면 조물주가 만들면서 허겁지겁 아무것이나 욕심내서 먹으면 죽는다는 본보기로 만든 것일까. 그게 아니고 매사에 조심하며 경거망동 말며 살라고 만든 것일까. 아니면 식용의 남획을 막으려고 희생양으로 독초와 독버섯을 만든 속 깊은 뜻일까. 아무렴, 겉은 같고 속이 다르니 이를 어쩌나. 아차! 나는 어떤가. 그럴싸한 모조로 사는 게 아닐까. 그러고 보니까 이 또한 헷갈리게 한다.

48. 밥상머리 교육

이 세상의 모든 만물은 각자 제 몫이 있다. 그래서 남의 것을 탐내도 안 되고 자기 것을 지키지 못해도 안 된다고 밥상머리에서 할아버지로부터 교육받으며 자랐다.

어린 동생들이 연이어 태어나다 보니 어머니의 품에서 할머니의 무릎으로 옮긴 지 2년 만에 할머니의 무릎마저 셋째가 태어나서 밀어내기로 밀려나서 동생에게 물려주고, 사랑채의 할아버지 방으로 거처가 옮겨졌으니 당연히 침식도 함께했다. 다섯 살부터다. 새벽같이 일어나야 했다. 이른 아침에 아랫마을의 '형님'들이 우르르 몰려온다. 성씨는 달라도 다들 이름 아니면 '형'의 경상도 사투리인 '성'하고 부르는데 나는 '형님'으로 불러야 했다. 발음도 정확해야 하고 손윗사람에게는 '님'자를 꼭 붙여야 한다는 할아버지의 지엄한 언명을 거역할 수 없어서다. 그 '형님'들은 천자문과 동몽선습을, 나이가 좀 더 든 몇몇 형님은 명심보감 또는 소학을 들고 오기도 했다. 형네들 올 때 되었다며 잠을 깨우면 눈을 감고서라도 일어나서 고양이 세수하듯 눈가림의 세수를 하고 형들과 무릎을 맞대고 천자문을 읽었다.

형들이 공손히 인사를 하고 차례차례 뒷걸음으로 방문을 나선다. 우르르 앞을 다투며 밀거나 서두르면 어김없는 할아버지의 불호령이 과녁을 향해 정조준하고 있다는 것을 알고 있기 때문이다. 꾹꾹 누르고 참았던 근엄함이 사립문을 나서면 와자지껄하게 폭발한다.

형들의 웃음소리가 신호탄이듯 어머님은 할아버지의 아침 진짓상을 들고 오신다. 나의 밥도 얹힌 조손(祖孫)의 겸상이다. 어떤 날은 안채 큰방에서 가족들과 같이 밥을 먹고 싶어서, 지정된 분량의 글을 얼른 읽고 아침밥을 준비하는 부엌으로 가면 어머니는 얼른 사랑방으로 가라며 나를 내쫓는다. 나의 작전은 번번이 들통나서 성공한 적이 없다. 식구들의 밥은 보리밥이고 할아버지 밥은 하얀 쌀밥이어서 따라서 나의 밥도 쌀밥인 데다 계란찜도 있고 생선까지 올렸으니 어머니가 나를 내쫓은 까닭은 철이 들어서야 깨달았다.

눈치 없는 꼬맹이가 그래도 안쓰러웠든지 아니면 떼쓴 보람으로 식구들과 같이 큰방에서 밥을 먹기도 했었는데 언제나 할머니와 겸상했다. 문제는 숟가락질하다가 밥알을 떨어뜨리고부터였다. 어쩌다가 그랬으나, 밥알을 방바닥에 떨어뜨리면 할머니께서 얼른 주워서 당신의 입에 넣으시는데 밥상 위에 떨어뜨린 밥알은 나더러 주워 먹으라셨다. 밥알 하나가 만들어지기까지의 긴 설명이 시작되면 가족 모두가 방바닥과 오지랖을 훑어보며 긴장한다. 훈계의 끄트머리는 보리밥한 알이라도 귀한 줄 알라시며 흘리지 말 것과 흘렸으면 주워서 먹으라셨다. 밥상 밑의 방바닥에 떨어진 밥알과 밥상 위에 떨어진 밥알이 할머니의 눈에는 다르게 보였다는 것을 깨닫기까지도 오랜 세월이 지난 후였다.

그런데 문제는 큰방 법도와 사랑방의 법도가 서로 다르다는 것이다. 할아버지께서 조그마하게 발라서 나의 밥숟가락 위에 오똑하게 얹어주신 생선을 어쩌다가 떨어뜨려 얼른 주워서 먹으려고 집어 들면 야단을 치신다. 어쩌다 먹어보는 생선인데 주워서 먹지 못하게 하시니 아까워서 눈물이 핑하고 도는데 야단까지 치시니 눈물이 뚝 떨어진다. "지금 네가 떨어뜨린 생선은 네 몫이 아니므로 떨어졌거나 아니면 네 것을 네가 지키지 못하여 떨어진 것이니까 아무리 아까워도 네 것이 될 수 없다. 그 임자는 돼지다. 구정물로 들어가서 돼지가 먹으라고 떨어진 것이다. 안 그러면 돼지는 밥알 한 톨이든 생선 한 조각이든 언제 얻어 먹어보겠나?" 손등으로 눈물을 닦는 것을 보시면도 "네 것과 네 것처럼 보이는 것은 다르다. 그것을 확실하게 구별할 줄 알아야 올바른 사람이 된다." 하시며 또 다른 생선 한 조각을 크게 떼어서 올려주신다. 네 것과 네 것처럼 보이는 것은 서로 다르다고 몇 번이고 되뇌어 보았으나, 그 뜻을 제대로 알기까지는 세월이 한참 지난 후였다. 어떻든 어른의 말씀에 토를 달 시대도 나이도 아닐 때여서 어명처럼 귀담아듣고, 할머니 앞에서는 밥알 한 톨이라도 얼른 주워 먹고 할아버지 앞에서는 맛 좋은 생선이라도 미련 없이 버렸던 기억을 잊지 못한다.

창궐하고 있는 '아프리카돼지열병'이 사람이 먹다 남긴 음식물을 먹여서라니 가축 사료로도 쓸 수 없다는 것은 무슨 이유인지는 모르지만, 넘쳐나는 음식물 쓰레기들을 할머니가 보신다면 뭐라고 하실까?

49. 잃어버린 여름밤

한낮에 달궈진 일상의 피로가 설익은 달빛에 젖어 흐물흐물 녹는 것 같더니만 물기 머금은 밤공기에 후텁지근한 답답함이 앙금으로 남아 흐느적거리는 여름밤이다. 가로등 불빛에 속절없이 쫓겨난 별들의 빈자리에, 우중충한 희뿌연 하늘이 내려앉아 바람마저 꼬리를 감추어 등줄기를 타고 내리는 삶의 진액이 끈적거린다. 멀찍하게 섰던 촘촘한 아파트들이 자고 나면 한 걸음씩 성큼성큼 다가오며 부쩍부쩍 키를 키운다. 푸른 들녘을 짓뭉개며 멀대같이 키가 커져서, 빤하게 보이던 지리산까지 가로막고 서서 의기양양하게 우쭐댄다.

해넘이를 바라보던 작은 즐거움마저 싹 걷어가더니, 해 저물기가 바쁘게 쌍심지로 불을 켜고 연방이라도 막 대놓고 윽박지를 것같이 육중한 덩치를 자랑한다. 그래서 오만불손한 눈총을 피해서 해넘이 보던 뒤 베란다를 피하고 아침마다 해맞이하는 앞 베란다에 저녁마다 나선다.

푸른 들녘을 야금야금 밟으며 조여오던 새 아파트들이 머뭇거리며 남겨놓은 공간이 있어 그나마 고마워서 여름밤의 밤하늘과 마주한다. 별이 빛나던 밤은 옛이야기가 되고 별도 희미한 희뿌연 밤하늘에는 기진한 빛이 역력한 일그러진 달이 중천에 서럽다.

그래도 앞 베란다는 횡하니 뚫린 허공이 전과 같이 하늘을 떠받치고 있어, 멀리 들녘의 끄트머리에 나직하게 터를 잡은 산봉우리를 바라볼 수 있어 아직은 그나마 고맙다. 멀리 산모롱이까지 반듯한 길을

따라 늘어선 가로수 사이사이에서, 없는 듯이 하나씩 늘어서던 가로
등이, 초저녁이면 별들이 눈을 뜨기도 전에 서둘러서 먼저 불을 밝힌
다. 초롱초롱하던 별빛이 생기를 잃고 희미하게 멀어져 간 여름밤의
밤하늘에는 그래도 못 잊을 미련의 끝자락을 붙잡고 작은 별이 서넛
이 더러는 네댓이 짝을 지어 어렴풋이 반짝인다.

짙푸른 나뭇잎 깊숙이 몸을 숨기고 기를 쓰고 울어대던 매미도 아
파트 창문마다 불을 밝히면 입을 다물고 숨을 죽인다. 아스팔트를 짓
뭉개던 자동차의 타이어 소리가 여름밤을 깔아뭉개도 들불처럼 일어
나는 아파트의 기세등등한 불빛은 온기라고는 한 점 없이 쌀쌀맞은
냉기를 토하며 여름밤 밤하늘에 대고 시위한다. 늘어선 가로등도 기
세가 등등하다. 한낮에는 조는 듯한 신호등도 눈을 부라린다. 서슬 시
퍼런 점령군 앞에서 한 점 바람도 꼬리를 사렸다. 한낮에 달궈진 거실
의 열기도 밤하늘로 날지 못하고 미적거린다. 근엄한 에어컨에의 위
풍에 퇴박맞고 고개 숙인 선풍기가 오히려 애처롭다. 성심을 다해 지
극정성으로 날개를 돌렸건만 육중한 에어컨 앞에 기를 못 펴고 풀이
죽었다. 한 치 앞을 못 내다보며 까불대던 그 위세는 어디 두고, 처량
해진 모습이 얼마나 고소한지 텁석부리 포대 화상은 남산만 한 배를
안고 벽에 걸린 부채 속에서 퇴박맞은 도반을 보고 웃음을 못 참는다.
때때로 선풍기와 동고동락했으면서, 더는 일 없어서 부채에 좌정하고
먼저 벽걸이가 되었으나, 동병상련(同病相憐)의 처지로서 도반이 생겼
다고 웃는 것은 그래도 아닌 것 같다. 어떤 의미일까. 족자에서 웃고,
화강암으로 굳어서도 웃는다. 도둑고양이가 지나가도 웃고 내가 걸어
가도 웃고 알몸으로 비를 맞으면서도 웃는다.

혼미해지는 여름밤의 상념들. 더위 탓만도 아니다. 밤이라서도 아니다. 음악을 듣는다. 선율에 나를 맡기고 오선지 위에 올라앉는다. 감미로워야 할 음률이 불협화음으로 충돌한다. 한낮의 억양보다는 낮아졌지만, 세상사만큼이나 헝클어진 창밖의 소음들일 뿐이다. 그래도 그 속으로 묻힌다. 하지만 잠시의 공백이 뭐였던가. 오케스트라의 지휘자 내가 아니었다. 그렇다고 G 선상의 아리아를 연주하는 연주자도 아니다. 그저 나는 지휘자의 연미복 뒷자락에 숨어버린 현실의 도피자였다.

촘촘한 방충망 밖의 밤하늘은 어둡다. 모래알만큼이나 많았고 반딧불보다도 더 빛나던 별들이 문명한 과학의 괄시로 시들어버린 여름밤, 가로등 불빛만 우쭐거리고 3막 3장의 꿈의 무대는 미리 막을 내렸다. 무단으로 이탈한 기억들을 무대 뒤에 불러 모아 합죽선을 펼쳐도 스포트라이트는 이미 꺼졌다.

대나무 평상 위에서 옛이야기 알알이 엮어서 손주의 목에 걸어주던 할머니의 무릎은 빈자리가 되어 전설만을 남기고 흔적을 지웠다. 팝콘 터지는 소리에 옥수수를 삶던 무쇠솥도 사라졌다. 별빛 희미한 여름밤의 어둠 속으로 빨려 들어간다. 저항도 못 한다. 절규도 없다. 접시꽃 피어있는 담장 너머로 무시로 넘어오던 질박한 웃음소리도 사라졌다. 다급한 구급차의 경적이 바쁘게 멀어져간다. '이 밤을 무사히' 두 손을 모으고 다시 여름밤의 어둠을 걷어 보지만 새들의 잠꼬대 소리도 들리지 않는다. 관중들의 시선은 무대를 바라보지 않는다. 장막의 뒤에다 초점을 맞추기도 하고 아예 등을 돌리고 허공만 바라보는 관객도 있다. 내일이면 텅 빈 관중석이 될지 모른다. 그래도 다시 옷깃을 여미면, 박수 소리는 들리지는 않을지 몰라도 아름다운 퇴장을 경건하게 전송하고 다음 날을 위해 가슴 따뜻한 환송사를 준비하며 눈시울을 적신다.

50. 인성 파괴의 시작

　달에서만이 할 수 있는 연구나 무슨 할 일이 있거나, 무언가를 보관하려고 하든지 아니면 필요한 물질이 있어서 가져오려고 한다든지 그도 아니면 달에 가서 살거나 그러지 않을 바에야 집적거리지도 말고 넘보지도 말았으면 하는 생각이 종종 들었었다. 고작 미지의 세계가 궁금해서라거나 달나라의 여행이 가보고 싶어서 저러는 것 같아 입맛이 쓸쓸할 때도 더러 있었다. 달나라로 여행을 가서 뭘 보고 올 것인지와, 위성 발사니 우주 정류장이 하는 이야기만 나오면 궁금해졌다. 인류는 우주 밖으로 나가서 살게 만들어진 것은 아닌 것 같은데 왜 달에도 가고 화성에도 가려고 저리도 안달일까? 절실하고 절박한 그 무엇을 해결하려고 그런다면 크게 환영할 일이지만 온갖 궁금증 때문에 저런다는 생각이 들면 돈도 아깝고 시간도 아깝고 저 좋은 인재들의 생고생도 안타깝다. 혹시 군사시설을 세워 지구 전체를 장악하려는 것은 아닌지 하는 생각도 든다. 오래전에 암스트롱이 달에다 발을 딛고 서는 순간 계수나무도 흔적 없이 사라졌고 옥도끼도 금도끼도 행방이 묘연하고 떡방을 찧던 토끼도 다른 별나라로 달아나버렸다. 할머니 이야기 듣던 손녀가 할머니가 되어서까지 순주에게 실컷 해던 이야기를 암스트롱이 다 까발려 버려서 할머니는 거짓말쟁이가 되고 전래동화책은 민망해서 숨어버렸고 도서관이 멋쩍어서 죽을상이다.

당시야 과학은 달보다도 더 먼 곳에 있었고 오로지 천지신명에 대한 지극한 정성만이 믿음의 저울대 위에 있을 때라서, 우리 할머니들은 초승달 보고도 두 손 모아 빌었고 보름달 높이 뜨면 정화수 떠 놓고 빌고 빌던 철석같은 믿음으로 숭배의 대상이었다. 그러면서 무릎에 앉힌 손주에게도 하늘이 감동하는 품행을 지니며 커가기를 바라며 호랑이 담배 먹던 시절의 옛이야기를 수도 없이 만들어 냈다. 하지만 요즘 아이들은 알 걸 다 알아버려서 수입한 '백조 왕자'도 안 믿고 '백설 공주'와도 헤어졌다. 걸핏하면 폭파하고 때려 부수고 총 쏘고 죽고 죽이고 하는 스마트폰을 끼고 산다.

강남 고속버스터미널에서 7호선 지하철에 올라 마침 빈자리가 있어 경로석에 앉았는데 다음 반포역에서 젊은 할머니가 아기를 태운 유모차를 밀고 탄다. 맞은 편 경로석에 자리를 잡고 앉아 유모차를 바짝 당기니까 공갈 젖꼭지를 문 아기는 할머니와 눈을 맞추더니 뭐가 불만인지 두 발을 바둥거리며 짜증을 낸다. 아기는 어려서 팔걸이에 걸치지도 않는 두 팔도 바쁘게 나부대니까, 할머니는 벌써 몸동작과 표정으로 의사를 주고받은 모양이다. 얼른 손가방을 열더니 스마트폰을 꺼내서 거치대에 끼워 유모차의 앞 턱받이에 걸쳐서 무언가를 화면에 띄웠다. 가만히, 그것도 아주 얌전하게 지켜보고 있던 아기는 이내 몸을 뒤틀고 짜증을 낸다. 부리나케 할머니가 화면 밀어내기를 하며 다른 화면을 띄운 것이다. 아기는 안정을 찾고 스마트폰 삼매경에 빠진다. 주변의 모든 사람은 저마다 각자의 스마트폰에 눈을 꽂고 있어 아무도 아기를 쳐다보는 사람은 없고 할 일 없는 나만 관심을 집중한다. 대체 걸음마도 하지 못하고 말로서는 전혀 소통도 되지 않는 저 어린 것이 뭘 보고 있을까. 뭐가 마음에 안 들어서 다른 화면을 할머니께 강요했을까. 궁금하여 들여다보고 싶은데 앉지 않고 서서 있었더라면 아닌 척하고 곁눈으로라도 보았을 것인데 앉은 것이 후회다. 건대입구역에 닿을 때쯤에 아기는 기울어지더니 잠이 든다. 대체 뭣을 보고 무슨 꿈을 꿀까. 아기의 행동을 보고 신통방통하다고 해야 할까. 영특해서 저런다고 해야 할까. 신비롭다고 하면 말이 될까. 아니면 예사로운 것일까. 예사로운 일은 분명 아니다.

어떤 방송에서 영유아의 스마트폰 관심도를 조사한 내용을 발표했다. 첫돌도 안 지난 젖먹이 네 명 중의 한 명은 이미 스마트폰을 보고 즐긴다는 뉴스를 보고 가슴이 철렁했다. 무지개도 아니고 꽃도 나비도 아닌 괴상하게 생긴 외계인이나 흉측한 괴물 아니면 어마어마하게 큰 로봇이 나와 인간과도 싸우고 또 다른 로봇과도 싸운다. 팔과 다리가 몇 번을 잘리고 부서져도 다시 붙으며 더 격렬하게 덤벼들고 더 무자비하게 치고받고 싸운다. 그들끼리도 싸우고 죽이고 하지만 사람과의 싸움에는 더 과격하고 처참하게 싸운다. 생명의 존엄성이나 가치관은 있지도 않으며 총칼은 장난감이고 상상도 못 할 무기로 부수고 죽인다. 생명은 풀잎에 달라붙은 이슬이다. 죽여야만 살고 죽이지 못하면 죽어야 한다. 온갖 형상의 괴물이 우주와 지구를 휘저으며 광란을 부린다. 이들이 스마트폰에서 뛰쳐나와 아이의 머릿속으로 파고들까 봐 섬뜩하다.

아니나 다를까 얼마 지나지 않아 TV 뉴스에 이를 방증이라도 하듯 끔찍한 뉴스가 나왔다. 호송차에 오르기 전에 얼굴을 가린 모습만 보였지만 축소 화면에 내보낸 명함판 사진 같은 얼굴은 여염집 딸과 하나도 다를 바 없는 해맑고 앳된 아가씨였다. 첫날은 기자들의 질문에는 묵묵부답이었으나 기자의 맨트가 섬뜩했다. '살인을 해보고 싶어서 죽였다'였다. 그토록 해보고 싶었던 일을 이뤄낸 성취감이었을까. 몹쓸 짓 금방 저질러 놓고, 머리카락을 나풀거리며 발걸음도 가볍게 또래의 시신을 담은 여행용 가방을 끌며 걷는 모습이 화면으로 보였다. 맙소사! 오 신이시여! 더는 할 말이 없었다.

51. 새봄에 붙이는 당부

정이월 다 가고 삼월이 왔다. 새봄이 온 것이다. 봄의 전령사 매화가 만개했다. 봄풀들이 파릇파릇하게 들녘을 물들인 풋내가 상큼한 흙냄새를 묻혀 부드러운 바람에 실려 온다. 산색도 연두색을 띠며 희끄무레했던 겨울의 우중충함에서 벗어나고 있다. 우수가 들풀을 파릇하게 물들이고 경칩이 깊은 잠의 개구리를 깨웠다. 태어남이 있어 축복이 있고 되살아남이 있어 환희가 있고 도약이 있어 희망이 있다. 기다림의 끝이자 새로운 시작이며 꿈의 실현이고 재기의 출발이다.

유아원으로 가는 어린것들은 엄마의 품 밖을 벗어나 새로운 친구들과 어울리는 세상을 접하게 되었다. 사실상의 사회생활에 첫발을 내디디게 되고 입학과 진학의 새로운 시작으로 또 다른 사회를 만나게 되고 대학을 졸업하고 생활전선으로 들어서는 새내기들은 꿈꾸어왔던 이상의 세계를 현실의 세계로 실현하기 위한 시대의 주역으로 힘찬 첫발을 내디뎠다.

먼저 아낌없는 응원부터 보낸다. 이제는 그동안 익히며 갈고 닦은 이론을 실행으로 옮겨 현실에 접목을 시켜야 한다. 지금까지 꿈꾸어왔던 이상의 세계가 현실의 현장에서 맞닥뜨려진다. 초침의 톱니가 분침의 톱니에 맞물리고 분침의 톱니가 시침의 바퀴를 돌리듯이 계획은 언제나 실행으로 이어져서 현실과 결합한다. 뜻과 같이 걸림이 없이 맞물려서 돌아주었으면 하는 간절한 바람이 앞선 자들의 기대이다.

고난이 없으면 하고, 좌절이 없으면 하고, 포기가 없었으면 한다. '너와 나'라는 상대가 아니고 언제나 우리였으면 하고 승부를 가리는 다툼이 아니고 선후를 가르는 경쟁이었으면 한다. 무모하리만치 도전하였으면 하고 머뭇거리지도 않았으면 한다. 피 끓는 젊음의 있어 결코 만용이 아니기 때문이다. 지금 하지 않으면 영원히 못 할 수 있기 때문이다. 열정은 들불처럼 번지고 환희는 모두의 몫이 되었으면 한다. 새봄에 거는 가장 큰 기대이다.

그러나 전공과 부합되고 적성에 들어맞는 일자리가 없다는 것이 오늘의 현실이다.

기성세대를 원망하고 정치를 탓해봤자 소용도 없고 그럴 겨를조차 없다. 저돌적인 도전과 끈기 있는 의지력밖에 믿을 게 없다. 사방이 함정이고 지뢰밭이다. 기성세대들이 만들어 낸 부산물이다. 그래서 그들은 처음부터 살얼음판을 걸어왔고 현재도 걷고 있다.

자업자득이고 자승자박이다. 공유하지 않고 독점하였고 소통하지 않고 내통하였고 공명하지 못하고 은밀하였고 이상(理想)보다는 현실이었고 정의보다는 실리의 추구였다. 개천에서 용 나던 시절도 지났고 자수성가도 옛말이며 변화의 주기가 짧아서 지속 가능한 것도 없다. 변화무상한 시대에 발맞추려면 오로지 성실한 인성과 지혜를 공유하는 대범한 용기만이 승부수이다. 보여주기 위한 삶을 살기보다는 함께하는 삶을 위한 원대한 포부를 기대한다. 새로운 시작이기 때문에 서투른 것은 당연지사다. 실수도 얼마든지 할 수 있다. 모자라기도 하고 넘칠 수도 있다. 이는 오만도 아니고 만용도 아니다. 새로운 시도이고 접근이기에 결과를 향한 온갖 수단은 얼마든지 그 방법이 다를 수 있다. 실수는 어디까지나 실수일 뿐이다. 흠이 아니고 과정이다. 부끄럽게 여길 일이 아니다. 새로운 도전의 기회가 얼마든지 있으므로 과감하게 덤벼들어야 한다. 실리에 치우치면 양심과의 갈등에 시달려야 한다. 대로인 큰길은 샛길을 용인하지 않는다. 지름길을 선택하면 실리만을 추구하는 이들이 따르고 대로를 선택하면 정도를 걷고자 하는 이들이 뒤따른다. 서두를 것이 없는 새로운 출발이고 젊음이 등받이기 때문에 용기를 아끼지 말고 과감해야 한다. 호랑이는 작은 토끼를 잡을 때도 최선을 다한다. 작은 일도 소홀히 해서는 안 된다. 다부지게 시도하고 말끔하고 깔끔하게 끝맺음해야 한다. 건성으로 한 것과 정성으로 한 것은 결과가 증명한다. 후회는 돌이킬 수 없는 때늦음이다. 같은 실수는 실수가 아니라 어리석음이다. 한 번의 실수는 경험이 되지만, 거듭하는 실수는 재화의 허비이고 시간의 낭비다.

우리는 언제나 내일을 그저 희망으로만 삼고 오늘을 살아간다. 운명적인 내일은 알 수가 없어도 현실적인 내일은 충분히 예측할 수 있다. 어떤 결과가 얼마만 한 크기로 올 것인가를 알 수 없어도 진행 과정을 예측할 수 있어 얼마나 열과 성을 다하느냐에 따라 달라질 뿐이다. 초행길은 언제나 험난하고 앞서서 가면 위험하지만 새로운 세계는 앞선 자를 기다린다. 두들겨야 열리고 물어봐야 답을 얻는다. 모르는 것은 부끄러운 것이 아니고 알기 이전의 단계이다. 물을 수 있는 자세부터 갖추고 집요함이 있어야 구하려는 것을 얻을 수 있다. 과감한 도전은 젊은이의 몫이다. 결코, 만용이 아니라는 것을 훗날에 알게 된다. 과거사를 탓하지 말고 현실을 책잡지도 말아야 언제든지 바로

설 수가 있다. 제아무리 현실을 흠잡고 탓해 봐도 현실은 바뀌지 않는다. 출발지는 언제나 오늘인 현 위치이다.

　노인들이야 못다 한 일들이 너무도 많아서 돌아보지만, 젊은이는 돌아보지 않아도 좋다. 젊은이들을 위한 새로운 시작의 새봄이다. 보릿고개를 넘으면서 힘들었다고 해 봐야 알 리도 없고, 배고픔이 서럽더라고 말해봐야 듣기나 하련마는, 어렴풋이라도 새긴다면야 다행일 뿐이다. 그래도 붙잡고 꼭 해야 할 말은 쟁취로 얻은 승자로 행복해하지 말고 나누면서 얻은 행복을 즐기라고 일러주고 싶다. 봄소식 꽃소식을 남풍이 몰아온다. 까치는 쌍을 이루어 삭정이를 물어다 나르며 건너편 산에서 뻐꾹새가 울어주기를 그래도 기다린다.

52. 잃어버린 이웃들

　이웃을 모르고 사는 사람들이 날로 늘어나고 있다. 같은 골목길을 오가며 종종 마주쳐도 서로는 아는 척도 않고 비좁은 승강기를 함께 타도 딴청 부리면서 본체만체 외면한다. 고령자들은 그나마 수인사라도 하지만 젊은 세대는 철저하게 자기 보안의 방어벽을 쌓고 사는 완벽한 개인주의이다. 이사 떡을 돌리던 풍습도 사라졌다. '이사 떡 사절!'이라는 경고문(?) 같은 쪽지가 붙기 시작하더니 이제는 붙이지 않아도 다 알고 있다는 듯이 아무도 이사 떡을 돌리지 않는다. 서로는 이웃을 알려고도 말고 없는 듯이 살자는 것이다. 가까이 있는 것만으로도 신경이 쓰이는데 굳이 엮이어서 서로가 신경 쓰일 일을 만들 필요가 없지 않냐는 것이다.

　골목길을 함께 쓰든 현관문을 마주 보고 살든 "찰가닥" 하고 현관문이 닫히면 이웃과도 단절이다. 두렛일이나 품앗이하며 이웃집 부뚜막 살림살이까지 훤하게 꿰고 살던 농경시대가 아니라서 노동력을 나눌 일도 없고 가정에서 치르던 길흉사도 전문식장의 전담 업체에 맡겨버리면 이웃과는 도움을 주고 도움을 받을 일도 없다.

　귀한 음식이 생기면 담장 너머로 주고받던 이웃과의 인정은 해묵은 동화책 속의 옛이야기이고 쓰레기통에 버려도 이웃과는 나누지 않는다. 이웃사촌이란 말도 잊은 지가 오래이다. 2014년 송파 세 모녀자살 사건을 뉴스로 볼 때는 '저럴 수가 있나?' 하고 안타까워했다가 사홀도 안 돼서 까마득하게 잊어버리고 있다가 지난 6일 충북 증평의 모녀자살 사건이 보도되면서 숨 진지가 두 달이 넘었다는 뉴스를 보고는 '저럴 수가' 하며 어렴풋이 송파 세 모녀자살 사건을 기억하지만, 이 모두가 이웃과의 단절로 인한 극단적인 사건이다.

사건 발생 자체도 문제이지만 사건이 발생하고 두세 달이 지나서 발견되었다는 것은 이 사회를 뒤돌아봐야 할 충격적인 문제다. 보건복지부에 '자살 예방정책과'라는 애 터질 노릇의 이름을 가진 부서가 있다. 자살 예방에 관한 종합계획을 수립하고 이를 위한 사업과 프로그램을 개발하여 자살 고위험군을 발굴해 대응체계를 구축하고 사후관리를 담당하는 신설 부서이다. 하지만 남이 보기에 자살이라도 할 것 같은 고위험군의 자살보다는 생각지도 않은 부류에서 자살이 더 많다. 우리나라는 40분마다 한 사람씩 자살하여 하루 평균 36명이 자살하고 있어 OECD 국가 중 자살률 1위라는 불명예를 13년째 보유하고 있다. 아무리 좋은 제도라도 활용을 못 하면 그림의 떡이다. 위의 두 사건이 이웃과의 교류가 있었더라면 발생하지 않았을 것이다. 오늘을 살아가는 우리 모두에게 그 책임이 있다.

53. 일상을 돌아보며

　요즘을 사는 사람들이 지난 6~70년대의 농경 생활을 하는 것보다
더 바쁜 삶을 살고 있다. 대도시의 '이 시각 현재 교통상황'을 TV에서
볼라치면 출근길이라는 한강 변 양길이 캄캄한 꼭두새벽부터 차들의
전조등 불빛이 줄지어 달리고 있다. 저 사람들이 언제 일어나 아침밥
먹고 단장하고 나온단 말인가? 나도 5시면 일어나는데 그건 어디까
지나 잠만 깨었을 뿐이고 새로운 아침의 시작은 아니다. 하루의 시작
은 대문 밖을 나서야 그게 시작이다. 더구나 저 사람들은 밤늦게 퇴근
한 사람들이 대부분이다. 우리가 집안에서의 일상적인 생활은 뉘 집
이라고 해서 특별히 다를 게 없이 엇비슷하다. 세수만 하던 샤워를 하
던 화장실을 가야 하고, 청소하고 빨래하고 다림질하고 밥 짓기는 기
본이고, 먹고 나서 설거지하고 그러고는 신문도 보고 TV도 봐야 하
고, 가족 간에 대화이든 잔소리든 하든가 듣든가는 필수적이고, 이 말
고도 가계부를 쓰든 일기를 쓰든 아니면 이번 달의 생일이나 제삿날
을 짚어보던, 그나마 없으면 다행으로 여기며 다음 주의 축의나 부조
금을 꿰 맞추어보든 무엇이든 머릿속의 계산기를 두들겨보던지를 하
고 산다.

　어디 그뿐인가. 누가 반갑다고 한다고 시계추같이 제날짜 안 빠뜨
리고 날아드는 추상같은 각종 고지서도 챙겨 봐야 하고 특히나 카드
대금 명세서는 눈을 부릅뜨고 훑어봐야 한다. 생각보다는 결제금액이

항상 많기 때문이다. 이 말고도 어디 눈가고 손가는 데가 없기나 하나. 다들, 이 정도는 기본이고 필수이다. 저 사람들도 어젯밤 늦게 퇴근해서 대문 밖을 나서기 전까지의 그 짧은 시간에 토끼잠 자듯 잠깐 눈 붙인 시간 말고는 이 같은 일상을 다하고 출근을 하는 사람들임이 틀림이 없을 것이다. 이런 생각을 할 때마다 나는 정신이 아찔해진다. 이러다가 나만 뒤쳐지는 게 아닌가 하는 생각이 들지만. 그렇다면 벌떡 일어나서 다음을 행동으로 옮겨야 할 건데 누운 채로 눈만 끔뻑거린다. 하기야 나 말고도 이러고 사는 사람들이 시골이나 지방 소도시에는 더러 있을 것이다. 새벽 운동하러 가는 사람들 말고는 말이다.

우리는 이쯤에서 어제 했던 일들을 한번 되돌아 짚어보자. 이럴 때는 애국지사나 된 듯이 거창한 것도 한번 챙겨 보자. 제일 먼저 나는 국가와 민족을 위해 무엇을 하였나? 자문의 자답은 단호하게 나는 "했다."이다. 신문과 TV를 보고 9월 위기설과 국회의 추경 협상 그리고 우리나라의 경제정책 총수인 강만수 장관의 뒷걸음 정책과 엉덩이 질긴 어청수 경찰청장을 걱정했다. 그것 말고도 또 있다. 환율상승과 안 내리는 기름값 하며 산지 솟값은 떨어져도 소고값은 오르는 이유하고, 불교계와 청와대의 대충돌과 GS칼텍스사의 고객정보 일천일백여 명분 유출 사고, 그리고 날이 갈수록 미국 소고기 수입반대 촛불시위의 평가가 왜곡되고 폄하되며 또는 폄하시키게 하고 있다는 것 등을 걱정했다. 물론 김정일이 건강 악화로 벌렁 나자빠지면 우리는 급변의 대안이 있는지와 이후의 남북관계도 걱정해 봤다. 그렇다면 그게 국가와 민족에게 득이 됐나? 자답은 "아니다", 한마디로 만월의 밤 개 짖는 소리다. 다음으로 지역사회나 이웃을 위해 뭘 했나? 자답은

"안 했다". 그러면 가족을 위해 무얼 했나? 역시 "한 게 없다.", "그렇다면 나는 무엇인가?" 하고 뒤돌아볼 때 나는 그래도 체념 쪽이 아니고 새로운 각오 쪽을 택한다. 오늘 해야 일이 무엇인가? 그리고 언제까지 어떻게 어디만큼 진행해서 저녁 무렵에는 어디 만큼에서 마무리를 지을 것인가를 기획한다. 이런 과정을 거쳐야 나는 하루의 아침을 시작한다.

그러나 하루의 일상은 계획대로가 대부분 안된다. 상대가 있는 일은 저쪽의 사정으로 계획에 어긋나고, 나홀로식의 일상은 방문자가 훼방을 낳는다. 다행히도 훼방의 피해는 발전과 즐거움이다. 그래서 나는 늘 훼방꾼이 와주기를 기다린다. 그리하여 새로운 정보를 조합하고 새로운 아이디어를 창출하여 필요로 하는 이에게 주는 것이다. 그 질과 양이 상당하다. 우리는 타고난 재능을 사장되게 하는가 하면 시간을 너무 많이 허비하고 있다. 무료한 시간에는 딱히 할 게 없으면 온갖 공상(空想)이든 망상이든 많이 하고 보자. 돈이 드는 것도 아니고 힘이 드는 것도 아니지 않은가? 나에게는 버거워서 공상일지 모르나 누군가에게는 좋은 일감이 될 수 있다. 그래서 사람은 늘 사람과의 만남으로 이어져야 한다. 내가 못 할 것, 또는 내게는 소용이 없는 것이라 할지라도 누군가에게는 필요할 수 있으므로 그 누구에게든 줘야한다. 그래도 시간이 남으면 길을 나서라. 어차피 버려야 할 시간이라면 무작정 길을 나서도 손해 볼 게 없다. 쇼핑 장소는 금물이다. 앞 뒷산을 올라도 좋고, 산길이든 들길이든 가릴 게 없다. 그저 발길 닿는 대로 아니면 운전대가 돌아가는 대로 가보자. 그리고는 생각나는 대로 생각하고 누군가가 말을 걸어오면 친구처럼 대답하고, 묻고 싶은 말이 있으면 자문자답하지 말고 누구라도 붙들고 말을 하라. 그러다가 집으로 돌아오는 길에는 틀림없이 머리는 맑아져 있고 마음은 한결 가벼워져 있는 것을 확연히 알 거다. 대도시 사람들의 숨 가쁜 일상을 생각하며 누구에게나 꼭 같이 하루는 24시간이 주어진 것을 감사하며 자투리 시간이라도 멋지고 아름답게 쓰고 싶다.

54. 저끼래쓰

동원 예비군 첫날의 행군을 아직도 잊지 못하고 기억하고 있다.

"저끼래쓰!" 누군가가 크게 소리를 지르자 모두가 우렁차게 복창하며 비호같이 언덕 아래로 구르다시피 뛰어내렸다. 나는 영문도 모르고 모두의 복창 소리에 무슨 말인지도 모르고 버벅거리며 남들과 같이 잽싸게 언덕 아래로 뛰어내렸다. "저끼래쓰" 도무지 알 수가 없었지만 이게 무슨 말이냐고 물어볼 수가 없었다. 한참 동안 행동을 같이 하면서도 영문을 몰라 딴생각하지 못하고 그저 "저끼래쓰, 저끼래쓰."만 되뇌면서 속절없는 이방인이라는 생각이 머릿속을 엉망으로 헝클어 놓았다.

"총구를 45도로 세워라." 옆의 동료가 작은 소리로 힘주어서 일러주었다. 소지한 카빈총을 얼른 45도로 비스듬히 하늘을 향했다. 순간 머릿속이 번쩍하고 번갯불이 튀는 것만 같았다. 입을 굳게 다물었다. 어금니가 어리어리할 정도로 아랫배가 요동을 쳤다. 치밀고 올라오지 못하게 가슴속을 힘주어 억누르며 어금니를 다물었다. 울렁거리는 마음을 진정시키는데 한참의 시간이 흘렀다. 힘을 주지 않으면 입가가 비실비실 움직거려질 것 같아서 제압할 수가 없었기 때문이다. 입술에 힘을 주면 줄수록 입가에서 경련이 일어날 것 같아서 입가의 평정을 찾고 마음의 안정을 찾는데도 시간이 걸린 것이다.

새파랗게 젊은 나이인데도 생각만 나면 비실비실 웃음이 나왔다.

그러다가 웃음을 참지 못하고 웃어버리기라도 하면 영락없는 실성한 사람이 될 것이고 얼른 마음을 가다듬고 입안으로 '저끼래쓰, 저끼래스 하고 중얼거리며 한참 되뇌었다.

나는 네 살 때부터 사랑방에서 할아버지와 같이 생활했다. 내가 맏이고 밑으로 두 살 터울로 여동생이 나자 어머니의 품에서 할머니의 무릎으로 이사를 했다. 물론 안채의 큰방에서다. 다음으로 남동생이 태어나자 할머니의 무릎마저 여동생에게 선위하고 사랑방으로 밀려났다. 할아버지의 긴 담뱃대의 사정거리 안에서 본격인 천자문 공부가 시작되었다. 마을의 청년 형님들이 아침저녁으로 사랑방에 모여와서 저마다 각각의 책을 소리 내어 읽었다. 명심보감을 읽는 형님들도 있고, 자치통감을 읽는 삼촌 또래의 청년들 틈에 끼어 천자문에 이어 동몽선습을 읽고 이어서 명심보감을 읽다가 13살 나이에 대처인 진주로 중학교로 진학과 동시에 할아버지 사랑방에서 졸업했다. 당시의 초등학교에서도 국어책에는 괄호 안에 한자를 써서 한글과 혼용을 했다. 할아버지의 덕분에 낱말 뜻 맞추기에는 단연 최상위였다. 그런 데다 대학까지 밟았으나 '저끼래쓰'라는 단어가 한자어는 아닌 것 같고 영어 또한 아닌 것은 분명하지만 보병들이 쓰는 어떤 특수 용어인지 모른다는 생각에 그저 대놓고 복창하라면 같이 버벅거렸는데 뜻을 알아차린 순간 터지려는 웃음을 참아야 했다.

등이 휘고 뒤틀리기도 하였으나 예닐곱 그루의 낙락장송이 반원을 그리며 둘러선 널따랗고 평평한 묘소에 점심밥의 알루미늄 밥통을 현역들이 실어 와서 잔디를 깔고 앉아 배식한 식판을 마주 놓고 꿀맛 같은 점심을 먹는데 옆의 선배가 '적기래쓰'하면 빨리 뛰어내려 자세를 잡아야지 하고 내게 한마디를 던졌다. 현역시절이 생각났던지 옆 사람이 논산 훈련소를 소환한다. "동작 봐라! 그리 밖에 못 해! 0분대 원위치! 0분대는 오리걸음으로 행군한다." 나는 영락없는 고문관이고 그는 숙달된 조교다. 모두가 현역으로 돌아가 장난기가 충천했다.

"쇠죽 끓여! 쇠꼴 한 망태 베어놓고 학교 가거라.", "오늘은 모심을 거니까 학교는 못 간다." 당시의 아침이면 흔히 듣는 말이다. 서당 공부는커녕 학교도 제대로 못 갔다. 중학교는 먼 나라 이야기고 초등학교를 졸업하면 지게 지고 나서야 했던 과거였다.

적기래습(敵機 來襲)이라는 글자로는 보지 못했을 것이며 볼일 보고 밑 닦을 여가도 없던 당시의 훈련병 생활에서 '저끼래쓰'하는 소리만 들렸을 것이다. 언어의 목적은 의사소통이다. 모두가 충분히 알아듣고 잽싸게 실행까지 했으면 훌륭하고 멋진 말이다.

'저끼래쓰' 군림을 위한 권위의 표현이었을까. '적기다!' 했으면 무식하게 보일까 봐 무식한 머리를 무식하게 굴린 것일까?

오후에는 예비군 중대본부로 돌아가면서도 도보 행군을 했다. 오전과 꼭 같이 앞사람과 2m의 거리로 띄워서 길 양쪽으로 걸었다. 구령이나 군가를 부르는 것도 아니고 그냥 앞 뒷사람과 잡담을 나누며 걸었다. 갑자기 선두 쪽에 앞서 걷던 소대장의 구령이 떨어졌다. 그러나 나오는 거리도 먼데다 앞사람의 잡담하는 소리에 알아들을 수는 없다. 용케도 다 같이 복창하며 오전에 했던 것처럼 도로 밑으로 뛰어내렸다. 순간 나도 잽싸게 뛰어내리며 '저끼래쓰'하고 제일 큰소리로 복창했다.

55. 황성 옛터

누가 달라고 했나. 누가 보고 싶다고 했나. 아무도 안 그랬다. 단 한 사람도 내놓으라고 한 사람이 없고 시민사회단체에도 요구한 사실이 없다. 촛불을 들고 나서지도 않았고 태극기 휘날리며 내놓으란 적도 없다. 그렇다고 붉은 띠 머리에 두르고 돌려달라며 하늘을 향해 주먹총을 놓은 적도 없고, 제발 돌려만 주십사고 국민청원을 한 사람도 없으며 걸핏하면 고소고발장 마주 잡고 카메라 앞에 서는 시민사회 단체의 반환청구소장도 낸 사실이 없다. 그런데 윤 대통령은 선거 공약으로 청와대를 국민에게 돌려주겠다고 했다며 당선 이후에는 청와대에 발도 한번 안 대고 취임 첫날부터 용산 국방부 청사에다 집무실을 차렸다.

청와대를 국민에게 돌려주고 돌려받겠다고 누구와 약속했나. 약속은 상대방과의 합의로써 이루어지는 계약이다. 국민에게 돌려주기로 약속했다는데 뭐 이런 약속이 다 있는지 아리송하다. 이 약속은 상대인 국민이 모르는 약속이니 환장할 노릇이다. 청와대는 국민의 뜻과 돈으로 만든 대통령의 집무실이고 국빈의 영접과 접견을 위한 외국에 대한 국가원수의 주체성과 존엄성과 상징성을 대표하는 대통령의 집무실이며 국군통수권자로서 국가안보의 총괄 본부이기도 하다. 또한, 내외신 기자들이 상주하는 소통의 터미널인 프레스센터이고 대통령의 경호에 만전을 기할 수 있는 관저까지 있다. 따라서 갖출 것을 다 갖추고 있는 곳이다. 애초 국민의 관광지였던 것을 전직 대통령들이 74년간이나 무단 점유를 하고 있어도 국민이 차마 말은 못 하고 돌려받지 못해서 속을 끓여왔단 말인가. 전혀 아닌데 그 속을 모르니 답답하다. 윤 대통령의 속내 보다 국민의 속을 모를 일이다. 어디로 튈지 모르는 럭비공처럼 얄궂다.

청와대 구경을 못 해 무슨 병이라도 난 것처럼 윤 대통령 취임식 당일인 5월 10일에 2만 6천 명이 관람했고 그것도 사전 예약에서 엄청난 경쟁률을 뚫고 선택된 사람들이란다.

대통령선거 때는 윤 후보를 죽어라 하고 미워하며 낙선에 열을 올리던 사람이 청와대가 개방되자 관광버스를 전세 내서 천릿길도 마다하지 않고 앞다투어 관람하고 오는 것을 보고 어떤 판단을 해야 하나. 윤 대통령의 속내를 합리화로 성립시켜준 일등공신이고 유공자다. 구경하겠다고 그토록 줄을 섰으니 그동안 얼마나 애를 태웠으며 목을 빼고 차례를 기다리고 있었으니 내놓기를 얼마나 잘했나. 말 못하고 애태운 그 속을 꿰뚫고 있었으니 윤 대통령이 도사다. 성은이 망극하다. 다음 대통령은 용산 집무실을 비우고 다른 장소를 물색해야 할 것 같다. 그뿐만 아니라 이번 기회에 도청도 내놓고 시청도 내놓으라고 하면 어떨까? 이번 유공자들이 앞장서면 안 될 것도 없을 것 같다.

경남 고성의 학동마을에는 서비 최우순 선생 순의비가 있고 서비정이 있다. 일제 천왕이 하사한다는 은사금을 받으라고 강요해도 이를 받지 않겠다고 버티자 헌병들이 야밤에 선생을 체포하려고 왔을 때, 날이 밝으면 가자 하고 새벽녘에 음독 자결하셨다. 전답을 사면 소작인 스무 명을 거느릴 수 있는 거금을 주겠다는 것을 끝내 안 받겠다며 생을 마감하셨다. "우리는 청와대를 돌려달라고 한 사실이 없습니다" 하고 한 사람도 청와대 관람을 가지 않았더라면 어떻게 달라졌을까?

아침마다 기자들의 사사건건 질문에 미주알고주알 정제되지 않은 생각을 즉답하니까 말꼬리를 붙잡은 세론이 각각으로 분분하다. 내일 아침에는 또 무슨 말이 나올까 조마조마하고 때로는 불안하기도 하다. 대통령의 말 한마디에 나라 안팎이 요동치고 있다. 충분하게 다듬고 걸러서 대변인이 발표하는 것이 훨씬 안정감이 있다. 분위기에 따라 엄숙함이 달라지고 엄숙함의 경중에 따라 말하고 듣는 것도 무게감이 달라지며 믿음도 달라진다. 용산 대통령집무실이 아니고 청와대였으면 지금 같지는 않았을 것이다. 청와대는 국민과의 소통이 잘 안 된다고 하는데 이해가 안 된다. 지금보다 더 좋은 프레스센터도 있고 각각의 접견실과 회견장이 있다. 오로지 국민과의 소통은 대통령의 의중에 달렸지, 위치와는 아무런 상관이 없다. 파발마가 달리고 전령사가 내달리던 옛날이 아니다. 국민도 알 권리를 운운하지만, 대통령의 재채기하는 것까지 알 필요는 없다. 사안에 따라 기자회견 자주 하고 때때로 각 정당의 대표들과 영수 회담하면 더 바랄 것이 없다. 길을 두고 뫼로 가는 것 같다.

청와대는 74년 동안 중·개축하여 갖출 것 다 갖춘 다목적실이다. 역사성과 상징성에 실용성까지 다 묻어버리고 빈 둥지로 남는다는 것이 참으로 서글프다.

'황성 옛터에 밤이 되니 월색만 고요해, 폐허에 서린 회포를 말하여 주노나.' 흘러간 옛노래 '황성 옛터'를 불러본다.

56. 명절 쇠기의 소고

　민족의 최대명절인 설날 아침에 차례를 지내고 가족들이 한자리에 모여 온갖 이야기들을 꽃피운다. 최대인원이 모처럼의 만남이라서 가족 회의장이 되어 미루었던 이야기들이 나온다. 가족공동체로서 논의할 것도 있고 알아야 할 것과 알려야 할 것이 있기 마련이다. 문제는 직접적인 가정문제가 거론되면서 의견들이 분분하게 쏟아진다. 명절 차례에서부터 조상들의 기제사 문제가 거론되면서 모두가 심각해진다. 기제사를 모두 합쳐서 모시느냐 아니면 이대로 계속하되, 언제까지 혼자 떠맡아야 하나, 아니면 누가 모시기라도 할 것인가를 놓고 분위기가 긴장감에 싸인다. 그리고 명절 때만 되면 예닐곱 시간이 걸려서 오가는 위험부담과 고통을 감수하면서까지 명절차례를 지내야 하느냐는 차례 존폐문제까지 거론된다.

　가족들이 부부 단위의 핵가족을 이루면서부터 과거로부터 이어져 온 가례 예법을 놓고 의견대립이 생겨난다. 대부분 장자인 맏형의 집에서 차례를 지내기는 하지만 여기서부터 문제가 일기 시작한다. 상속은 동일하게 분배받았는데 왜 맏형이 차례를 모셔야 하냐고 안주인의 볼멘소리가 나오게 되고 차례의 상차림도 불만이거나 서운해하는 등 알게 모르게 끓어 온 속을 드러내게 된다. 그러다 보면 의견대립이 생겨나서 또 다른 갈등과 대립으로 우애도 얕아지고 화목에도 금이 간다. 이 모두가 지켜야 할 예법을 따르는 데서 생긴 경제적인 부담과 시간적인 손실을 감수해야 하는 부담 때문이다. 물론 명절의 의미가 조상의 유덕을 기리며 가정의 화목을 돈독히 하려는 것으로 즐겁고 행복한 날이면 좋으련만 옛날 같지 않은 시대의 흐름과 변화를 무시한다고 될 일도 아닌 현실이므로 가족 간의 갈등과 분쟁은 극복해야 할 과제이다. 우선 예절과 예법은 모두가 공동체 의식으로 살아가는데 마찰이나 충돌을 최소화하여 서로가 원만하게 생활할 수 있는 근본과 원칙으로 삼으려고 사람이 만든 인위적인 예법이다.

시대가 변하여 생활 방법이 바뀌어서 본래의 목적과 취지에 부합되지 않거나 수용 자체가 어려우면 얼마든지 바꿀 수 있다. 사람이 만들었기 때문에 사람이 바꿀 수 있는 것이다. 옛사람들은 산 사람이나 죽은 사람이나 받들고 섬김에는 구분을 두지 않으려고 하였지만, 기제사와 명절 제사의 구분은 확실하게 해 두었다.

명절 제사인 축 제사에는 기제사처럼 축문도 없으며 신을 모시고 보내는 강신이나 사신이 없어 절차와 형식도 구분하였다. 따라서 조상님들의 뜻이 조상의 섬김에 오는 인륜의 가치관을 존중하면서 혈연의 결속을 다지며 가족들의 행복과 화목이었으므로 서로가 뜻을 맞추면 명절 쇠기의 지혜로운 대안들이 있을 것이다. 격식은 사람이 짜 맞춘 것이고 예법은 사람이 만든 것이다. 사람이 만든 것은 사람이 고칠 수 있다. '걸맞다'라는 우리말은 합리와 순리와 형편까지 고려한 것이다. '걸맞게' 대안을 찾아 우애 깊고 화목한 가족 모임이 되었으면 한다.

57. 미련쟁이일까?

딴에는 고집이라고 생각지는 않는데, 막역한 사이의 지인으로부터 간간이 퉁을 맞는 때가 더러 있다. 누구나 일상적인 생활에서, 거래하는 곳이 여럿이다. 남녀노소가 다르긴 해도 저마다 거래처가 있는데 고정적으로 정해 놓고 다니는 단골 거래처도 있다. 사람에 따라서 거래처를 그때그때 수시로 바꾸는 사람이 있는가 하면, 그러지 못하든 안 하든 단골 거래처만 가는 사람도 있다. 대부분 단골을 끊는 경우는 전과 같지 않다면서 서운해서 끊어버리지만 그렇지 않고 새 거래처만 찾는 사람도 허다하다. 지금보다 더 좋은 대우나 이득이 있기를 기대하는 경우다.

남정네들이야 혼자 가는 곳으로는, 이발관, 목욕탕, 주유소, 차량정비소, 제화점, 양복점, 안경매장, 병 의원 정도인데 대부분 단골로 다니는 곳이다.

30대 초반인 70년대 중반부터 승용차를 가졌는데 중고차를 사서 타다 보니까 길어야 2~3년이면 바꾸지 않을 수 없었다. 폐차시킬 때까지 타버리면 다시 살 때 목돈마련이 힘들어서 적당하게 조금씩 보태서 현 상태로의 유지가 나름대로 최선책이었고 웬만한 고장 정도는 손수 정비할 정도로 반풍수 노릇도 했다. 그래서 브리사에 이어 포니 I과 포니 II로 이어지며 네댓 번 바꾸었는데, 외지 아니면 주유소도 단골이었고 세차장과 정비소도 단골이었다. 어쩌다 사업장이 이사라도 가면 거리가 제법 멀어져도 찾아가는 단골손님이었다.

지인들로부터는 기름 낭비하면서 왜 그러냐고 타박도 많이 들었다. 그럴 때마다 못 들은 척하고 끈질기게 다녔다.

병 의원은 나의 병력과 체질을 알고 있어서고, 매점 매장은 나의 취향을 알고 있어서 달리 설명할 필요가 없어서 좋은 데다 이미 낯을 익혀 지인으로 편안해서인데, 차 정비소는 다른 사연이 있었다.

"기름을 조금 적게 먹게 해드릴게요" 중고 픽업을 사고 두어 번 갔던 세차장의 종업원이 앳된 얼굴을 해맑게 웃으면서 내게 한 말이다. 요즘 사람들은 이해가 안 되겠지만 그 당시에는 어떤 차종을 막론하고 작동하는 연결 부위에는 때맞추어 그리스를 주입해야 하는데 그 작업을 세차장에서 했다. 세차 목적보다는 그리스를 넣기 위해 세차장을 정기적으로 찾을 때다. 포장도로보다 비포장도로가 많던 때라 당연히 흙과 먼지를 씻어내고 그리스를 넣는다. 팬벨트 조정도 해주고 어에 클리너나 연료 거름망도 교환한다. 그리고는 가속페달을 밟아보며 엔진 소리로 성능상태를 확인한다. 이를 끝낸 종업원이 굳이 휘발유를 이렇게 많이 흡입하도록 조정되어 있을 필요가 없다면서 휘발유 분사 조절 핀을 두 단계나 낮춰주었다. 휘발웃값이 요즘처럼 생활비 대비로 그렇게 부담스럽지 않을 때였는데도 확연히 기름을 적게 먹었다. 이것은 기술적 문제가 아니라 서로와의 열린 마음에서 온 나눔이고 베풂이었다. 업체가 세 번을 자리를 옮겼지만, 단골로 다녔다.

차가 흔해지고 우리의 차의 성능이 좋아지며 그리스를 따로 넣을 필요도 없어지고 서비스도 다양해져 새 차를 사게 되었고, 지정 서비스센터가 생기고부터는 십여 년의 단골이 발길을 끊어야 해서 엄청 서운하기도 했다. 새 차를 사고 지나던 길에 단골 거래처를 찾았다. 종업원이 새 차를 보고 나보다 더 좋아했다. 더는 자기 업소를 찾지 않을 줄 알면서 이제 고물차로 속 끓이지 않고 마음대로 달릴 수 있어 좋겠다며 기름때 묻지 않은 깊은 속을 내게 보여주었다. 악연이 아닌 좋은 인연으로 유지되었기 때문이기도 하지만 군말 없이 서로 믿음이 있었기 때문이었다.

그러했던 생활이 은연중에 습성이 체질화되었다. 뭐든지 바꾸지를 못한다. 새 차를 13년간 36만 km을 타고 폐차했고 지금 차도 10년째 타고 있다. 서비스업소도 타이어 업소도 바꾼 적이 없다.

영업도 사업도 하지 않아 사무실도 아닌 내 사랑방을, 임대 25년째인데 건물 주인만 두 번 바뀌었다. 사무실 근처의 세탁소도 장소를 옮겼지만 같은 햇수다. 이발관이 폐업하고 미용실이 같은 장소에 생겼는데 그 또한 같은 햇수다. 양복점은 세 번을 이사했는데도 아직도 그 사람이다. 자동차 보험도 처음 그곳이다. 제화점도 검은색은 단골인데, 검은색 구두 말고는 발이 작아서 맞는 치수가 없어, 검은색 말고는 맞춤으로 다니던 업소도 그때 그 사람이다. 변하지 않으면 발전이 없다는데 나는 거래처만큼은 외골수라 융통성이라고는 바늘귀만큼도 없다. 타이어를 바꾸려고 나섰다. 길가의 업소마다 내 속을 알아달라며 온갖 소리의 현수막이 내걸려있다. 내 차는 옛 가던 길로 달리고 있다.

58. 세상사가 어지럽다

살다 보면 크고 작은 일들로 시시비비를 가려야 하거나 사실관계를 밝혀야 하는 경우가 있어, 해명을 요구하는 쪽과 서로 맞서다 보면 해명이 필요한 쪽은 버선 속같이 확 뒤집어서 보일 수가 없어 난감하고 답답할 때가 더러 있다. 사실을 인식하지 못하는 주변 사람들에게도 진실을 보이고 싶지만 보일 방법이 없어 발만 동동 구르게 되면 억장까지 무너진다.

물러서자니 사실이 아닌 것을 인정하는 꼴이 되고 다투자니 물적 증거나 입증자료가 없으니 달리 입증할 방법도 없다. 끝없는 진실 공방만이 이어지며 시간만 흘려보내며 명백한 증거 제시나 사실 증명하지 못하면 속절없이 피의자 신세가 되어 상대방과는 관계인이 되고 만다. 이것이 의혹에 따른 풍문의 속성이고 여론의 마력이며 사실관계의 흠결이다. 자의에 의한 충돌이라면 스스로 부덕한 탓이라며 물러섰다가 진실은 언젠가는 밝혀진다는 진리라도 믿고 때를 기다릴 수도 있지만, 우연이든 계획적이든 타의에 의해 발생한 일이라면 물러설 수도 없다. 이러지도 저러지도 못하고 사필귀정이라며 때가 되면 진실이 밝혀질 것이라는 세상사의 이치를 믿고 자신을 달래보지만, 심신이 피폐해지는 것은 정도의 차이일 뿐 피할 길이 없다. 자괴감마저 들어 하늘도 신도 원망스럽기는 마찬가지다.

당사자와는 맞닥뜨리지 않으면 피할 수도 있지만, 사회적인 책임이 있는 문제라면 회피할 수도 없고 주변의 따가운 눈길마저 피할 길이 없다. 서서히 신뢰성을 잃게 된다. 따라서 명예도 잃게 된다. 협력과 협조의 관계도 상실되고 공감도 공조도 기피하게 된다. 소문은 숙고하지 않고 여론은 재고하지 않는다. 억울함이다.

사사로운 개인 문제는 당사자와 얼마든지 해결할 수 있다. 경위를 분석하고 사실만의 논증으로 원인까지 밝히면 결과와는 관계없이 잘잘못의 소재가 밝혀지기 마련이다. 모든 사실은 당사자만이 정확하게 알고 있기 때문이다. 하지만 어느 한쪽이 의도적으로 허위나 거짓으로 꾸미면 시빗거리의 다툼이 일어나기 마련이다. 계획적인 공격에 의한 충돌이다. 고의적이고 계획적인 모함이고 음해이므로 우군을 얻어 세몰이라도 할 작정으로 사방에다 까발려서 주변으로 알려진다.

추리에서는 필연적인 논증이어야지 우연과의 일치는 용인되지 않는다. 일상에서는 필연만큼이나 우연도 있다. 하지만 고의적인 모함이나 음해에는 필연성을 치밀하게 꿰맞추어 계획했기 때문에 우연보다는 논리적으로 신뢰성을 앞세운다. 모순이다. 사실 확인도 안 되고 증인마저 없고 상대방의 양심선언만이 유효한데 그럴 일도 없고 하늘이 알고 땅이 알지만, 증언이 없으니 소용이 없어 용인할 수는 없어도 불가항력으로 수용해야 한다. 압박에 의한 본인 수용이고 주변에 의한 묵시적 감수이다. 누명이다. 하지만 감내해야 한다. 진위의 가름을 놓고 작금의 세상사가 어수선하다. 당사자들의 감춰진 양심만을 믿고 싶다.

59. 문제 있는 의식오류

나에게 문제가 있는 건지 아니면 너에게 문제가 있는 건지 요즘의 세상이 걸핏하면 편이 갈려진다. 나뉘는 것이 문제가 되는 것이 아니라 나눠진 이유에는 분명 문제가 있다. 과거의 역사가 그랬듯이, 체제나 이념의 갈등이 아니라 촛불집회나 태극기집회처럼 견해나 인식의 차이라면 있을 수 있는 편 가름이라고 볼 수 있고, 인식의 오류라고 해도 이해가 되지만, 사건의 진위나 본질을 감추기 위한 수단의 고의성으로 계략에 의한 편 가름은, 공익 성취를 위한 사회정의를 파괴하는 행위로서 말세로 가는 지름길이다.

사사건건 의혹만 불거지면 본질을 왜곡하거나 호도하여 흐지부지하게 흩뜨려버리려고 하거나 결말을 다른 방향으로 맺으려고 한다. 소위 물타기 작전이다. 병든 나무 한 그루를 베어내자고 하면 왜 숲을 망쳐 천혜의 자연을 파괴하려 드느냐 하고, 빈대를 잡겠다는데 왜 초가삼간을 태워서 보금자리를 없애려 하느냐는 식이다. '병든 나무' 한 그루나 '빈대'라는 해충의 국한된 본질은 덮어버리고 숲을 망치면 천혜의 자연을 파괴하는 행위고, 초가삼간을 태우면 삶의 보금자리를 잃을뿐더러 유서 깊은 역사적 가치까지 훼손된다며 얼토당토않은 이치를 끌어 붙여, 얼핏 들어서 성현의 훈계 같은 말씀으로 착각하게 들리게 하려는 계략으로 본질을 왜곡하려 든다. 표리부동한 자들이 숭고함으로 위장하려는 위선으로 척결되어야 할 정서의 악으로 심각한 문제이다. 사건의 본질을 왜곡하고 호도하는 의도는 결말의 초점을 흐리게 하여 계획한 것을 얻으려는 경우도 있지만, 대부분은 결과에 대한 책임을 회피하려고 인책 사유의 가닥과 맥을 끊으려는 악의적인 계략이다. 이를 동조하거나 이에 따르는 사람들은 이유 없이 편승하거나 부지불식간에 휘말리는 경우가 있으나 인식이나 인지의 부족으로 동조하는 경우가 허다하다. 이 또한 문제지만 보다 위험한 것은 진영논리에 빠져 사리와는 상관없이 의식의 오류로 이어지는 것은 정의를 파괴하는 행위로 특히 경계해야 할 위험천만한 사회악이다.

경제학에서, 소비되는 재화의 수량이 증가할수록 증가분에서 얻는 효용이 점점 줄어든다는 한계효용체감의 법칙처럼 부정과 불의에 대한 반응도 횟수를 거듭할수록 본질의 가치가 떨어지고 저항의 위력도 약해지면서 도덕적 해이에 잠식되어 방임하거나 오히려 동화되는 의식오류가 일어나고 있다. 지극히 필요로 하는 자각과 성찰은 양심과 이성의 제약을 받지만, 묵과나 방관은 통제받지 않는 자유를 주기 때문에 정의가 외면당하여 사회가 점점 타락하게 된다. 누구를 위한 방관이며 누구를 위한 동조인지 가끔은 되돌아봐야 한다. 의식오류의 궤도수정이 시급하다.

60. 가성고쳐 원성고

당쟁으로 와글거리니까 부글부글 속이 끓어오른다. 여의도가 벌통 속 같아서다. 윤중로의 벚꽃과 개나리가 필 때가 아직 이른데 여의도 는 쑤셔놓은 벌통같이 왕왕거린다. 양대 정당이 서로 물고 뜯고 씹느 라 국민은 안중에도 없다. 작금의 정가가 게걸든 맹수 떼처럼 뭔가가 이상하다. 안은 안대로 쪼개져서 싸우면서 바깥은 바깥대로 치고받고 난리다. 어쩌자는 걸까. 정치는 울화통이고 경제는 깡통이고 민생은 죽통이니 국민은 분통 터져 못산다. 여당이나 야당이나 된통 맞을 총 선이 꼬박꼬박 다가온다. 지각 있는 국민은 그날에 보자며 벼르고 벼 른다. 국힘당은 당 대표자 선출을 눈치 보기로 야릇하게 치르고도 다 음 공천에서 된서리 맞지 않으려고 서로가 속내를 감추며 얼싸안고 떡 덩어리가 되어 춤을 추지만, 얼굴 가린 가면무도회로 노랫소리 속 에 원망 소리가 난무하고, 민주당은 당권 잡기를 위한 주류와 비주류 의 암투로 집안싸움이 점입가경인데 제 앞가림도 못하면서 사방을 들 쑤시고 분란을 일으키니 쪽박 깨지는 소리고 사방에서 들여온다.

어쩌자고 기 싸움만 하는지 여야는 정쟁은 없고 당쟁만 있으니 고 래 싸움에 새우 등 터지듯 국민은 울화통만 터진다. 그런데, 국민도 문제다. 저마다 자기 편들어주기에 본정신을 잃었다. 자기편이면 무 조건 옳고 상대편은 이유 막론하고 그르다. 투표소에 줄을 서서 여의

도로 보낼 때는 주인행세 했는데 보내고 나서는 종노릇을 하고 있다. 쓸개는 빼내서 자라목에 걸어 용궁으로 보냈는지 지조는 까마귀밥이 되었다. 멋모르고 편협하고 편승하여서 한 덩어리가 되어 우쭐거리고 깝죽거린다. 부화뇌동도 유분수지 주인의식도 없이 각설이타령이다. 그러니까 여의도에서는 얼씨구나 하고 경제야 파탄이 나든 말든 민생이 도탄에 빠지든 말든 내 알 바 아니라는 듯 근심 걱정 해탈하고 자신들의 안위와 영달에만 혈안이 되었고 국민을 남의 집 잔치에 담 너머 구경꾼으로 전락시켰다. 주객이 전도되어 국민은 들러리가 되었다. 화목하게 지내더라도 무턱대고 동의하며 한 덩어리가 되어서는 안 된다. 부화뇌동이 아니라 화이부동 해야 여의도가 제정신을 차린다. 이게 어디 정치인가. 정치인을 위한 놀이마당이다. 국민은 덩달아서 어깨춤을 출 때가 아니다. '금준 미주 천인혈/ 옥반가효 만성고/ 촉루락시 민루락/ 가성고처 원성고' 춘향전 이몽룡의 시가 자꾸만 되새겨진다.

61. 속 시일야방성대곡

검수완박! 검찰이 무소불위라서 안 된다. 먼지 털 듯이 탈탈 털어서 안 된다. 정말 그런가 묻고 싶다. 서민에게 언제 먼지 털 듯 탈탈 털기나 했나. 천만에, 서민들은 중대범죄를 저지를 위치에 있지도 않아서 탈탈 털릴 짓을 할 능력도 없고 하지도 않는데 검사들이 마치 마구잡이로 '훌치기'를 하는 것처럼 검수완박을 해야 한다고 날뛴 까닭은 뭐였나.

고위공직자는 직위의 권한에서 권력이 저절로 나온다. 권력을 휘두르지 않아도 그 영향이 사방으로 뻗친다. 수양산 그늘이 강동 팔십 리를 간다고 했다. 공직자들이 원하지 않아도 수하의 사람이나 업무나 지위에 관계되는 주변 사람들은 보호나 바라는 것을 얻으려고 알아서 머리 조아리고 아부 아첨을 한다.

낙락장송이야 만고상청 하고 싶은데 바람이 자꾸만 흔들어댄다. 당사자와의 접근이 곤란하면 알게 모르게 식솔은 물론이고 친인척에까지 접근하며 온갖 선심 공세를 편다. 이를 알지 못해도 국민의 공복인 공직자로서는 도덕적 흠결이다. 식솔들을 살펴서 부당이득이나 특별대우 또는 부당한 기회를 취하지 못하게 해야 한다. 수신제가는 공직자의 필수 조건이다. 반면에, 양두구육으로 계획적일 수도 있다. 본인만이 아는 사실을 어떻게 밝히나. 탈탈 털어봐야 한다. 그들이 취한 이득만큼 선량한 국민이 피해를 보기 때문이다. 재계도 마찬가지고 재벌도 예외일 수 없다. 권력 못지않게 금력이 위력도 대단하다. 가만히 있어도 자연발생적인 실익이 서민들의 피 값보다 많고 땀값보다 수천수만 배인데 마음만 먹으면 부당이득 말고도 서민들의 생사까지 쥐락펴락할 수 있다. 그 지능적인 수완을 탈탈 털지 않으면 어찌 밝혀내나. 서민과는 무관한 중대범죄, 적당하게 눈감아주고 누이 좋고 매부 좋게 하라는 말인가.

검찰의 비리는 기껏해야 제 식구 감싸기여서 자정이나 특검이면 충분할 것을 기어이 검찰을 박살 냈다. 검찰의 칼끝에 가슴 졸인 정치인들, 근심 걱정 해탈했다. 검수완박, 검찰 박살 대박 났다. 죽기 살기로 밀어붙인 창제자 민주당이 배 터지게 욕을 먹고 독박 썼으니 '척'하면서 이쯤에서 슬그머니 한배를 타는 국힘당은 어부지리로 속내 채웠으니 표정 관리나 하려고 돌아앉아 웃는다. 중재안 합의 번복해도 민주당만으로 본회 통과시킬 것인데 제지도 '척', 반대도 '척', '척'만 해도 손 안 대고 코 풀고 꿩 먹고 알 먹을 수 있는데 굳이 긁어서 부스럼 낼 일도 없고 표 떨어지는 소리 안 들려서 좋기만 하다는 속내가 엿보인다.

믿는 도끼에 발등 찍힌 일이 어디 한두 번이던가. 초록이 동색인데 돌아앉자 웃는 줄 짐작은 했으나 이번만은 설마 했다. 살아있는 권력 앞에서도 굴하지 말아야 할 검찰의 권한을 뺏어버렸다. 제헌 74년 만에 검찰의 무장 해제! 역사에 또 한 번 조종(弔鐘)을 울렸다. 시일야방성대곡 박살 난 검찰이여! 오호통재라 오호애재라. 무소불위 선량들, 떠버리 방송인들, 방앗간 집 입방아 누리꾼 참새들, 무식은 칼보다도 무섭다. 검수완박하자고 기고만장하느라 고생 많았다. 의사가 칼을 쥐면 사람을 살리고 망나니가 칼을 쥐면 사람을 죽인다.

62. 가을맞이

창문 바깥이 달라졌다. 하늘이 파랗게 높아져 실바람도 서늘하다. 고추잠자리가 설익은 가을을 데리고 하늘 나직하게 앞마당을 휘돈다. 잠깐 사이에 네댓 마리로 늘었다. 베란다 구석에 없는 듯이 기대섰던 분홍색의 매미채가 손주들이 올 날이 머지않았다는 것이 짐작되는지 우쭐우쭐 신이 났다. 자투리땅을 눈가림한 어설픈 화단에 이름도 모르는 어리숙한 풀꽃이 뙤약볕에 풀이 죽어 시들시들했었는데 생기가 돌아 낯가림도 없이 활짝 웃고 있다.

내일이 9월의 첫날이고 다음 주말이 추석이다. 처서가 지나서일까. 여름 내내 보듬었던 홑이불을 걷어내자 끼고 살던 선풍기도 변심을 눈치채고 삐져서 돌아앉았다.

불볕더위도 그렇지만 전국을 휘젓는 코로나에 얼굴 가리고 몸 사리다가 철 가는 줄 몰랐는데 폭염을 무릅쓰고 벌초하려 선산으로 가는 길의 시골 풍광은, 세월을 앞세우고 낯선 이방인을 대하듯 한다.

빨간 고추가 마을 어귀의 공터에 널리고 대추가 토실토실하게 살이 올랐고 밤송이가 튼실하게 커졌다. 키가 큰 수수가 밭 가운데 띄엄띄엄 홀로 서서 콩밭을 지키고 있는 모습이 옛 모습 그대로라서 옛 생각이 새롭다. 그때는 그랬었지, 하며 아련한 추억을 어렴풋이 더듬는데 스치는 바람결이 드넓은 볏논을 일렁이며 고개 숙인 벼 이삭과 입을 맞춰 나를 보고 수군거린다. '저 사람 잘못 살고 있어' '척, 하며 외면

하고 살잖아?' 순간 정신이 번쩍한다. '맞다' 모든 게 '척'이다. 보이기 위한 삶, 내놓을 것도 없고 내보일 것도 없으면서, '척'하고 산 게 맞다. 외면? 그것도 맞다. 엊그제 모심는 이양기가 왔다 갔다 한 것 같던데 그사이는 건너뛰고 오늘을 보고 있다. 아니라고 하면 그것도 '척'하는 것이다.

나의 일은 과정까지 내세우고 남의 일은 결과만 본다. '척'하며 산 게 맞다. 머지않아 코스모스가 피고 들국화도 필 것이다. 그 청순함 앞에 부끄럽지 않아도 좋을 새로운 시작이 있어야겠다. 귀뚜라미가 울기 전에 서둘러야겠다.

길섶에서 짓밟히던 이름 모를 잡초도 색색 가지의 꽃을 피웠다. 뙤약볕과 폭풍, 폭우, 그의 하루도 나의 하루였다. 어쭙잖게 나부대던 마음을 새로이 다잡아야겠다. 헝클어진 상념의 타래를 가지런히 톺아서 씨줄 날줄로 새를 갈라야겠다는 초조함이 압박감으로 밀려온다. 땀에 젖은 혼란스러운 영혼도 헹궈서 가을 햇볕에 널고 말리고 제풀에 어긋난 심사도 아귀를 꿰맞춰야겠다. 그리하여 남은 정 우려내어 식탁보도 가을빛으로 물들이고 푸른 달빛 넉넉하게 뜨락에 깔아놓고 잊힌 옛사람들을 불러와야겠다. 기러기도 불러오고 청둥오리 마중도 서둘러야겠다.

63. 가을에 물든 단상

　누구든 하루도 빠짐없이 사람은 사람들과 만난다. 가정과 직장이나 거래처에서는 매일 같이 같은 사람을 만나지만 바깥에서의 만남은 대부분이 친구들과 만남이고 이를 계기로 친구의 친구와도 만나서 새로운 친구가 되기도 한다. 한 사람의 친구로 인하여 마치 피라미드형의 조직 구도로 확산하며 온갖 새로운 일들이 생겨난다. 무심코 주고받은 시시콜콜한 이야기도 서로에게 정보가 되어 소통의 관계가 형성되며 알음알음이 연결되어 저마다 자신을 주축으로 '지인들'이라는 방대한 구성체로 변한다. 그러다 보면 일상과는 아무런 관계가 없더라도 인간관계가 연결고리로 맺어진다. 그러면서 정서적인 개성의 차이로 멀고 가까움이 느껴지고 다른 사람의 눈에도 티가 나게 된다.

　이해관계가 생기면 틈새가 벌어지기 마련이지만 아무런 이해관계도 없이 생기는 틈새의 원인은 복잡하지 않다. '준 것 없이 밉더라'다. 얌체 짓을 해서도 아니고 해코지해서도 아니며 누가 봐도 그저 무난한 것 같은데 왜 '준 것 없이 밉더라'일까. 옛말에 '사람 미운 것은 못 본다.'라고 했다. 오죽했으면 며느리가 미우면 며느리의 발뒤꿈치가 달걀 같아서 밉다고 했겠나. 발뒤꿈치가 달걀 같으면 얼마나 예쁜가. 사람이 미우면 온갖 것이 다 밉게 보이기 마련이다. 문제는 지인끼리의 미움은 '준 것 없이 밉다'이다. 그로 인해 멀어지기도 하는데 원인을 찾으려고 하지 않거나 찾아내도 고치려고는 하지 않고 거리를 띄운다. 은연중에 비교의 대상으로 여겨지든지 아니면 그 사람 때문에 자가가 남의 눈에 가려지기 때문일 수도 있고 아무튼 스스로 격과 차이를 만들어서 자기만의 피해의식을 갖는다. 학력이 높거나 지위나 직위가 높거나 재산이 많거나 재능이 많거나 덕망이 높거나 인기가 좋거나 등 비교할 이유가 아닌데도 스스로 비교하며 자격지심을 갖는 것은 아닌지 짚어볼 일이다.

엊그제 학방사에서 축대 위에 얹혀있는 머리만 남은 돌부처와 나란히 앉아 준비해간 보온컵의 커피를 마시며 "당신 참 못생겼는데 좋다"라고 했더니 돌부처가 환하게 웃었다. 주변의 들국화도 목을 빼고 웃는다. 이 사람은 이래서 좋고 저 사람은 저래서 좋다고 보면 누구도 미운 사람이 없다. 단풍이 물들기 시작하는 가을이다. 풍요로움의 넉넉한 너그러움에 흐뭇하기도 하고 가만히 앉았어도 행복해지기도 하는데 더러는 서글퍼지기도 하고 그리움에 젖기도 하여 외로움을 타는 가을은 모르는 사람도 그리워져 단풍만큼이나 마음도 고운 빛깔로 물들어가는 계절이다. 지금이 그 가을이다.

64. 가을의 문턱에서

계절의 변화에 못 이겨서 열기가 숙지근한 태양이, 별스럽게도 유난을 떨던 지난여름을 돌아다본다면 참으로 민망스러울 거다. 어쩌자고 여름 내내 그렇게 들볶았는지 생각하면 쑥스럽고 겸연쩍어 산천초목을 볼 낯이 없을 게고, 더구나 무던히도 참으며 영글어 가는 오곡백과 앞에서는 서먹하고 멋쩍을 것이다. 망나니짓도 유분수지 체온을 웃도는 나날의 연속에다 전에 없던 40도를 넘보며 분수를 잊고 광란을 부렸으니 말이다.

밭이랑의 푸성귀와 과수의 이파리들이 데친 듯이 시들어가는 모습을 보며 어쩔 요량이었는지 그 속은 몰라도, 그렇든 말든 고랭지가 아니라도 텃밭의 여름 배추는 노란 속잎을 알차게 키워 왔고 올벼 늦벼할 것 없이 들판마다 황금물결 일렁거리고 목이 더 길어진 코스모스는 색색으로 피어나서 가을 마중을 하느라고 길섶마다 방싯거린다. 이 얼마나 다행스럽고 감사할 일인가. 삼라만상을 달달 볶아서 태울 것처럼 작열하던 불볕더위 속에서도 자연의 끈질긴 생명력이 경이롭고 신비하다는 것을 새삼스럽게 느끼게 했다.

동지섣달 '빽'만 믿고 버티기는 했어도 힘겹던 여름이었다. 어쩌다 켜던 에어컨이 꺼질 날이 없었고 선풍기는 날 새는 줄 모르고 돌아야 했다. 이러다가 '블랙아웃'이라도 일어난다면 어쩌나 하고 겁도 났다. 지푸라기라도 잡는 심정으로 장마 덕이라도 보려 했던 기대는 가뭄으로 이어져 저수지는 바닥까지 들라며 거북등같이 갈라졌다. 태풍이 온다고 하면 겁부터 먹었는데 태풍도 마다하지 않고 기다렸으나 온다는 소식조차 없었고, 소나기는 먹구름 속에서 기웃거리기만 하다 말았다. 이러다가 마실 물조차 없어지지나 않을까도 걱정이 되었고 타들어 가는 농작물을 볼 때마다 재난이 덮치려는 것은 아닐까 하고 가슴을 졸였다.

60년대를 살아온 이들이라면 가뭄으로 인한 흉년의 타격이 얼마나 극심했으며 이어지는 후유증 또한 얼마나 컸던가를 기억할 것이다. 꺾인 허리를 펴는 데는 오랜 세월을 보내야 했다. 그것도 그나마 다행이었고 일어서지 못해서 정든 고향을 등진 사람도 수두룩했었다.

시대가 바뀐 지금이야 '엥겔지수'가 낮아져 먹거리로 허리띠를 졸라맬 것까지야 없지만 천만다행으로 들녘도 풍년이고 과일도 풍년이다. 이웃집 담장 너머에서 알이 차서 보석 같은 속 알갱이를 들어내는 석류도 반갑고, 볼살이 붉게 오른 사과도 반갑고 노랗게 물든 들녘이 참으로 고맙다. 그러고 보면 온갖 것을 구실로 삼는 사람이야말로 참으로 나약한 존재인가 보다.

이제는 잊어도 좋을 지난날을 뒤로하고 코스모스 하늘하늘 피어 있는 길, 기다림의 들국화가 향기로운 길, 그리움이 산들산들 불어오는 길, 끝 모르는 가을 길을 나서야겠다.

65. 떠나지 못하는 단풍

내일이면 올해의 마지막 달인 12월이다. 엄동 설한풍이 우리의 오지랖을 파고들려고 문밖에서 벼르고 있다. 방한 방풍의 겨울나기 채비를 끝내고 아랫목을 데울 때인데 아직도 단풍은 철을 잊고 방황하며 남은 빛깔을 지우지 못하고 나뭇가지마다 촘촘하게 붙은 채 색색이 완연하다. 철을 잊은 걸까. 어째서일까, 이맘때면 곱고 곱던 비색을 말끔히 지우고 가랑잎 되어 먼 길을 떠나야 할 때인데 아직도 화장을 지우지 못하는 미련의 집착 같아서 볼수록 안쓰럽다. 무엇을 못 버려서 훨훨 털어버리지 못하는 것일까. 무엇에 집착되어 저토록 끈질긴 연명을 하는 걸까. 못다 한 욕망일까. 아쉬움일까. 못다 푼 원한일까. 미련일까. 아니면 회한의 눈물이 아직도 남아서일까. 지울 수 없는 애잔한 정 때문에 매정스레 떠나지 못하고 마지막 기차를 보내고 플랫폼에 홀로 남은 여인과도 같다. 불꽃 같은 열정은 어디로 가고 비련의 길목에서 머뭇거리나. 오 헨리의 마지막 잎새만큼 측은하고 안쓰럽다. 다시 돌아오지 못할 길이라서 다리목 앞에서 선뜻 한 걸음 내딛지 못하고 주춤주춤 물러서기를 거듭하는 상여꾼들의 소리만큼이나 애잔하고, 굽이굽이 설움이고 마디마디 한이라서 치맛자락 걷어 올려 회한의 눈물을 닦는 주막집 아낙만큼이나 애처롭다. 노을빛 물든 황혼의 끝자락을 끌어다 닦아주고 싶은 심정이다.

11월의 마지막 날, 원한도 남기지 말고 미련도 두지 말고 홀가분하게 훨훨 털어버리고 떠나야 할 낙엽이 차마 떠나지 못하는 사연은 무엇일까. 우리가 아직 낙엽을 보낼 준비가 덜 되어있다는 것을 곱디고운 단풍은 알고 있다. 온종일 바동거려도 손에 쥐지 못하는 것이 너무 많고 여기저기에 얼굴을 내밀며 하하 호호 웃어도 가슴의 온기가 묻어나지 않는 가면무도장이고, 고관들은 일만 나면 책임은 회피하고 원인은 떠넘기는 철면피들이고, 바람막인가 하고 등을 대면 동토의 빙벽이며, 사방에서 어서 옵쇼 하지만 첫발 내디디면 지뢰밭이고, 그런가 하고 넙죽 받아먹으면 수십 배를 게워내도 살까 말까 한 독약이고, 따르라 해서 따르면 벼랑 끝으로 내몰리고, 믿으라 해서 믿으면 허방다리에 빠지고, 좋은 일에는 혼자 가고 위험스러우면 손잡고 끌고 가고, 즐거움을 나누는 척하지만 좋은 기회 빼앗길까 봐 방어막을 미리 치고, 슬픔을 나누는 척 눈물을 훔쳐도 물기도 온기도 없는 세상임을 사람 말고는 다 알고 있다. 단풍이 가랑잎 되어 떠나지 못하는 것은, 지구는 뜨거워져도 세상이 차가워져서다.

66. 꽃은 누구를 위해 예쁜가

꽃은 벌과 나비를 불러드려 꽃가루를 나누려고 향과 꿀을 내놓는다. 향과 꿀만 내놓으면 될 것을 왜 고운 빛깔로 예쁘고 아름답게 피어날까? 제멋대로 두루뭉술하든 괴상망측하든 그 모양새야 어떠하든 꿀과 향기만 있으면 얼마든지 벌과 나비를 불러들일 수 있을 것 같은데 말이다.

벌과 나비가 겉모양을 보고 꽃을 찾지 않는다는 것은 분명하다. '화중지왕(花中之王)이 연화(蓮花)지만 봉접(蜂蝶)이 불왕래(不往來)'라고 했다. 꽃 중에 왕이라 할 만큼 연꽃은 꿀과 향을 빼고는 다 갖춘 꽃이다. 예쁘다, 아름답다, 곱고 우아하다. 청순하다. 격조 높다. 온갖 수식어를 다 동원해도 모자랄 만큼 황홀하기까지 한 예쁜 꽃이다. 하지만 향기가 없고 꿀이 없다. 그래서 벌과 나비가 오가지 않는다고 했다. 반면에 밤나무꽃은 얼핏 봐도 징그럽게 생겼다. 기다란 벌레 같기도 하고 지네 같기도 하여 꽃이라고 부르기에는 망설여지는데 그 진한 향과 꿀 때문에 벌과 나비가 떼어지어서 오간다. 아카시아 다음으로 꿀이 많아서 밤꽃이 피면 밤꿀이 쏟아져 나온다. 그리고 보면 벌과 나비는 꽃의 겉모양새와는 아무런 상관도 없는 게 분명한데 모든 꽃은 예쁘게 곱고 아름답다.

자기만족을 위한 아름다움일까. 우리 몰래 거울이라도 비춰보며 단장을 하고 즐기기라도 하는 걸까. 그런 것도 아니면 왜 사람들을 홀리는 것일까? 동물은 보호색으로 겉을 위장하고 사람은 속을 숨겨서 진실을 위장하는데 꽃은 티가 나게 속과 겉을 예쁘게 내놓는다. 어루만지고 쓰다듬어 달라는 것도 아니다. 만지면 멍드니까 보기만 해 달라고 마음을 졸일지도 모른다. 그런데 왜? 누구 좋아하라고 탐 나게 곱고 매혹적으로 예쁜가? 산새가, 들새가, 아니면 누구 좋아하라고? 분명 오가는 사람들 모두가 좋아하라고 매혹적으로 방싯거리는 것일 거다. 씨앗은 바람에 날려서 멀리 날아가기도 하고 앉은자리에 떨어져 근처에서 후세를 이어간다. 그렇다면 굳이 옮겨 달라는 뜻도 아닌 것 같다. 무얼까? 왜 곱고 예뻐서 사람들을 넋을 뺀단 말인가? 꿀은 벌과 나비에게 주고 환희는 사람들의 몫으로 내놓은 걸까? 그냥 두고 예쁘게 보기만 하면 그새 씨앗을 여물게 하겠다는 속내가 있어서일까? 오가며 스쳐도 누구와도 반가워지려는 무한의 베풂일까. 사랑과 평온, 기쁨과 행복을 위한 간절한 기원일까.

누구의 속내도 가늠하지 않고 살아온 것을 자랑스럽게 생각했는데 산자락의 외진 길 언덕배기에 해가 지면 달을 보며 별과도 속삭이는 들국화를 마주하며 나를 돌아본다. 속내를 감춘 것은 없었을까 하고 오지랖이 내려다보이며 부끄럽고 민망하다. 꽃처럼 활짝 열린 가슴으로 살아야겠다고 다짐하며, 그저 '너'여서 좋고 '너'이기에 그냥 좋아 내가 '너'이고 싶은 가을이다.

67. 고독사 어떻게

내일이 동지다. 동지팥죽을 끓이려고 가족들이 둘러앉아 새알심을 비비며 즐거워한다. 도란도란 온갖 이야기들을 비벼낸다. 미처 못했던 이야기꽃이 하얗게 며느리의 콧등에도 피고 새침한 손녀딸의 발그레 한 귀밑에도 묻어서 웃음꽃으로 피어난다. 외손주는 손끝에 묻은 쌀가루를 누나의 볼에다 흰점을 찍어 점순이로 만들어 놓고 내뺀다. 모두의 웃음소리가 뒤쫓아가고 복닥복닥 끓는 팥물 솥에서 새하얀 새알심은 할머니의 행복으로 송알송알 떠오른다. 며느리 식구, 사위 식구, 세 식구가 모여서 이마를 비비대며 만든 합작품의 축복이다.

오랜만의 별미를 즐기며 이웃과도 나눈다. 세시 풍습이다. 잡귀를 쫓든 횡액을 막 든 본래의 의미는 전설이 되었고 가족이 함께하는 즐거움의 의미가 더 크고 값지다. 가족이 있어 행복하고 이웃이 있어 즐겁고 지인이 있어 반갑다. 삶의 보람이고 즐거움이다.

가난을 끼고 살던 할머니의 젊은 날에도 아름찬 무쇠솥에 한가득 끓여서 조상께 대접하고 액운을 말끔히 가시며 이웃과는 손맛과 인정을 섞어 담장 너머로 주고받아 맛있게 먹었다. 길손도 불러들이고 방물장사에게도 숟가락을 잡혔다. 얼마 전까지 그렇게 살아왔는데 요즘은 아니다.

가족도 뿔뿔이 흩어져 산다. 직장 때문만도 아니다. 각자의 자유로움을 침해받지 않으려고 부모와 자식도 떨어져 산다. 서로가 짐이 될까 하는 염려도 있으나 사생활의 공유가 번거로워 서로가 불편하고 귀찮으며, 씀씀이에도 신경이 쓰이고 공동체라는 특성상의 시간을 맞추기에도 힘들어져서다. 개인의 자유만을 마음껏 누리자는 것보다는 사생활의 침해나 제약을 받고 싶지 않아서다. 권리보다 책임이 앞서는 가족 간의 희생을 강요받고 싶지 않은 개인주의다. 시대적 변화로서 현실적이고 실리적이며 합리적이라는 의식의 변화이기도 하다.

사람이 살아가기 위한 수단이었던 공동체라는 개념의 의식이 상실된 사회로 변했다. 이웃과도 단절됐다. 담 너머로 별미가 넘나들던 시대는 호랑이 담배 먹던 옛날이 되었고 질박한 웃음소리도 넘어오지 않고 생선 굽는 냄새조차 스며오지 않는 폐쇄된 공간으로 서로가 멀어졌다. 처음부터 알려고도 하지 않는다. 서로는 눈치 볼 것 없이 따로따로다.

주택의 구조도 변했다. 울도 담도 없는 아파트도 현관문 '찰깍'하고 닫히면 이웃이 있다는 개념조차 없어진다. 승강기를 함께 타고 오르내려도 말을 섞으려고 하지 않는다. 사생활이 알려지는 것도 싫고 이웃이라는 개념으로 사사롭게 얽히고 싶지 않다는 것이다. 서로는 무슨 일이 있는지 알려고도 하지 않고 알려주지도 않는다.

날이 갈수록 '나홀로' 가구사 늘어나고 있다. 작년 통계로 '나홀로' 가구 수가 33%를 넘었다. 1/3이 혼자 산다는 것이다. 지인이 아닌 이웃은 그들이 밥을 먹는지 굶는지 알 수가 없다. 배부른 걱정이라 할지 모르지만, 작년 한 해의 '나홀로' 임종을 맞은 고독사가 3,400명이고 그 절반이 50대와 60대이며 이들 중 남성이 여성보다 4배가 많았다.

중장년이 직장을 잃고 가족과 떨어져 살면서 사회로부터 단절되어

'나홀로'가 된다. 속절없는 용도폐기다. 이건 아니다. 경남에서도 최근 5년간 고독사의 '나홀로' 죽음이 1,081명으로 전국의 다섯 번째라고 했다. 50~60대의 중장년층이 절반이 넘는다는 것은 큰 문제이다. 이들을 집 밖으로 불러낼 정책이 시급하다. 소통의 길을 열어줘야 한다. 저장된 전화번호를 수시로 정리했던 것이 이제야 나의 매몰참인 줄을 알 것만 같다. 식어가는 가슴이 차가워져서 서릿발이 돋는 것은 아닐까. 엄동설한보다 세상이 더 춥다.

68. 시몬, 너는 좋으냐

　세상사의 온갖 소리가 시끄럽고 어지러워 현기증이 날 지경이다. 지금까지 소음 공해 하면 소리의 크기와 반복되는 시간의 측정이었다. 그런데 요즘의 소음 공해는 음량을 기준으로 측정하는 몇 데시벨이 중요한가가 아니고 어떤 종류의 소리가 나느냐가 중요해진 세상이다. 소리의 종류도 가지가지다. 도로를 질주하는 차 소리, 공장의 기계음 소리, 공사장에 나는 소리 등, 과학과 문명의 산물에서 나는 소리 말고도 주거생활에서 나는 층간 소음이나 개 짖는 소리도 귀에 거슬리는 소음 공해다. 하지만, 골목길이나 놀이터에서 왁자지껄한 아이들의 소리나 아기 울음소리는 듣기 좋은 소리이며 빗소리, 바람 소리, 개울물 흐르는 소리, 풀벌레 우는 소리, 가랑잎 구르는 소리 등은 우리들의 정신을 맑게 하는 감미로운 소리다.

　이른 아침 건너편 산의 장끼가 우는 소리나, 뒷산 골짜기를 휘젓는 꾀꼬리 소리나, 한낮에 우는 수탉 소리며, 겨울밤에 우는 부엉이 소리는 향수를 불러오는 그리움에 한 번쯤 듣고 싶은 소리지만 오래전에 잊어버린 소리이며, 아기 울음소리와 책 읽는 소리와 베 짜는 소리는 옛사람들이 가장 듣기 좋아한 세 가지 소리로 축복받은 소리였으나, 우리는 문명의 풍요 속에서 잃어버린 소리이고, 물레방아 도는 소리나 나룻배의 노 젓는 소리는 기차의 기적소리와 함께 사라져 간 소리이고, 박물관에 갇힌 채로 박제가 되어버린 에밀레종 소리도 한 번쯤 듣고 싶어도 다시는 들을 수 없는 빼앗긴 소리이며, 멀리서 은은하게 들여오던 교회의 종소리는 거절당한 소리이다. 산사의 풍경소리나 만월의 밤 소쩍새 우는 소리나 가을밤의 귀뚜라미 소리는 다정도 병인 양하여 잠 못 들게 하여도 좋기만 한데 듣고 싶어 하는 소리는 자꾸만 사라져가고 정말 듣기 싫은 소리가 넘쳐난다.

요즘의 국회는 정책이나 법안에 관한 난상토론의 소리는 어디에도 없고 서로의 진실 공방이나 상대에게 흠집 내기 위한 헐뜯는 소리며, 끝도 없이 말꼬리를 물고 늘어지는 과거사 논쟁이나 문자 메시지 훔쳐 읽고 시비 걸고넘어지는 소리 하며, 같은 소리 또 하고 또 하며 까고 캐고 헤집으며 물고 뜯는 소리나, 걸핏하면 떼로 뭉쳐 피켓 들고 고래고래 내지르는 정치인의 시위소리 등은 청각적인 소음의 공해가 아니라 정신적인 소리의 공해로 진절머리 나서 현기증이 난다. '시몬, 너는 좋으냐 낙엽 밟는 소리가.'가 아니라 "국민, 너는 좋으냐 정치인들의 물어뜯는 소리가" 말의 공해에서 벗어나 이제는 낙엽 밟는 소리가 듣고 싶다.

69. 또 한 해를 보내며

언제나 한 해를 보내는 연말이 되면 한해살이를 되돌아보게 된다. 단 한 번도 쾌재를 부르며 송년의 즐거움을 맛본 기억은 없고 늘 아쉬움만 남긴 채 새해를 맞아왔다. 칠순을 넘기고부터는 새해의 계획은 세우지 않기로 하고 나와의 작은 다짐을 해왔으나 그마저도 제대로 지키지 못했다. 새로움 다짐이라야 별것도 아니다. 화내지 말 것, 주장하지 말 것, 인사 잘 받을 것이 전부였는데 몇 년 전부터는 하나를 더 추가했다. 밥값이든 찻값이든 먼저 내지 않는다는 것이다. 이 정도면 누구나 지킬 수 있는 것인데도 이마저도 지키지 못하는 심지 곧지 못한 소인배로 정말 나잇값을 못 하며 또 한 해를 보내게 되었다.

화내지 말 것도 그렇다. 좀 그러려니 하고 지켜보면 아무것도 아닌데 그새를 못 참는다. 성질머리치고는 개차반이다. 지금은 40대가 된 딸아이가 시집가기 전까지도 '썽쟁이 아빠'라고 불렀다. 딴에는 고친다고 애를 써도 아닌 모양이었다. 얼마 전에 알았는데 집사람의 휴대전화에는 내 별칭이 '대장'이고 자주 만나는 지인의 휴대전화에는 '썽쟁이'이다. 두말하면 화를 낼 것이라 무조건 따르다 보니까 집사람은 언제나 졸(卒)이고 내가 대장이 된 것이다. 지인도 마찬가지다. 미리 물어보지 않았다고 화낼까 봐 물어보기가 겁난다고 했다. 친구들은 간이 배 밖으로 나왔다며 집에서 쫓겨나지 않는 것이 용하단다. 그게 무엇이든 누구든, 편을 들어 말하지 않고 재론하지 않는 것이 용한 묘책인 것 같다. 주장하지 말 것도, 문학 강의할 때면 본색이 드러나는가 보다. 나의 작품을 교재로 쓰고 있어 자찬이 많은 것 같다. 인사 잘 받기도 신경을 많이 쓴다. 인사를 하는 것도 중요하지만, 받기도 잘 받아야 인사하는 쪽이 서먹하지 않기 때문이다. 인사를 건성으로 받으면 서먹해져서 다시는 하고 싶지 않다. 그런데 잘 받기가 쉽지 않다. 그때그때의 심경에 따라 딴생각을 하다가 티를 낸 것 같아서 아차! 하고 지나서 깨닫는다. 겸연쩍고 민망하다. 밥값이든 찻값이든 먼저 내지 말자고 하면 얼핏 듣기로 자린고비나 쪼잔하다고 할지 모르겠으나, 친구들이 번번이 이른다. 절친한 사이도 아니면서 부리나케 밥값 내고, 언제 다시 볼지도 모르는 초면에도 찻값을 낸다며 번번이 타박이다. 흥부도 울고 가고 문전걸식 방랑시인 김삿갓도 돌아설 형편이면서 왜 그러느냐고 대놓고 질책이다. 카드를 뽑는 솜씨가 서부영화의 대부 '게리 쿠퍼'나 '리 밴 클리퍼'의 권총 뽑는 솜씨는 저리 가라는 식이니 제발 그러지 말라는 것이다. 딴에는 한다고 한 것이 어찌 보면 주제넘은 짓이었나보다. 잘 못을 알고도 고치지 않는다고 교수들이 선정한 올해의 사자성어가 과이불개(過而不改)다. 대통령과 정치인 들으라는 소리지만 나 또한 다가오는 원단에 같은 다짐을 다시 해야겠다.

70. 구분과 질서

삼라만상은 구분이 있고 만사에는 질서가 있다. 높고 낮음이 있고 안팎이 구분되고 음양이 구분되며 전후좌우가 나뉘고 흑백이 구분된다. 구분은 영구불변의 섭리이고 실체의 근본이다. 이를 바탕으로 상호조화를 이루면서 질서가 매겨지고 영구불멸의 영속으로 순리의 흐름이 이어진다. 구분을 무시하면 질서가 무너지고 질서가 무너지면 혼란이 따르고 혼란이 지속하면 본질과 본체가 깨어진다. 그래서 모든 사회는 질서를 우선시하는 까닭이다.

질서는 구분에서 시작되고 구분은 섭리를 근본으로 정의와 공정과 상식을 바탕으로 조화로운 수용이 성립된다. 부정할 수 없고 거역할 수 없는 순리이다.

남녀가 구분되어야 한다고 하면 당장 성차별한다고 벌떼같이 들고 일어날지 모르지만, 구분과 차별은 엄연히 다르다. 부부유별이나 장유유서의 본뜻을 무시해서는 안 된다고 하면 지금이 조선 시대냐고 난리를 칠지 모르지만, 구분하여 삶의 가치를 높이자는데 둔 뜻임을 새겨 봐야 한다. 이같이 구분을 가른 합리의 수용으로 남자는 병역이 의무지만 여자는 의무는 아니다. 구분이라서 누구든 이의가 없다. 그런데 요즘의 젊은이들은 차례를 기다리는 줄은 잘 서면서 구분에 의한 질서에는 사사건건 왜요?, 왜 그래야 하는데요?, 왜 안되는데요? 하며 답을 들으려는 반문이 아니라 거부하고 반항한다. 근본이 달라서 역량이 다르고 능력이 다르고 용도가 다르므로 구분하여 효용의 가치를 높이고 질서를 유지하여 안정을 꾀하자는 것이라고 해도 그딴 논리는 필요 없다는 식이다. '내 생각은 이러하다'라는 견해나 반론은 처음부터 갖고 있지 않고 오로지 나는 내 길로 가니까 그딴 사고는 묻지도 말고 강요도 말고 간섭하지 말라는 것이다.

한때, 국회의원 경력도 없는 새파란 젊은이를 당 비대위원장과 당 대표로 밀어붙인 전대미문의 사건이 벌어진 예도 있다. 더불어민주당이 공동비대위원장으로 26세의 박지현을, 국민의 힘당이 36세의 이준석을 당 대표로 선택한 것은 구분 없이 질서를 무너트린 위계의 혁파가 얼마나 위험천만한 것인가를 결과로 보여주었다. 양대 정당을 내홍과 분란으로 만신창이로 만든 천지개벽이었고 정당의 체통마저 박살 났었다. 먼저 이들이 선택받게 만든 양당 정치인들의 잘못이지만 그렇다고 차선책마저 포기하고 극단적 선택을 한 것은 더 큰 잘못이다. 기성정치인에 대한 저항이었으나 구분이 없고 질서가 무너진 결과로 우리나라 정당사의 최악의 분란을 선례로 남기게 되었다. '네가 그럴 바엔 나도 그런다'는 식의 막 가자는 극단적인 선택이었다. 바둑돌만큼이나 모가 달아도 버겁기만 한 정치 현장의 수장을, 부아가 치민다고 구분도 질서도 내팽개치고 분풀이식으로 몰아붙인 것이 그정도에서 끝난 것은 천운과도 같은 다행이다. 구분과 질서는 분명해야 하고 힘들어도 수용해야 한다. 이전의 당 총재나 당 대표의 면면을 살펴보면 판단이 설 것이다. 법고창신, 새겨 볼 말이다.

71. 차례상 앞에서

나무 제기가 빼곡하여 줄을 맞추는 격식조차 따르지 못했던 차례상이 언제부터인지 빈틈이 많아져서 널찍해졌다. "식구들이 잘 먹는 것만 합시다" 하던 집사람이 차례상 앞에서 어딘지 모르게 쭈뼛쭈뼛하며 미안한 기색이다. 시동생들의 눈치를 보는 것 같고 손아래 동서의 눈치도 슬쩍슬쩍 보는 것 같다. 제사상을 간소하게 차리자고 제일 먼저 말을 꺼낸 사람이 제수들이었다. 다섯 번의 기제사에 두 차례의 명절 제사를 모시는 큰동서의 부담을 덜어주지 못하는 것을 늘 미안해했기 때문이다.

우리 집의 가례에 변화를 불러온 것은 어머님이셨다. 한학자이셨던 시부님의 봉양이 지극하였다고 하여 당시 문교부 산하 선행자 표창위원회로부터 효부상을 받으신 분으로 시부상을 3년 탈상할 때까지 삭망에는 빠짐없이 곡 상식을 올리시던 분이셨는데 자식들에는 가정의 례만은 간소하게 하라셨다. 제례는 형편과 분수에 맞게 정성만 다하라고 하시며 모든 예법은 그 시대에 맞게 사람이 만든 것이라서 시대에 맞게 고치는 것 또 한 사람이 해야 한다고 하셨다. 개혁이었고 혁명이었다.

어머님은 벌을 받아도 내가 받을 것이니 당신 생전에 기제사는 모아서 모시라는 것을 굳이 마다하고 버틴 것도 우리 내외였는데 어머님이 손수 수의를 만드시던 해에 기제사는 양위분씩 모아서 모셔왔다. 시큰둥한 남정네와는 달리 제수들은 대환영이었다. 제수들은 한 발짝 더 나아가 먹지 않는 제물은 줄이자는 것이다. 이제는 집사람도 합세하고 며느리와 질부까지 대환영이다. 침묵하는 남정네들 앞에서 여성들의 반란이다. '부정 앞에 침묵하는 것은 부정을 동조하는 것이다'라는 법리와 같이 침묵하는 남정네들은 침묵으로 동조한 것이다. 기제사마다 맏형으로서 도포 차림에 유건 쓰고 강신에서부터 사신까지 메와 갱에 잔술 올려서 축문 읽어 절차를 빠트리지 않는 엄격함에 대놓고 말은 못 하고 나의 눈치만 보아왔던 그들이다.

"세상이 변하면 따라서 변해야지" 했더니 기제사부터 마른 대추와 밤과 오린 문어와 마른 명태가 없어지고 생선의 가지 수도 줄고 일손 잡히는 전 종류도 줄이고 각종 포와 떡도 간소해지더니 이번 설날 아침의 차례상은 과일 종류까지 줄어 여유롭고 널찍했다. 차례상의 빈자리만큼이나 마음의 빈자리가 더 썰렁하여 왠지 서운한 마음이 한동안 오래갈 것 같다.

72. 시사 만평

대통령은 불쑥불쑥, 비서실은 우왕좌왕 정부는 갈팡질팡, 국회는 쥐약 장사, 정당은 제 살 뜯기 정책은 중구난방 민생은 풍비박산, 천방지축 기고만장 철부지는 다짜고짜 초선들은 왈가왈부 중진들은 콩 팔칠팔 중도들은 눈치코치 원로들은 묵언 수행, 노정객은 푸념 일색, 사법개혁 뒤죽박죽, 검찰개혁 천지개벽, 검찰은 만신창이 유통기한 끝나가니 박탈감에 의기소침, 경찰은 의기양양 우쭐우쭐 기세등등 총 차고 날개 달아 으쓱으쓱 의기충천, 논객들은 인기 벌이 밤새도록 나불나불 언론은 보혁갈등 입맛대로 여론몰이 지식인은 면벽참선 무념무상 묵묵부답, 물가는 천정부지 고공행진 무한 질주 시장경제 곤두박질, 정부는 노심초사, 잡고 보자 물가안정 궁여지책 금리 인상, 대출받은 소상공인 이자 부담 설상가상, 서민들은 호구지책 진퇴양난 망연자실, 노동은 숭고하고 노조는 살고 보자 이판사판 사생결단, 공무원은 퇴직해도 한번 노조 평생노조 연금제도 괴상망측 이래저래 철밥통에 봉급이나 연금이나 퇴직해도 이하동문, 공기업도 신의 직장 적자 나도 성과 잔치 허울 좋은 이해충돌 투기 투자 골라잡기 땅 짚고 헤엄치기, 4대강 보 끝도 없이 왈가왈부 녹조 논쟁 고인 물은 썩기 마련 자자손손 애물단지, 남성들은 병역의무 시험공부 다 까먹고 여성들은 9급 독식 남자들은 멸종위기 초중교사 여성독점 남선생은 희귀교사, 종교단체 헌금기업 허울뿐인 종교인 세금 성역이라 범접 불가

난공불락 신의 세계, 국제공항 북새통에 대형매장 북적북적 골목 상점 줄폐업에 재래시장 풍전등화, 유류세 내려 봤자 유류 업자 배 채우고 수입 관세 없애봤자 수입업자 알 돈 먹고 정육점은 살 찌 우고 소비자는 맹물 먹고 정부는 깡통 차고 국민은 쪽박 차고, 광역기초 공천 배제 듣기 좋은 꽃노래고 노비 문서 내놓을 리 아나 콩콩 언감생심, 정의는 직권말소 공정은 폐기처분 상식은 반품처리, 투표 잘못했다며 손가락을 자른다고 방방곡곡 난리 쳐도 또 하면 또 그럴 걸 열 손가락 다 자르면 발가락으로 투표하나, 때만 되면 편 갈라서 우쭐우쭐 껍죽 대며 까불지나 말았으면 민망한 꼴 안 당하지, 제 발등 제가 찍고 어디 대고 원망하고 어디에다 분을 푸나 한번 속고 말 일이지 입에 발린 소리 말고 내년 총선 보나 마나 허깨비도 당선되고 목장승도 당선되는 그 꼴을 또 볼 건데 이제는 본심 찾아 편 가르기 그만하고 모질게 마음먹고 손가락 성할 때 야무지게 찍으시오.

73. 매화는 피었는데

 이른 아침 앞 베란다의 창문을 여는데 매화향이 들이밀고 들어온다. 건너편 산기슭이 설국같이 하얗다. 향긋한 내음이 좋아 한껏 들이마시니 세상사에 헝클어진 머릿속이 유리알처럼 맑아진다. 주제넘게 안 해도 될 남 걱정까지 하느라 돌덩이같이 무거웠던 마음도 가벼워진다. 자청한 시름이 제풀에 겨워서 처진 어깨를 활짝 펴고 몸풀기를 해본다. 하늘 끝 산봉우리에 먼동이 트고 가슴도 트인다. 겨우내 황량했던 동토의 들녘이 파랗게 풋내를 뿜어낸다. 향긋하고 상큼하다. 봄내음이다.

 섬진강 강변 따라 드넓은 매실 밭은 눈이 온 듯 피었겠고, 원동의 순매원엔 낙동강 강변길을 오고 가는 기차마다 매화향을 나르느라 눈코 뜰 새 없을 거고, 통도사의 홍매는 자장율사의 법문을 매향으로 전할 거고, 화엄사 각황전의 자홍색 흑매화는 나라님을 일깨우고, 선운사 백매는 중생들의 길 안내로 어귀마다 피었겠고, 예담촌의 원정매는 원정구려 뜰앞에서 홍매화로 피었겠고, 단속사지 정당매는 하마나 향이 필까 범종 소리 예불 소리 오매불망 애태우며 옛 피던 가지에 갸웃갸웃 피었겠고, 산천재의 남명매도 천왕봉 바라보며 도포 자락 날릴 건데 남명선생 단성소를 또 한 번 되새기게 나랏일은 어쩌자고 이다지도 어지럽나.

사실을 부인하는 것은 양심을 부정하는 것이다. 이는 다음을 위한 계획적인 음모이다. 지금도 일본은 양심을 부정하고 있다. 독도의 영유권 주장도 계획적인 음모이고 한일무역 규제도 계획된 음모였고 강제징용 부정도 계획적인 음모이다. 후일의 그 어떤 일을 도모하기 위해서다. 독도의 영유권 주장은 훗날, 가장 큰 빌미를 만들려는 음모이고 무역 규제는 우리의 경제를 쪽박 내게 하려는 노골적인 의도이고 민족정신을 상처 내기 위한 하나의 수단이었다. 지금 우리가 말려들었다. 한일 정상회담의 결과가 그 답이다. 일본 총리는 사과도 배상도 언급하지 않았다. 우리 대통령은 피해자인 우리가 피해자를 보상하겠다는 해괴한 해법을 미리 내놓았다. 그러고도 미래지향적인 안보와 경제발전을 위한 양국 간의 관계 개선을 위함이고 과거사에 발목 잡히면 한 발짝도 못 나간다고 했다. 말이 옳다고 현실과 부합되는 것은 절대 아니다. 씨줄은 씨줄이어야 하고 날줄은 날줄이어야 비단도 곱게 짜진다. 지킬 것을 지켜야 할 것을 제대로 할 수 있다. 매일생한불매향(梅一生寒不賣香), 매화는 평생을 춥게 살아도 그 향기를 팔지 않는다고 했는데 70여 년 한결같은 우리의 역사관이 또 한 번 무너졌다. 참담하고 허망하다. 매화는 피었는데, 춘래불사춘(春來不似春), 봄이 왔건만 봄 같지 않으니 우리의 봄은 언제쯤 오려나.

74. 좋은 세상 만들기

　인간이 행복하게 살 수 있는 세상이 좋은 세상이다. 좋은 세상은 인간이 행복을 누리며 살 수 있는 모든 여건이 갖춰진 세상을 말한다. 그러나 혼자 힘으로 좋은 세상을 만들 수도 없거니와 혼자만 행복할 수도 없어 다 같이 좋은 세상을 만들자고 나름대로 지혜를 짜내어 노력하기도 하고 참고 견디기도 한다. 좋은 세상이라는 결과를 얻기 위한 과정이다. 인간 세상의 중심은 '나'라는 본인에서부터 관계와 관계가 이어져서 어우러지면 '우리'가 되고, 다시 모두가 되어 인류사회의 공동체가 형성된다. 그래서 '나'라는 존재가 저마다 소중한 값어치를 갖고 있다는 의식이 인간 존엄성의 근본이다. 인간 존엄성은 천부적인 권리로서 행복추구권은 헌법으로도 보증하고 보장한다. 이 모두는 인류공동체의 궁극적인 목적인 행복한 삶이고 이를 보장받기 위해서 좋은 세상 만들기에 모두가 심혈을 쏟는다. 여기에는 필요한 물질과 정신 또는 문화, 문명, 정서가 동시에 수반되어야 필요충분조건인 완전조건으로 작동되어 우리가 얻고자 하는 궁극적인 결과를 얻어낼 수 있다. 물질세계는 유한하고 정신세계는 무한하므로 물질의 극복은 오로지 정신이므로 따라서 '믿음'이라는 신앙을 갖는다. 종교든 민속신앙이든, 샤머니즘에 이르기까지 저마다의 정신세계를 이루고 있다. 여기서 '나'만을 위한 것이나 모두인 '우리'를 위한 것이냐는 매우 중요하다. 전자는 욕망이고 후자는 '나눔'이며 '베풂'이다. 따라서 후자가 종교로서 대세를 이루며 의도와는 상관없이 정국에까지 막강한 영향력을 발휘한다.

　지난 8·15 광화문 집회는 특정 종교인들의 종합판 집회이다. 목적이야 좋은 세상을 만들어 보자는 과정이다. 그러나 코로나19로 인해 생명이 위협받고 있는 상황에서 집회의 강행은 이해 못 할 잘못이다. 좋은 세상을 만들자고 선교도 하고 전도도 한다. 좋은 세상을 만들어 함께 하자는 자기희생이고 봉사다. 이는 거룩함이다. 하지만 많은 사람은 나중에 좋아지려고 지금의 목숨을 잃고 싶지 않고, 가족과 지인까지 위험에 빠뜨리지 않으려고 애쓰며, 의료진과 관계인들은 눈물겨운 사투를 하고 있다. 지금은 거리 두기를 준수하여 감염경로의 차단이 절실하고 확산방지가 시급하며 종식이 간절하다. 국민의 안전과 파탄지경인 경제를 회복시켜 안정적인 생활을 되찾고자 절박한 심정이다. 그런데도 지난 주일에 몇몇 교회가 예배를 강행하니까 질책이 쏟아지고 원성이 높다. 요단강을 건너도 당신들이나 건너라는 비아냥거리는 소리까지 난다. 나눔과 베풂의 거룩함을 스스로 욕되게 해서는 안 된다.

75. 5월과의 작별

계절의 여왕 5월이 깊어졌다. 이른 아침이면 건너편 산에서 "꺼얼 꺼얼" 하고 아침을 깨우는 장끼의 울음소리에 창문을 열면, 아카시아의 꽃향기가 감미롭게 몰려온다. 무논 갈이를 한 논에서 오는 것인지 고추 모종을 옮겨 심은 텃밭의 이랑에서 오는 것인지 야릇한 흙내음도 묻어온다. 푸성귀들의 내음인지 향긋한 풀냄새까지 뒤섞여서 순하게 향긋하고 지긋하게 상큼하다. 울타리를 타고 오르던 덩굴장미가 햇살을 받아 빛깔이 무척이나 곱다. 아침 공기의 싱그러움에 이끌려서 현관문을 나서면 활짝 핀 장미의 영접이 귀엽고도 깜찍하다. 자세히 보면 송이마다 빛깔이 조금씩 다르기도 하다. 햇살을 정면으로 받은 송이는 빨간 색감이 참으로 영롱하여 귀티가 넘쳐난다. 어떤 송이는 붉다 못해 검은빛이 나서 자주색이다. 자잘한 송이는 앙증맞게 깜찍하고 마음껏 피어버린 탐스러운 송이는 검은빛이 감돌아서 정숙한 기품이 오롯이 서려 있다.

까치도 5월의 아침이 싱그러운지 짹짹거리는 소리가 카랑카랑한데 낌새가 이상하다. 삭정이를 물어 나르면서도 꼬리 끝을 쫑긋거리며 신바람이 났는데 아무래도 바람이 난 것 같다. 집들이 초대장이라도 보내오면 하고 미소를 짓게 한다. 참새도 조잘거리며 한 몫을 거든다. 함께 가자는 제비도 트랙터가 갈아 놓은 무논에서 으깨진 젖은 흙을 물어다 집 짓기에 바쁘다. 심산유곡에 숨은 듯이 감춰진 두메산골의 풍경이 아니다.

5월의 빛깔이 파랗게 물든 남산자락의 문산읍이다. 월아산과 용두산이 외풍을 막아주며 옛날처럼 살라지만 고층 아파트들이 키 자랑을 하듯이 삐죽삐죽 들어서며 혁신도시인 충무공동이 옛 마을을 넘보고 있다. 그래도 영천강을 사이에 두고 푸른 들판이 널려있어 시골 냄새가 묻어나는 곳이다. 인정머리 갉아먹는 아파트단지의 쌀쌀맞은 냉기 말고는 흙냄새가 나고 풀냄새가 나며 매캐한 공기가 아니라서 숨 쉬시기도 수월하다. 한낮이면 남산 뻐꾸기는 자동차의 소음을 다독거리며 일상의 고단함을 달래느라 목이 쉬도록 울어준다. 5월의 풍경이다.

TV 속의 기상캐스터는 오늘 아침에도 미세먼지 '나쁨'이라며 외출마저도 자제하란다. 코로나19와 겨루기도 버거운데 달갑잖은 미세먼지까지 5월을 훼방 놓는다. 그림 같이 보이던 겹겹의 산들이 이른 봄부터 먼 곳을 시작으로 하나씩 하나씩 시야에서 사라져갔다.

장미꽃 축제며 양귀비꽃 축제가 인근에서도 작년에 이어 올해도 취소됐다. 이제는 나들이는커녕 산책마저도 나서지 말고 창문까지도 꼭꼭 닫아야 하는 5월이다. 겨우내 묻어두었던 이야기를 꽃피울 상대도 없고 장소마저 없어졌다. 모두가 방역 마스크를 쓰고 어쩔 수 없이 나선 그 어디든, 고전 영화에서나 보던 가면무도회장이다. 바깥일 하는 사람들은 어쩌고 푸른 들판을 마음껏 달리고 싶어 하는 5월의 어린이들은 또 어쩌나. 계절의 여왕 5월을 우리는 정녕 이렇게 보내야만 하는 것인가.

76. 잃어버린 대화

　'코밑이 급해서 눈코 뜰 새가 없다.' 예전에 많이 듣던 소리다. 그때는 짜는 소리 정도로 들었는데 요즘 생각해보면 참으로 활기 넘치는 소리다. 상상되는 모습을 그려보면 더 멋있다. 소득으로 이어질 일감이 많아서 좋고, 매상과 직결되는 손님들이 많아서 좋고, 자기 일에 매진하여 보람차서 좋다. 쉴 틈 없이 해도 일정 안에 할까 말까 할 정도로 일감이 넘쳐나는 것 같고, 북적거리는 손님들이 북새통을 이루는 것 같아서 즐거운 비명 같다.

　몸놀림에서 활력이 넘쳐난다. 하지만 당사자로서는 일상적 고달픔이었는지 아니면 절박한 삶의 몸부림이었는지도 모른다. 그러나 그럴 때마다 왜 그리 바쁘냐고 다그쳐 묻지 않는 까닭은 그게 우리들의 일상이었기 때문이다. '할만해?', '못 죽어서 하는 거지.' 묻는 말에 대답은 그렇게 하면서 '연락할 테니까 언제 술 한잔하자'가 대답의 결론이다. 조금 수월해지면 시간을 내겠다는 것이다. 삶의 보람이 묻어있는 말이지 죽을 맛은 충분하게 아니라는 뜻을 알 수 있다. 그렇게 살았다. 그게 우리들의 일상이었다. '지금은 바쁘니까 좀 있다 전화하자' 안 보아도 보인다. 지금 일을 하는 중이라 서둘러 해야 하거나 연달아서 할 일이 있다는 것이다. 삶의 철학이 확고한 생활인의 멋있는 자세다. 특별한 사람들의 대화가 아니다. 우리가 나누었던 이야기들이다.

　'주말쯤에 밥 한번 먹자' 그동안에는 열심히 일하겠다는 말이다. 주중에는 일이 계속되니까 휴일인 주말쯤에는 시간을 내 보겠는 것이다. 하이칼라들만의 대화가 아니다. 보통 사람이 주고받던 대화다. 얼마나 아름다운 대화인가. 은근하고도 따사로운 정이 소복하게 담겨있는 대화다. 미래에 대한 확신이 묻어있다. 생활인의 품격이 돋보이는 대화다. '쉬는 날 차 한잔하자' 근무든 영업이든 막노동이든 지금은 업무 중이라는 말이 생략되어 있다. 쉬는 날의 차 한 잔, 멋있다. 생활인의 넘쳐나는 열정이 보이고 인정이 배여 있어 이 얼마나 낭만적인가. 갖추고 누리는 사람들의 대화가 아니다. 버거울 때 진땀 빼고 부대낄 때 바둥대며 평범하게 살아온 우리가 나눈 대화들이다.

'바빠서 눈코 뜰 새 없다.' 정말 그러고 싶은 사람들이 많을 것이다. '나중에 전화하자' 그러했던 예전 같기를 간절하게 바라는 사람들도 많을 것이다. '언제 밥 한번 먹자' '언제 술 한잔하자', '쉬는 날 차 한잔하자' 예전 같은 그날이 오면 제가 밥을 사겠습니다. 술도 한잔 사겠습니다. 물론 차도 한잔 기꺼이 사겠습니다. 빼앗긴 일상, 잃어버린 대화를 되찾을 날이 하루속히 오기를 간절히 기원한다.

77. 설중매 피는 2월

사람들은 누구나 내일을 바라보며 앞만 보고 산다. 여유나 겨를이 있어야 뒤도 돌아보고 옆도 볼 건데 서민들의 삶은 언제나 팍팍하여 그러지 못하다. 천석꾼은 천 가지 걱정이고 만석꾼은 만 가지 걱정이라지만 가진 자와 덜 가진 자의 근심 걱정의 체감온도는 확연히 다르다. 죽기 살기로 바둥거리며 잠시 잠깐의 여유도 갖지 못한다는 것은 안타깝게도 슬픈 일이다.

시계가 멈춰도 세월은 가고 비가 오나 눈이 오나 해는 아침마다 동쪽에서 뜨고 서쪽으로 진다. 딱 하루만이라도 멈춰주든지 아니면 반대 방향으로 한 바퀴만 돌아줘도 숨을 돌리겠다는 사람들이 갈수록 늘어난다. 경제 사정이 갈수록 어려워지고 사는 것이 예전만 못하다. 노동임금은 분명히 올랐는데 왜 살기가 힘들어질까? 씀씀이를 줄여야겠다는 소리가 푸념으로만 들리지 않는다. 물가가 천정부지로 올랐다. 생필품과 식자재값이 너무 많이 올랐다고 야단들이다. 물가상승 기류는 올라야 할 아무런 이유가 없는 것까지 부추겨 덩달아 오르게 한다. 심리적인 인플레이션일까. 경제학자들은 절대 인플레이션은 아니라고 한다. 그런데 왜 돈이 헤픈 것일까. 액면가의 체감온도도 사람마다 다른데 분수에 맞게 살기도 힘들어졌다.

우리에게 주어진 시간과 공간은 공평한 공용이어서 가진 사람과 덜 가진 사람을 구별하지 않기 때문에 덜 가진 사람을 언제나 허덕거리게 한다. 따라는 못가도 흉내라도 내야 사는 세상이다. 문명의 기기들은 기능과 성능에 따른 효율성과는 무관하게 고가품이라도 사치품의 개념에서 벗어나 일용품이 되었고, 문화의 영역은 향유의 개념에서 벗어나 함께하는 공유물이 되었다. 절제와 분수의 개념이 변질된 시류는 아닐까. 황새를 따르려는 뱁새가 가엽고도 애처롭다. 이왕 개념 탈피의 시대라면 고정관념화된 상대적 가치관의 개념이 절대적 가치관의 개념으로 바꿔야 할 것 같다.

잔설을 뚫고 복수초가 피고 눈꽃 속에서 설중매가 피었다. 벌과 나비가 올 것이라고는 기대하지도 않는다. 동토의 땅에 뿌리를 내린 것만으로 만족하며, 설한풍이 매몰차게 휘몰아쳐도 기어이 자신의 꽃을 피워낸다. 사람들은 그 강인한 지구력을 가상하게 여기며 그 기개를 찬양한다.

2월! 복수초가 피고 설중매가 핀다. 우리들의 꿈도 피어나는 2월이다. 우리의 미래인 새내기들이 사회로 쏟아져 나온다. 우리의 꽃으로 화사하게 피어나게 응원의 박수를 보낸다.

78. 봄비에 젖는 나목

봄비가 온다. 먼 산 희뿌연 비안개로 덧칠하고 바깥세상의 유리창을 소리 없이 적신다. 혹한에 지친 나목의 가지마다 서러움에 북받쳤던 눈물인 듯 방울방울 서럽다. 야위어 가늘어진 마디마디가 저리고 아리도록 시린 가슴을 서럽게 적신다. 무성하게 푸르렀던 이파리 하나도 영원한 내 것이 아니기에 남김없이 주려고 마지막 열정을 불태워 오색으로 물들였고, 훗날의 기억이 아름다운 추억으로 기록되도록 목말라했던 가랑잎 하나까지 아낌없이 주었다. 가진 것 하나 없이 훨훨 털어내고 홀가분해지고 나서야, 비로소 잃어버렸던 지난날을 기억해 낸 나목이 비를 맞고 섰다. 후회 없는 삶이었기에 회한의 눈물이 아니다. 폭풍우 앞에서 무릎 꿇지 않았고 절박한 목마름에도 비굴하지 않았기에 통한의 눈물도 아니다. 모질지 못해서 원한도 없는데 곡절 없이 울어야 하는 서러움의 눈물일까. 아직도 끝나지 않은 긴긴 겨울나기가 몸서리나서, 서러워서 섧게 우는 서러움의 눈물이다.

봄비가 내린다. 들녘에서 흙내음이 번져온다. 풋풋한 풋내음이 어우러져 야릇한 향기에 가슴이 뛴다. 이것이 끝이 아닌 새로운 시작임을 일깨워준다. 깊은 밤 부엉이 우는 소리를 베고 밤마다 새로운 내일을 위해 긴긴밤을 기도하며 지새웠고, 찬란한 아침을 위한 하얀 식탁보를 마련하느라고 여명을 걷고 아침 이슬에 옷깃을 무던히도 적셨다. 바람 소리, 물소리도 귀 기울이며, 산새 소리도 외면하지 않았다. 뙤약볕에는 그늘막으로, 폭풍우에는 바람막이로 전신을 내놓았다. 그래도 돌아보면 아찔한 벼랑길. 어째서일까, 삭풍으로 몰아치는 분풀이일까. 원한에 불타는 한풀이일까. 시린 발끝이 남긴 발자국마다, 무서리 내리고 된서리 내리던 날, 오상고절의 국화마저 고개를 숙이던 기억을 잊지 못한다. 삼라만상이 일그러지고 돌장승마저 휘청거렸다. 애타게 목말라하며 기다렸던 봄비가 온다. 동토에서 숨을 죽였던 만물의 깊은 잠을 깨우려고 봄비가 온다. 살아남아야 버팀목이 된다는 나목의 끈질김이 그래도 안쓰럽다. 혹한의 눈보라를 맞을 때가 더 짙푸른 송죽의 기품을 숭배하며 나목은 밤새껏 오지랖을 적신다. 칼바람이 불어도 버텨야 하고 폭설이 쏟아져도 견뎌야만 봄볕이 따사로운 내일이 온다는 애끓는 호소의 눈물일까. 새로운 봄을 기다리던 나목은 창밖에 초연히 서서 봄비에 젖고 있다.

79. 벌초하는 날

　'형만 한 아우 없다'라는 옛말이 있다. 그러기야 하겠냐만 과거 우리들의 대가족제도에서 부모를 봉양하고 가례나 제례를 주관하며 가족사에 앞장서서 무슨 일이든지 처리해야 하고 결과에 따른 그 책임까지 지고 있을 때의 소리겠지만 추석에 형제들이 모이면 간혹 티를 낸다. 우리 집의 6형제도 기제사와 설 추석에는 모두 모인다. 해마다 두 차례의 기제사에도 아우들은 번번이 순서에 헷갈려 멋쩍어한다. 잔 올리라 하면 잔 올리고 뫼 올리라면 뫼 올리고 고축을 하려고 축문을 펼쳐 들면 눈치를 채고 부복한다. 명절 차례야 단 잔이라서 헷갈릴 일이 없으나 기제사에는 매번 시중을 들면서도 언제나 서툴다. 장형은 언제나 자신의 책무라고 그 책임의식에서 기억하지만, 동생은 형이 하는 대로 그저 따라 하면 되기 때문에 지나고 나면 잊어버린다. 정성은 다하겠지만 순서는 건성이다. 가례든 제례든 지역마다 가문마다 그 절차가 다르기도 하다. 다르다고 잘못인 것도 아니다. 하던 대로 이어가든 개선하든 문제 될 것도 아니다. 취지도 목적도 추모일뿐이다.

　요즘은 기제사도 합하기도 하고 4대 봉제도 줄여서 시제에 올리기도 하며 제물도 제철 음식과 가족들이 좋아하는 음식으로 제상 차림의 격식도 실용으로 바뀌었다. 예법이든 법도이든 사람이 만든 것이므로 시대의 흐름에 걸맞게 사람이 고치면 된다. 뭐든 고칠 것은 고쳐 가면서 사는 것이 삶의 지혜다. 허례허식을 줄이는 것은 바람직한 변화다. 추석 차례를 모시고 나면 조상 묘소의 벌초 이야기가 나온다. 어느 가정이나 할 것 없이 벌초는 모두 힘들어한다. 뙤약볕이 들볶는 때라서 더 힘겹다. 음력 8월 그믐 안으로 벌초한다. 처서 무렵이다. 처서를 지나면 수풀이 웃자라지 않고 잡초들이 씨앗이 여물기 전이라서 시기를 맞췄을 것이다. 하지만 요즘은 차가 닿지도 않는 첩첩산중은 우거진 수풀을 헤매다가 길을 잃고 돌아서는 경우도 있다. 해가 거듭되면 영영 접근조차 할 수 없어 폐묘가 될까 걱정한다. "뭘 그리 힘들게 해요? 용역에 맡기시지" 아래의 동생들은 해마다 입으로 벌초한다. 이태 전부터 어쩔 수 없어 가까이 사는 3형제 내외는 맛있는 음식을 넉넉하게 준비해 가을 벌초를 했다. 풀잎이 마르고 앞이 보이니까 어렴풋해도 길 찾기가 쉬웠고 멧돼지들이 다닌 길도 그나마 도움이 되었다. 늦가을 단풍의 또 다른 풍광을 즐기는 모처럼 가족 소풍이었고 벌초였고 성묘였다. 이번 가을에도 예초기 하나 지고 가족 소풍을 가기로 했다.

80. 역사의 현장에서

"말 좀 잘 들어라!"

진주성 공원 충무공 김시민 장군 동상 앞에서 "채연아! 김시민 장군께서 뭐라고 하시니?"하고 묻자 묻는 말이 떨어지기가 무섭게 네 살짜리 외손녀가 한 대답이다. 손을 길게 뻗어 앞을 가리키며 호령하는 모습을 그대로 흉내 내며 큰소리로 대답하는 바람에 예기치 못한 대답을 듣고 주변 사람들까지 깜짝 놀랐다.

몇 살이냐고 묻는 사람도 있었다. 말을 안 듣기가 시작되는 네 살배기가, 자기 생활의 그대로를 장군의 몸짓에서 느낀 대로 받아들인 때 묻지 않은 대답이다. 정말로 보여야 할 것과 보이지 말아야 할 것이 무엇인가를 느끼게 한 중대한 사건이었다.

외손녀가 가끔 외가에 오면 언제나처럼 저녁 식사 후에는 산책길로 데리고 나선다. 집 앞의 중학교 운동장이 걷기에 좋고 등지고 있는 산이 수목이 울창하여 공기 또한 신선해서 좋다. 외손녀는 화단에 우뚝선 이충무공 동상 앞에 닿으면 나를 따라서 서슴없이 고개를 깊이 숙인다. 나는 외손녀와 같이 올 때만 고개를 숙여 예를 올린다.

처음에 왔을 때 " 채연아! 인사를 드려야지" 했더니 "이순신 장군이네…"하고 머뭇거리기에 감사의 인사를 올려야 한다며" 왜군이 쳐들어왔을 때 우리나라를 지켜낸 장군이시잖니" 하고 설명했지만 충분한 이해가 될 나이가 아니라서 인터넷으로 두 분 충무공께서 전사하는 동영상을 보였더니 몇 차례를 거듭 보더니만 "이순신 장군도 일본이 그랬고, 김시민 장군도 일본이 그랬네" 했는데, 2년 후인 2011년 쓰나미가 일본을 덮치는 뉴스를 아침 밥상머리에서 보면서 "저기가 어디야?" 하고 묻기에 "일본이다."라고 했더니 대답이 떨어지기가 무섭게 "일본이면 괜찮고" 하는 충격적인 대답을 들었다.

두 사건이 어린아이가 눈으로 보고 느낀 감정을 그대로 표현한 것이지만 많은 것을 생각하게 한다.

독도나 위안부 문제를 두고 일본의 후세교육이 가증스럽기도 하지만 역사의 왜곡이 미칠 후일이 더 걱정스러워진다. 역사를 왜곡하여 아이들을 세뇌하여 훗날 어떠한 빌미로 삼겠다는 저들의 속셈이 치를 떨게 한다. 역사의 왜곡은 조상을 욕되게 하고 후세를 어리석게 만든다는 것을 모르기야 하겠냐만, 저들의 사고를 바로 잡을 대안이 없으니 우리의 아이들만은 역사의식을 올곧게 갖기 위해 미래를 위한 철저한 교육이 절실하다는 것을 깨달아야 한다. 외손녀가 내뱉은 말은 그의 가슴에서는 언제까지도 지워지지 않을 것이다. 현실을 본 사실이 훗날의 역사로 기억된다는 것을 또 한 번 느끼면서 역사의 현장을 눈으로 보는 것이 얼마만큼 중요한가를 느끼게 한다.

"발길 닿는 대로"라는 제하의 기행수필의 연재로 수시로 탐방길에 나서는데 이달에는 산청의 왕산 자락을 외손녀 채연이를 데리고 갔었다. 가락국 마지막 왕인 구형왕릉 아래에 '신라태대각간 순충장렬흥무왕 김유신 사대비'라는 돌비석 앞에 섰다. 김유신은 가락국 구형왕의 증손자로서 왕릉 옆에서 7년간의 시릉(侍陵)을 하면서 삼국통일을 꿈꾸며 시위를 당겼을 김유신 장군의 역사의 흔적 앞에 섰을 때는 생각지도 않았는데 "장군님께서 우리 선수들에게 힘을 주십시오" 하는 외손녀의 뜻밖의 소리에 놀랐다. 아차! 하며 부끄러움을 감추고 제31회 올림픽에 출전하여 땀 흘리고 있는 우리 궁사들을 떠올리며 백발백중 하길 손녀와 나란히 정성껏 빌었다.

81. 피서 가는 길

    고속도로의 차량 행렬이 꼬리에 꼬리를 물었다. 피서지를 찾아 나선 차들의 긴 행렬은 끝이 없다. 본격적인 여름휴가가 시작되고부터 평일이고 휴일이고를 가리지 않고 아침저녁의 시간대도 구분 없이 차들이 줄을 섰다. 가족끼리 나선 사람도 있을 게고 친구끼리 나선 사람도 있을 것이다. 모두가 소중한 사람끼리 좁은 공간에서 몸을 비비대며 시간과 공간을 함께하는 즐거운 시간이다. 간밤부터 설레기도 하여 잠을 설친 사람들도 있을 테고 이것저것 챙기느라고 정신없이 바쁘게 바동거린 사람도 있을 것이다. 그래도 즐거운 나들잇길이라서 피곤한 줄도 모르고 새롭게 대면할 풍경만을 연상하면서 새로운 시간과 공간 속으로 빨려들어 간다. 시간과 공간의 공유가 모처럼 주어져서 주고받는 이야기들도 평소와는 전혀 다르다. 못 했던 이야기가 나오고 참았던 이야기도 나오고 더러는 안 해도 좋을 이야기까지도 나온다. 그래도 이 순간만은 모두가 너그러워진다. 시간과 공간을 함께한 공유의 가치이다.

    그러다가 차가 가다 서기를 반복하며 정체가 시작되면 그 너그러움이 온데간데없이 사라져버린다. 대화도 끊어지고 짜증이 나기 시작한다. '그 봐 내가 뭐랬어!'로 시작하여 목적지를 잘못 잡았다느니 길을 잘못 들었다느니 내비게이션의 길 안내가 잘못되었다느니 서로가 내 탓이 아니고 네 탓으로 몰아간다. 그런 데다 옆 차선의 차가 잽싸게 앞으로 끼어들기라도 하면 죽일 놈이니 살릴 놈이니 하고 부아까지 치밀어서 투덜거린다. 운전자는 심통까지 부린다. 끼어들려는 것인지 출구 쪽으로 나가려는 것인지는 몰라도 방향지시등이 제아무리 깜빡거려도 끼어들지 못하게 앞차의 꽁무니에 코를 박고 다가 붙인다. 앞차가 멈칫하기라도 하면 쿵! 하고 들이박을 판이다. 동승자들은 불안해져서 이제는 입을 다물어 버린다. 이 같은 상황이 언제까지 지속할지는 아무도 모른다. 잠시 후 또는 얼마 후이거나 아니면 하루의 뒤끝은 어떻게 마무리될지도 모를 일이다. 아무 탈이 없다면 천만다행이지만 아닐 수도 있다. 이래서는 안 될 일이다. 도로로 올라서면 모두가 도로를 함께 달리는 시간과 공간의 공유자들이다. 미운 짓을 한다고 몹쓸 짓을 할 수는 없는 게다. 얄미워도 용서하면 후덕 군자이고 더불어서 죄 없는 여럿이 안전해진다. '저맘때는 저럴 수도 있지!' 하고 옛 생각으로 돌리면 또 한 번 성숙한다. 소중한 사람끼리 함께하는 시공의 공유가 행복인 것이다. 일탈의 여유를 함께하는 행복을 남탓에 허비하기에는 너무도 아까운 소중한 순간들이다. '그러려니'로 물러서고 '그러시오'로 배려하면 나의 소중한 일행 모두가 행복하다.

사고는 내어도 후회하고 사고를 당하여도 후회한다. 공유의 가치를 되새겨 볼 일이다.

82. 가을 그리고 할머니들

아침저녁이 서늘해졌다. 들녘은 온통 황금빛이다. 먼 산의 빛깔도 단풍으로 물드나 보다. 초록의 일색이던 산야는 가을빛으로 물들어간다. 참깨, 들깨도 익어서 시골 마을의 할머니들이 바빠졌다. 깨를 털고 콩 타작도 해야 한다. 벼농사야 농기계를 다 갖춘 젊은이들에게 넘겨준 지가 오래이지만 텃밭이나 자투리땅을 놀리지 못하고 할머니들은 철 따라서 씨 뿌리고 가꾼다.

외지로 떠난 자녀들은 제발 일손을 놓으시고 건강관리나 하라지만 할머니들은 대답뿐이지 그러지를 못한다. 안 그래도 적적한데 놀면 뭐 할 거냐고 속으로만 반문하고 내뱉지는 않는다. 몸에 밴 일이라 온몸이 스멀거려서 가만히 있지를 못한다. 채소든 알곡이든 자라고 영그는 것이 눈앞에 아른거려서 마음이 앞선다. 마른 고추 빻아서 고춧가루 만들고 들깨 참깨 기름을 짜서 이 병 저 병에 쟁여놓고 며느리도 주고 딸도 주고 택배 보낼 생각이 미리 와서 턱받침을 하고 있는데 텃밭을 묵힐 생각은 애당초에 없다.

노랗게 움터서 파릇파릇 자라는 모습이 눈에 선하여 그냥 두지를 못한다. 하룻밤만 자고 나도 눈에 다르게 부쩍부쩍 커가는 모습이 어른거려서도 가만히 있지를 못한다. 몸서리치게 볶아대는 뙤약볕 아래서 시들시들 비틀어지다가도 물 한번 주고 나면 쌩글쌩글 되살아나는 모습이 당차고 고마워서 다리 허리 아파도 한번 걸음 더 한다. 장마지고 태풍 온다면 쓰러질까 염려되어 물고랑도 틔워놓고 막대기 꽂아서 얼기설기 줄을 치고 하늘하고 타협한다.

엊그저께 꽃피더니 어느새 열매 달아 제 몫을 다하는 성실함이 고마워서 풀 한 포기 범접할까 가다가도 돌아본다. 철 가는 줄 몰랐는데 하루하루 영글면서 튼실하게 익어 가면 날만 새면 둘러본다. 알곡을 거둘 때면 알알이 옹골차서 흐뭇하여 즐겁고 과실을 딸라치면 비바람을 견뎌내고 뙤약볕도 이겨내며 튼실하게 여물어준 대견함이 고마워서 흡족하여 신이 난다. 언덕배기 오르면서 미끄럼도 무릅쓰고 틈틈이 꺾어 와서 데쳐 말린 고사리도 여러 봉지 넣어두고 빛깔 고운 마른 고추 비닐봉지 가득가득 꼭지 따서 넣어놓고, 깨 털고 콩 타작하며 여름 내내 훼방 놓던 멧돼지의 주둥이를 두들겨 패기라도 하듯이 매타작하면서도 미운 마음 한때여서 나만 살면 되겠냐며 멧돼지도 용서하고 고라니와도 화합하고 산새와도 화해한다. 며느리는 언제 올까, 딸 식구는 언제 올까, 벽에 붙은 달력으로 짬도 없이 눈이 가는 시골 마을 할머니는 이것저것 싸주려고 씨 뿌리며 즐거웠고 가꾸면서 신이 났고 거두면서 행복하여 종이 상자 하나라도 버리지 못하고 구석구석 쌓아놓고 마음 부자가 된다.

아직은 마당 한쪽에 허름한 유모차가 할머니의 외출을 느긋하게 기다리고 섰건만 머잖은 훗날에 마을회관 앞마당의 유모차도 하나둘씩 사라지면 가을이 안겨줄 할머니들의 빈자리를 무엇으로 채우나.

83. 듣고 싶은 소리

온종일의 비가 이틀 연속으로 내리니까 장마인가 싶다. 기상청이 예보한 장마는 십여 일 전이지만 이슬비가 이따금 오기는 했으나 햇볕이 쨍쨍한 날씨여서 마른장마라고 하기도 어설펐는데 지금은 제법 세차게 비가 내린다. 유리창에 부딪히는 빗방울 소리와 건물 층층의 위층에서부터 배관을 타고 흐르는 물소리가 어우러져서 그럴싸한 화음을 이루는데 간간이 빗줄기가 굵어졌다 가늘어지기를 반복하는지 빗소리의 강약으로 은은한 선율이 감미롭기까지 하다. 유리창과 배관이라는 문명의 첨가물이 있긴 하지만 이 또한 자연과 어우러진 소리다. 그래서일까. 자동차 바퀴의 마찰음과 엔진 소리에 시달린 피로가 씻어지는 것 같다. 문명한 과학의 기계 소리는 소음이지만 자연의 소리는 그저 감미롭다. 나뭇가지를 스치는 바람 소리가 그렇고 바윗돌을 휘감고 흐르는 계곡물 소리가 그렇고 무심히 울어주는 산새 소리가 그렇다. 자연의 소리치고 감미롭지 않은 것이 없다. 하지만 복잡하고 급박한 현대를 살아가면서 어찌 감미로운 소리만 들을 수 있겠나. 듣기 싫어도 어쩔 수 없이 들어야 하는 소리의 종류가 많아졌다. '두고 봐라, 안 걸리나.' 하는 식으로 겁을 주는 암보험 광고는 TV를 안 켜면 그만이지만 안 볼 수는 없어 다른 방송으로 바꾸어도 온갖 프로그램에 알박기하여 절묘하게 틈새를 타고 튀어나오고, 시도 때도 없이 들려오는 위아래층의 반려견이 짖어대는 앙칼진 소리와 깊은 밤 어둠

속의 어딘가에서 들여오는 귀신의 곡성인지 분간할 수 없는 아기 울음소리를 표절한 고양이의 울음소리나 갑자기 밟는 급브레이크의 마찰음도 듣기 싫어도 들어야 하는 소리다. 듣고 싶지 않은 소리를 듣는 것은 괴로움이지만 듣고 싶은 소리를 듣는 것은 위안이고 즐거움이다. 나뭇가지를 스치는 바람 소리나 가랑잎 구르는 소리는 귀를 쫑긋하게 한다. 자연에서 나는 소리는 귀를 밝게 하고 마음을 맑게 한다. 연꽃이 화사한 연잎 위에 떨어지는 빗방울 소리만큼 우산 위로 떨어지는 빗소리도 듣기 좋은 까닭은 자연의 소리이기 때문일 것이다. 흔히들 봄비 오는 소리가 좋아서 시도 짓고 글도 쓰지만, 양철지붕에 떨어지는 소낙비 소리도 박력 있어 좋은데 대숲에 내리는 싸락눈 소리는 가던 길을 멈추게 한다. 이 모두가 자연의 소리이기 때문이다. 우리 선조들은 자연의 소리보다 더 듣기 좋아하던 세 가지의 소리가 있었다. 안채에서 들여오는 베를 짜는 베틀 소리와 사랑방에서 들여오는 책 읽는 소리와 안방에서 들여오는 아기 울음소리였다. 이제는 베틀 소리와 책 읽는 소리는 기억으로 남겨둬도 만족하지만, 위아래층의 반려견이 짖는 소리가 아닌 갓난아이의 울음소리가 간절히도 듣고 싶다.

84. 난감하네

　별주부전을 빌어 국악인 조엘라가 부른 '난감하네'라는 노래대로, 보도들도 못한 토끼를 잡아 오라는 용왕의 명을 받은 별주부만 난감한 것이 아니라 요즘 세상 돌아가는 꼴을 보고 있자니 기가 차고 어이없어 참으로 난감하네. 정의기억연대의 회계부정 의혹사건이 불거지자 지금까지 후원했던 국민이 지원금과 기부금의 입출금 명세서와 사용처를 밝히라는 주장과 고소 고발이 이어졌다. 당연지사다.

　후원금의 목적과 기부금의 취지가 숭고하므로 그 쓰임도 같아야 한다. 그런데 위안부 피해자 이용수 할머니의 기자회견 내용은 '그렇지 않다'라니 이 일을 어쩌나 참으로 난감하네. 후원금과 기부금의 수혜자가 위안부 피해 할머니들이어야 하는데 그것도 '아니다.'라는데 당연히 진위가 밝혀져야 한다.

　사실관계의 진위는 사법부에서 밝혀야 할 일이고 기부자나 국민은 이를 촉구하며 결과를 유심히 지켜볼 일이다. 그런데 이를 주장하는 쪽을 두고 정의기억연대와 정의기억연대를 두둔하는 쪽에서는 30년 숭고한 활동을 해온 단체를 매도하는 처사라며 친일, 반인권, 반평화 세력들이라며 정의기억연대의 활동을 폄훼하지 말고 국민과 역사 앞에 사죄하라며 들고 일어났다. 게다가 이용수 할머니가 고령이라고 할머니의 기억력까지 들먹이니 적반하장도 유분수지 참으로 난감하네. 단지 회계 비리의 의혹을 밝히고자 하는데 친일, 반인권, 반평화 세력으로 몰아붙이는 까닭이 무엇이며, 어떻게 이해하고 어떻게 받아들여야 할지 참으로 난감하네. 조국 사태 때에도 조국과 조국 일가의 부정과 비리를 밝혀달라는 것을 마치 사법개혁을 못하게 성토하는 것으로 몰아붙이며 사건의 본질을 왜곡하더니 이번에도 꼭 같은 유형으로 사건의 본질을 뒤엎고 흩뜨려서 자세한 내막을 잘 모르는 국민을 갈피를 못 잡게 왜곡하고 호도하려는 심사 같아 더더욱 어이없어 참으로 난감하네.

위안부로 끌려가서 청춘을 송두리째 유린당한 원한이고 짓밟힌 일생의 피맺힌 절규인데 이를 팔이 치부하면 석고대죄가 마땅하지, 과잉수사 논란이 어찌하여 나오는지 이 또한 난감하네. 봉사든 공헌이든 숭고한 그 뜻이야 백번을 곱씹어도 거룩한 희생인데 칭송받아야 마땅한 일이지만, 그와는 반대로 이를 내세워 부정과 비리를 교묘하게 감추면서 유용과 횡령으로 착복이 목적이었다면 지탄받아야 마땅하며 적법한 처벌도 받아야 당연하다, 하지만, 지금은 사실 여부를 밝히자는 단계다. 공익의 회계는 명명백백 면경 알 같이 투명해야 옳은데 이를 밝혀버리면 콩과 팥으로 분명해질 것을, 30년 숭고한 활동이니 회계장부 조사가 가당키나 하야며 분탕질하든 말든 입 다물고 있으라니 어이없어 난감하네.

개인재산이면 탈세 말고야 누가 회계를 공개하라 하겠나. 좋은 일에 쓴다며 국민으로부터 모금한 재산이기 때문에 본래의 취지와 목적대로 바르게 썼느냐를 보자는 것을 숭고한 활동을 폄훼한다며 친일로 몰아붙이지 말라니 황당해서 난감하네.

미디어 천국에 열린 공간 터진 입에 언론의 자유라며 막대 놓고 막

가는데 막을 재간이 없으니 이 또한 난감하네. 밝혀지면 알 것인데 두 둔하고 막 나서니 이러다가 조◯ 사태 그 모양이 될까 봐 이 또한 난감하네. 원통하고 절통한 할머니들 팔아서 사욕만 차린 건지 갈수록 의혹들이 줄줄이 사탕이니 황당하고 난감하네. 왕 배야 덕배야 줄다리기하다가 날이 가고 달이 가면 할머니들의 기력이 쇠진하면 어찌하나 이 또한 난감하네. 인식의 오류일까 사고의 결핍일까, 본질은 뒤엎고 말 꾸며서 호도하고 걸핏하면 편 만들어 다짜고짜 외쳐대니 어찌해야 좋을지 참으로 난감하네.

85. 초파일을 앞두고

할머니의 치맛자락을 잡고 절집을 처음 갔을 때의 느낌을 아직도 못 잊고 있다. 삼십여 호의 작은 마을에서 태어나서 본 것이라고는 구부정한 좁은 골목의 돌담길과 어긋어긋하게 마주 보는 대나무 사립문에 고개를 숙인 듯이 납작 엎드린 초가집이 닥지닥지한 것만 보아오다가 대궐 같은 절집을 보았으니 놀라움뿐이었다. 말이 대궐이지 대궐도 본 적은 없었고 이웃 마을에 있는 외갓집에 갈 때나 본 기와지붕의 우체국과 초등학교가 전부였는데 할머니를 따라 절집을 처음 보았으니 말 그대로 눈이 휘둥그렇게 놀라웠다. 절집 들머리에서부터 사방을 두리번거리느라 정신이 없었다. 하루에 한두 번 다니는 작은 버스가 겨우 다니는 자갈 깔린 신작로가 엄청나게 넓은 길인 줄만 알았는데 절골 들어가는 산길도 신작로만큼 넓어 보였고 길 양편으로 돌멩이를 높게 쌓은 돌탑도 신기했으며 기기묘묘한 형상을 한 우람한 바윗돌이 계곡과 산기슭에 불쑥불쑥 우쭐대고 반들거리는 반석이며 물소리조차도 신기했다. 앞산 뒷산 할 것 없이 생소나무 베어다가 땔감으로 쓰던 때라 민둥산만 보았는데 낙락장송들이 울울창창하게 빽곡한 것을 보았으니 처음 보는 경관에 놀랄 법도 했을 거다. 그러다 손바닥에 땀이 괴도록 할머니의 치맛자락을 꼭 잡은 것은 절집 건물이 눈앞을 가로막는 순간부터였다. 드높고 드넓은 목조건물의 장엄한 기품과도 생면이었고, 오색단청 찬란한데 처마 밑의 익공포가 위엄을 품어내는 육중한 전각들의 짓누름의 엄숙함에 숨이 멎을 것 같은 정숙함도 처음이라 그저 놀라웠다. 그도 그럴 것이 TV도 그림책도 없던 세상이었으니까 그저 신기할 뿐이었고 할머니를 따라 자꾸만 절을 했던 것이 백발이 성성한 오늘로 이어졌다. 멋모르는 신비로움에 매료되어 찾고 찾은 것이 이제는 믿음이 되고 신앙이 되어, 망상을 떨쳐내고 헝클어진 상념의 새를 가르려고 발걸음을 자주 하지만, 날이 갈수록 천년고찰은 옛 모습을 지워가고 있어 정취도 무뎌지고 경건함도 옅어진다. 계곡은 잠식되어 도로는 넓어지고 기암괴석 쪼아내어 석불 석탑 조성하고, 헌 집 헐고 축대 쌓아 고대광실 새집 지어 고불 탱화 걷어내고 대불 조성 봉안하니 중생을 위한 배려인가 부처님의 자비인가. 중생이야 발원 발심 암혈(巖穴)이면 어떠하며 토굴이면 어떠하랴. 수행의 도량인지 일상의 휴식처인지 아니면 피안의 처소인지 쓰임도 알 수 없는 외진 곳에 자리 잡은 이름 없는 건물이나 돌아앉은 한옥들은 법계의 별서(別墅)인가. '스님들이 공부하는 부처님의 집이다.'라고 일러주신 할머니의 말씀은 오래전의 옛이야기로 기억될 뿐이다.

86. 가을의 저편에는

아침저녁의 공기가 서늘해졌다. 지난주 18일에는 설악산에 첫눈이 내렸단다. 별스럽게도 유난을 떨던 여름도 속절없이 물러갔다. 자연의 순리를 거스를 수 없는 이치일 것이다.

가을걷이도 한창이다. 목이 타던 가뭄도 이겨내고 폭풍우도 견뎌낸 인고의 결실이다. 오곡백과도 옹골차게 여물었다. 김장배추도 제 몫을 하느라고 풋풋한 풋내를 품어내며 속잎을 채우고 있다. 애지중지한 정성과 땀방울을 먹고 자란 소중한 것들이다. 씨 뿌리고 가꾼 자는 믿음이었고 튼실하게 자라서 영그는 것은 자연의 섭리가 주는 보답이다. 서로가 믿음으로 말없이 타협한 소중한 결과물이다.

찬 이슬이 내리자 메뚜기도 마음이 급하다. 풀벌레도 밤잠을 자지 않고 참빗 긁는 소리를 내며 서로를 챙긴다. 다람쥐도 볼이 미어지라 하고 도토리를 물어 나른다. 겨울이 머지않다는 것을 미물들도 알고 있기 때문이다. 그러나 이들이 바지런을 떠는 것은 더 많은 것을 갖겠다는 탐욕이 아니다. 쌓아놓고 두고두고 먹으며 언제까지 편히 살자는 것이 아니다. 남보다 더 많이 가지려고 바둥대는 것도 아니다. 축재를 위한 집착이 아니고 삶에 대한 애착이다. 새봄이 올 때까지 겨울나기를 위하여 내 몫만을 갖자는 것이다. 바라는 봄은 어김없이 제때 온다는 것을 그들은 믿고 있다. 새로운 반복을 거듭하면서 열심히 살아갈 뿐, 탐욕에 빠져 허우적대다 좌절하지도 않고, 누리지 못해 안달하다가 포기하는 일도 없다.

그들은 작은 만족으로도 행복을 알고 있기 때문이다. 하지만 인간 사회는 그러하지 못하다. 무한한 축적만을 추구할 뿐이다. 경합이나 경쟁이 아니라 쟁취를 위한 다툼이다. 쟁탈전으로 승부수를 띄운다. 상대를 쓰러뜨리려고 수단과 방법에 전력을 다한다. 그러면서 언제나 쉬운 상대부터 고른다. 그가 약자이다. 영세상인들이고 자영업자들이다. 골목 상권이 피폐화되고 있다. 상가가 문을 닫는다. 약자들의 아우성이 우리를 애끓게 한다. 경제 사정이 나빠져서만은 아니다. 독점 독식을 하겠다는 거상들의 폭거다.

축재의 끝은 어디인가. 제도의 영역이나 규제에서부터 물질 만능으로 자유로워지고 싶어서인가. 아니면 싹쓸이하여 약자의 목줄을 쥐고 쥐락펴락하며 무한한 군림을 하려는 것일까. 이것은 분명 적자생존의 순리가 아니라 약자 도륙이다.

숟가락과 젓가락이 중고시장에서 넘쳐난다. 밥그릇 국그릇은 물론이고 대형 밥솥도 산더미 같이 쌓인다. 폐업하는 식당에서 연일 쏟아져 나온다는 방송이 나왔다. 승자들의 전리품이다. 패자들의 피땀이 어린 자산이었다. 트럭에서 끌어내려지는 온갖 식기류들이 부딪히며 소리를 낸다. 통곡의 소리이고 피맺힌 절규이다. 흩어지지 않으려는 가족들의 울부짖음이다.

약육강식, 다람쥐는 겨울을 나려고 성실하게 바지런을 떨지만, 기회만 엿보는 맹금류의 발톱 아래서는 결코 자유롭지 못하다는 것이 서글프다.

87. 졸업식 노래

　고희를 훨씬 넘긴 나이에 외손녀의 초등학교 졸업식에 갔다. 두 시간의 거리이기도 하지만 졸업하는 아이의 심경을 알고 싶어서 전날 갔다. 3학년 때부터 각처의 글짓기 대회에서 장원 또는 차상, 차하를 줄곧 받아온 서정적인 아이라서 졸업이라는 작별의 감성을 어떻게 표출할 것인지가 궁금해서였다. 헤어져야 할 친구들에게 문자 메시지라도 불이 나게 보낼 줄 알았던 전날 밤이 평상시와 같았다. 그래도 밤이 이슥하면 무슨 변화가 있겠지 했는데 아무렇지도 않다. 어떤 변화를 기다리다 못해 "채연아, 낼 졸업인데 친구들과 영영 헤어질 건데 서운하겠다." 묻는 내가 짠한데 "그러게요" 뿐이다. 실감이 안 나서 저렇겠지, 하며 막상 내일 졸업식 날에는 못내 서운해하겠지 하고 짐작만 했다.

　다음 날 아침에는 입을 옷이 신경이 쓰이는지 엄마를 자주 불렀다. 눈치를 보면서 "옷차림에 신경이 쓰여?" 했더니 "단상에 올라갈 일이 있어서요.", "할아버지 할머니는 엄마랑 같이 10시 30분까지만 오셔요" 하고는 쪼르르 내뺀다. 서운하기는커녕 명랑하다 못해 맹랑하기까지 하다.

　오라는 시각에 때맞추어 갔더니 식전행사라며 재학생들의 장기자랑이 있고 이어서 국민의례를 시작으로 교장 선생님과 내빈 축사와 졸업장 수여 및 시상식을 끝으로 졸업식이 끝나버렸다. 엄숙함도 숙연함도 없이 매일 하는 일상같이 조용하고 담담했다. 각자 자리를 뜨면서 부산스러운 것 말고는 그 어떠한 감정의 표현은 어디에도 없이 맹탕이다.

언제부터인가 졸업식 노래를 부리지 않는다는 것은 알고 있었다. 이유는 모른다. 그래도 불렀으면 하는 마음이 간절하다. '빛나는 졸업장을 타신 언니께 꽃다발을 한 아름 선사합니다. 물려받은 책으로 공부를 하여 우리들도 언니 뒤를 따르렵니다.' 하면 여기저기서 마른기침 소리가 나고 코도 훌쩍거리는 소리가 여기저기서 난다.

재학생에 이어서 졸업생들이 '잘 있거라 아우들아 정든 교실아 선생님 저희들은 물러갑니다.' 부터는 졸업생들의 눈물범벅인 울음바다다. '부지런히 더 배우고 얼른 자라서 새 나라의 새 일꾼이 되겠습니다.' 선생님들도 손수건으로 눈물을 닦는다.

'앞에서 끌어주고 뒤에서 밀며 우리나라 짊어지고 나갈 우리들, 냇물이 바다에서 서로 만나듯 우리들도 이다음에 다시 만나세.' 모질게 마음을 가다듬어도 졸업생들은 석별의 정에 목메여 눈물에 젖는다. 6년을 함께했던 친구들과 정든 교실, 정든 선생님과 헤어져야 한다는 것은 가슴이 찢어지는 슬픔이었다. 진학을 못 하고 더는 학교와의 연을 영영 끊어야만 하는 친구들은 통곡했다. 그날의 졸업식은 보내고 떠나야 하는 눈물바다였다.

'잘 있거라 아우들아 정든 교실아 선생님 저희들은 물러갑니다.' 언제 불러도 눈물 나는 노래다. 과학과 물질이 앗아간 잃어버린 감정을 되찾아줘야 한다. 시대의 변화는 감성의 삭막함을 그래도 거부한다. 뜨거운 눈물이 세상을 아름답게 한다.

88. 시월의 마지막 날

아침 햇살을 등받이로 삼아 남향 창가에 앉아 커피를 마신다. 찻잔의 온기만큼이나 등이 따사롭다. 커피 향의 구수함이 내려다보이는 아파트 정원수의 단풍잎에서 더 진하게 우러나는 것만 같다. 나무마다 그 이파리의 빛깔이 다르다. 빨갛게 혹은 샛노랗게도 물들었다. 분홍빛도 어우러져 영롱하면서도 온화하다. 야단스럽게 뽐내지 않아서 좋고 지나치게 겸손하지 않아서 더 좋다. 빨갛게 진한 빛깔에 눈길이 먼저 간다. 샛노란 빛깔도 눈길을 끈다. 저마다의 마지막 단장이다. 먼 길을 떠나야 하는 정성스러운 차림새다. 남길 것도 없고 보탤 것도 없이 전부를 다한 최후의 단장이다. 재주도 능력도 다 했다. 갖은 힘도 다 쏟았다. 즐거워하지도 않는다. 그렇다고 서글퍼 하지도 않는다. 겸손함일까 겸허함일까 그저 환하면서 담담하다. 그러나 가벼움도 아니고 무거움도 아니다. 가만가만 조용하다. 침묵하는 것은 아니다. 다만 아무 말 않고 먼 갈 떠날 준비를 하느라 아낌없는 마지막 열정을 쏟아내는 것이다. 숭고한 작별을 위한 거룩한 이별을 준비한 것이다. 아무것도 남기지 않으려고 전부를 소진하여 곱게 단장을 한다. 치장이 아니다. 꾸밈도 아니다. 있는 것 모두를 버리고 홀가분하게 떠나려는 것이다. 그러나 아름다운 모습만을 남기려고 전부를 다하여 마지막 단장을 한다. 군더더기도 없고 지나침도 없다. 아름다워도 야하지 않고 청정하고 정숙하다. 짙으면 짙은 대로 옅으면 옅은 대로 단장을 하지만 지나쳐서 천박하지 않고 모자라서 초라하지도 않다. 자태는 처연하고 정취는 고고하다. 할아버지의 희끗희끗한 머리카락 같고 아직도 분내가 나는 할머니의 미소와도 같다. 요란함을 멀리하고 정숙하며, 처량함도 멀리하고 초연하다. 황홀하게 찬란하지도 않으면서 따사롭고 영롱하다.

단풍잎 곱게 물들어가는 시월의 마지막 날은 지긋하게 눈을 감게 한다. 모르는 사람들의 얼굴을 눈앞에 어른거리게 하며, 지나간 세월이 옛이야기로 다가온다. 이제는 잊어도 좋을 지난 이야기들까지 미안한 생각이 들게 하여 마음의 편지를 쓰게 한다. 못다 준 정이 앙금이 되어 가슴을 찡하게 조이게 하고 멀어져 간 사람들을 그립게 한다. 아늑한 찻집에 앉아 느긋한 첼로 연주를 듣고 싶게 하고 간이역 플랫폼에서 누군가를 기다려보고 싶게 한다. 산사의 풍경소리가 듣고 싶고 낙엽 밟는 소리를 들으며 산길을 걷고 싶게 하고, 멀리서 들여오는 색소폰 소리도 듣고 싶게 한다.

가을! 그 깊은 곳으로 빠져들게 하는 시월의 마지막 날은 아늑한 레스토랑에서 은은한 배경음악 마법의 숲을 들으면서 잘 구워낸 스테이크를 썰며 백포도주 한 잔을 마시고 싶게 한다.

89. 단풍 그리고 석양

　올해는 유난히도 단풍이 화려했다. 가을볕이 두텁고 예년과는 확연히 다르게 밤낮의 기온 차가 컸고 적당한 수분과 적정한 기온의 하강이 산야의 단풍을 곱게 물들였다. 가뭄이 심하면 겉말라버리고 갑자기 된서리를 맞아도 거무충충하게 시들어져 아예 가랑잎으로 떨어져 버리기도 하고, 고작 우중충한 황갈색으로 물들어 저마다의 빛깔로 물들기도 전에 가랑잎 되어 흩날려버리는데, 올해는 잎이 먼저 지는 배나무마저도 샛노랗게 물들고 감나무 이파리도 떨어지지 않고 단풍으로 물들어서 제각기 제멋을 마음껏 뽐낸다.

　적(赤)과 청(靑)이 어울리고 홍(紅)과 녹(綠)이 어우러져 빛깔마다 영롱한데 적과 홍의 어우름에 황(黃)이 있어 더욱 곱다.

　고산 준봉 깊은 골도 빛깔 곱게 물들었고 만학천봉 능선에도 오색으로 영롱하고 심산유곡 갖은 산색 어절씨구 어우러져 앞 뒷산도 단풍이고 길섶도 단풍이고 강변도 들녘도 오색으로 영롱하여 사방에 지천으로 단풍으로 물들었다. 설악산이 아니면 어떠하고 주왕산이 아니면 어떠한가. 내장산이 아니라도 좋고 뱀사골이나 피아골이 아니라도 이산 저산 앞 뒷산이 색색으로 물들어서 영롱하고 찬란하여 황홀경을 이루었다.

　파랗던 잎 빨갛게 물들이려고 얼마나 많은 밤을 하얗게 새웠으며 노랗게 물들이려고 또 얼마나 많은 밤의 찬 이슬을 맞았을까.

눈 녹자 이른 봄에 연둣빛 어린순은 늦서리 내릴까 밤새우며 떨었지만, 봄볕 한가득 축복 같이 받으면서 기도하는 마음으로 부푼 꿈을 키워 왔고 작열하는 태양과도 서슴없이 마주 섰고 폭풍우 앞에서도 무릎 꿇지 않으려고 다부지게 대응하고 먹장구름 위협이나 천둥 번개 앞에서도 비굴하지 않았으며, 지루한 장마에도 꿋꿋하게 견뎌내며 무모하리만치 겁 없이 맞섰으나 오로지 젊음이 있어 결코 만용이 아니었고 희망이었고 도전이었다.

속절없는 세월 속에 밤이슬 차가워지니 원한도 풀어 놓고 미움도 떨쳐내고 먼 길 떠날 채비에 풀벌레도 멀리하고 마지막 단장에 아낌없이 남김없이 전부를 바친다. 어찌 우리네 인생과 다를 바가 있으랴.

떠오르는 태양은 찬란하지만 장엄하지 못하고 중천의 태양은 장엄하지만 찬란하지 못하고 노을에 물든 석양은 영롱하고 장엄하다. 마지막 정열을 불태우며 저마다의 빛깔로 오색으로 물든 단풍은 노을에 물든 석양과도 같이 먼 길 떠날 마지막 차림새에 숭고함이 묻어난다. 그래서 노을 진 석양은 숭고하며 장엄하다.

90. 청보리의 추억

청보리밭에 봄바람이 분다. 파란 물결로 일렁인다. 바람결에 머리를 빗고 맺힌 한도 풀고 설움도 씻는다. 동토의 기억들을 훌훌 털어내고 한가득 내려앉은 봄 햇살을 오롯이 품는다.

봄에 씨를 뿌려 가을에 거두는 것이 일반적인데 보리는 늦가을에 씨를 뿌려 이듬해 늦봄과 초여름의 어름에 거둔다. 별난 삶일까. 보편적이고 일반적이 아닌 것은 분명하다. 늦가을에 뿌린 씨앗은 이내 움터서 파랗게 싹을 내지만 무서리와 된서리도 맨몸으로 맞는다. 서릿발이 솟으면서 뿌리를 내린 땅이 들떠서 말라 죽기도 한다. 씨뿌린 농부는 정성껏 가꾸느라 서릿발에 솟은 땅을 자분자분 다지며 가난을 밟는다.

공생공존을 위한 아픔인가. 동고동락을 위한 인내인가. 새파랗게 여린 잎이 밟혀야 한다. 인고의 삶이라지만 한해살이가 너무도 고달프다. 엄동설한 긴긴밤도 견뎌내야 살아남는다. 무슨 삶이 이다지도 험난한가. 발을 붙인 땅속이 서릿발에 솟구쳐서 피를 말리게 하고, 언제 녹을지도 모를 얼음장 같은 눈에 덮어 바들바들 떨어야 하며, 농부는 애써 뿌려 놓고 피멍이 들도록 밟아야 한다. 얼고 녹기를 겨우내 반복하며 모질게도 짓밟혀야 살아남는 길이라니 이 무슨 기구한 운명인가 사나운 팔자인가. 억울해도 못 살고 분해서도 못사는데 살아남다니 놀랍다. 청보리의 일생이 구차한 삶일까, 집착하여 모질어진 생명력일까, 어찌 보면 참으로 아금받다. 온갖 초목이 새봄을 맞이하여 향기롭고 빛깔 고운 예쁜 꽃을 피워서 벌과 나비를 불러 모아 희희낙락 즐기는데 박복함도 유분수지 어쩌다가 보리는 꽃은 고사하고 가시랭이만 돋쳤던가. 원한일까 분함일까. 하지만 이는 희생의 숭고함이고 헌신의 거룩함이다.

가을에 거둬들인 벼가 이듬해 추수 때까지 곡간에 남아준다면 무슨 걱정이 있으련만 이른 봄, 보리가 패기도 전에 바닥이 나니까 무슨 수로 끼니를 잇는단 말인가. 고산준령이 험하다 해도 보릿고개만 하겠으며 섧다 섧다 하여도 배고픈 서러움만 하겠냐는 눈물의 고개가 아니던가. 대소쿠리를 옆에 끼고 밭두렁에 올라서 혹시나 알이 여물은 이삭이라도 따려고 보리밭 이랑을 하염없이 바라보는 아낙은 앞산 뻐꾸기가 되어 원 없이 울고 싶다. 네 설움 내 설움 알기나 하는지 뻐꾹새 서럽게 울어 야속하게 길어진 한낮, 초근목피로 연명하며 배곯아 허기진 사람들의 몫이니 산새 들새는 꿈도 꾸지 말라며 범접하지 못하게 보리는 까칠한 가시랭이로 날을 세운다.

꽃단장도 마다하고 분단장도 마다했다. 알알이 튼실하게 살찌우고 싶어 봄볕을 다부지게 붙잡는다. 예전에 불던 봄바람이 청보리밭에 넘실거린다. 오늘의 풍요로움에 청보리는 애달픈 과거사를 봄볕에 널어놓고 옛 세월을 전송한다. 아버님 어머님도 뜬구름에 걸터앉아 훠이 훠이! 하며 손을 흔드신다.

바람아 구름아

초판 1쇄 인쇄 2023년 08월 01일
초판 1쇄 발행 2023년 08월 09일
지은이 윤위식

펴낸이 김양수
책임편집 이정은
편집디자인 안은숙
교정 장하나

펴낸곳 도서출판 맑은샘
출판등록 제2012-000035
주소 경기도 고양시 일산서구 중앙로 1456(주엽동) 서현프라자 604호
전화 031) 906-5006
팩스 031) 906-5079
홈페이지 www.booksam.kr
블로그 http://blog.naver.com/okbook1234
이메일 okbook1234@naver.com

ISBN 979-11-5778-608-4 (03800)

* 이 책은 한국예술인복지재단으로부터 출간비 지원을 받았습니다.